Anette Schwohl

Katrin Lund

und der Wolkensammler

Von der Autorin bisher bei *KBV* erschienen:

Hunde die bellen morden nicht
Katrin Lund und der Tote am Leuchtturm

Anette Schwohl, 1959 geboren, hat in Hamburg Kunstgeschichte, Literaturwissenschaften und in einem Aufbaustudium Kulturmanagement studiert. Nach beinahe zehn Jahren als Museumsdirektorin in Sachsen kehrte sie im Jahr 2002 nach Schleswig-Holstein zurück. Sie ist freiberuflich als Kunsthistorikerin, Kulturmanagerin und als Krimiautorin tätig. Etliche ihrer Kurzkrimis wurden bereits in Anthologien veröffentlicht.

2022 erschien mit *Katrin Lund und der Tote am Leuchtturm* der erste Teil ihrer Krimi-Reihe bei KBV. Seit 2019 organisiert sie alle zwei Jahre das Rendsburger Frauenkrimifestival. Sie ist Mitglied bei der Autorinnenvereinigung »Mörderische Schwestern« und im »Syndikat«.

Anette Schwohl

Katrin Lund

und der Wolkensammler

Kriminalroman

KBV

MIX
Papier | Fördert gute Waldnutzung
FSC® C083411

Originalausgabe

www.kbv-verlag.de
E-Mail: info@kbv-verlag.de
Telefon: 0 65 93 - 998 96-0
Umschlaggestaltung: Ralf Kramp unter Verwendung von
© PhotoArt und © MStock - stock.adobe.com
Lektorat: Nicola Härms, Rheinbach
Druck: CPI books, Ebner & Spiegel GmbH, Ulm
Printed in Germany
ISBN 978-3-95441-647-9

Die handelnden Figuren
in diesem Kriminalroman entspringen
ausschließlich meiner Fantasie.
Einige der beschriebenen Örtlichkeiten sind
in St. Peter-Ording vorhanden,
andere wiederum frei erfunden.
*Es obliegt Ihnen als geneigte Leser*innen,*
sich auf die Suche nach diesen Orten zu machen.
Seien Sie bitte nicht enttäuscht, wenn Sie das
eine oder andere nicht finden werden.
Halten Sie es mit der Protagonistin
und trinken Sie einen Kaffee …

und lesen Sie weiter.

Rows and flows of angel hair
And ice cream castles in the air
And feather canyons everywhere
Looked at clouds that way

But now they only block the sun
They rain and they snow on everyone
So many things I would have done
But clouds got in my way

I've looked at clouds from both sides now
From up and down and still somehow …

Joni Mitchell: Both sides now

1

Katrin war vor allen anderen aufgestanden. Neugierde hatte sie aus dem Bett getrieben. Am Abend zuvor war ihr Kochblog dank Sebastians Hilfe fertig geworden und online gegangen. Sie hatte bis dahin keine große Affinität zur digitalen Welt gehabt, aber plötzlich machte es ihr Spaß. Sie konnte etwas kreieren, sie konnte Texte, Rezepte und Bilder zusammenfügen, fast, als ob sie ihr eigenes Kochbuch herausbrächte.

Ihr Herz tat einen Hüpfer, als sie die Adresse eingab und tatsächlich ihr Blog aufpoppte: *katrinsküstenküche*.

Sebastian hatte sich von hinten angeschlichen, und seine Lippen streiften ihren Nacken. »Na? Zufrieden?«

»Allerdings!« Katrin drehte sich zu ihm um und küsste ihn auf den Mund.

Den Titel ihres Blogs hatte sie mit einem von Sebastian aufgenommenen Foto hinterlegt, das er vor längerer Zeit gemacht hatte. Unten war ein schmaler Streifen der Salzwiesen von St. Peter-Ording zu sehen, darüber nur Himmel und Wolken – Schönwetterwolken. Ein Bild, das die Betrachter in die Tiefe des Bildes hineinsog.

Er hatte als Fotograf ein gutes Auge für Proportionen und Ausschnitte. Das Foto hier war perfekt.

Katrin küsste ihn abermals. Sie nahm seine Hand und zog sich an ihm hoch. »Möchtest du noch einen Kaffee, bevor ich dich zum Flughafen fahre?«

»Viel lieber möchte ich etwas anderes.« Er drückte sie fest an sich. Sie hob ihr Gesicht zu seinem hoch und küsste ihn wieder, diesmal vielversprechender.

»Ihr seid ja wie zwei Teenager, mit eurem Geknutsche.« Sie hatten Tabea nicht kommen hören.

Katrin und Sebastian blieben Arm in Arm stehen.

»Komm erst mal in unser Alter, liebe Nichte, dann wirst du froh über solche Gefühle sein.«

»Auch wieder wahr … Wenn ich mir Mama angucke, denke ich manchmal, die verlernt es noch.« Tabea tippte auf ihrem Handy herum. »Mist, Emma meldet sich nicht. Sie wollte doch mit nach Hamburg.«

Katrin hatte Tabea versprochen, dass sie, wenn sie Sebastian am Flughafen Fuhlsbüttel abgesetzt hatten, einen Bummel über den Hamburger DOM machten und dass Tabea ihre Freundin Emma mitnehmen durfte.

Katrins Schwester Lena war für zwei Wochen auf Pilgerschaft. Alle drei Jahre ging sie allein auf Pilgerreise und näherte sich dem Ziel Santiago de Compostela mal von Osten, mal von Süden, von Portugal aus. Jeden Tag postete sie ein Foto von ihrer jeweiligen Etappe des Camino auf ihrem WhatsApp-Status.

Tabea rief nun ihre Freundin an. Nach etlichem Klingeln verdrehte sie die Augen. »Die doofe Kuh geht nicht ran. Das verstehe ich nicht. Dabei hatte sie nahezu darum gebettelt, mitzukommen.«

»Kommt, ihr zwei, wenn wir noch gemeinsam auf dem Flughafen frühstücken wollen, sollten wir uns jetzt fertig machen.«

2

Inken Thomsen erschien aufgeregt auf der Polizeistelle St. Peter-Ording. Polizist Böge hatte sich gerade einen Kaffee gemacht und stolperte beinahe über die Frau, als er zurück ins Büro kam.

»Ich will eine Vermisstenanzeige aufgeben«, platzte es aus Frau Thomsen heraus.

Böge versuchte, die Frau zu beruhigen, indem er ihr erst mal einen Stuhl anbot und sie fragte, ob sie auch einen Kaffee wollte. Frau Thomsen reagierte gar nicht auf sein Angebot. Böge stellte einen Stuhl neben seinen Schreibtisch und drückte die Frau darauf nieder.

»Was ist denn passiert?«, fragte er.

»Wenn ich das wüsste! Meine Tochter ist offenbar gestern Abend nicht nach Hause gekommen. Ihr Bett war unberührt heute Morgen. Ich dachte, sie wollte zu ihrem Großvater, aber da ist sie nicht angekommen. Ich habe ihn schon angerufen. Und auf ihrem Handy ist nur die Mailbox dran.«

»Wie alt ist denn Ihre Tochter?«

»Fünfzehn.«

»Und dass sie einfach ausgebüxt ist?« Böge hatte es schon das eine oder andere Mal erlebt, dass die Eltern Himmel und Hölle in Bewegung gesetzt hatten, und dann spazierten die Kinder einfach nach ein, zwei Tagen wieder zur Haustür herein, als ob nichts gewesen wäre.

»Das meinte mein Vater, also ihr Großvater, zu dem sie gestern wollte, auch.«

Böge stellte ihr ein Glas Wasser hin, und Frau Thomsen trank gierig davon.

»Aber so ist unsere Tochter nicht. Die haut nicht einfach ab.«

»Haben Sie denn schon zu all denen Kontakt aufgenommen, die Näheres wissen könnten? Vielleicht genießt sie einfach ihre Ferien.«

Ratlos schaute Frau Thomsen den Polizisten an.

»Jetzt fahren Sie erst mal nach Hause, telefonieren die Bekannten und Freunde Ihrer Tochter ab und warten bis heute Nachmittag. Ich werde mich derweil auf den anderen Polizeistellen umhören, ob ich etwas erfahre. Wenn ja, melde ich mich sofort.«

Frau Thomsen wirkte erleichtert.

»Und wenn sie bis zum Nachmittag nicht aufgetaucht ist, kommen Sie wieder, und wir nehmen eine Vermisstenanzeige auf. Und bringen Sie bitte auch ein Foto von ihr mit.«

Böge stand auf, und Frau Thomsen folgte ihm zur Tür.

Katrin, Sebastian und Tabea fuhren die Rolltreppe hinauf ins erste Geschoss des Flughafens in Fuhlsbüttel. Sie durchquerten die Halle, nahmen an deren Ende noch eine Treppe – die Rolltreppe war außer Betrieb – und erreichten ihr Ziel: ein Bistro mit Aussichtsplattform. Sie orderten je ein Croissant und einen Cappuccino, ließen sich an der Panoramascheibe nieder und genossen den Blick auf die startenden und landenden Flugzeuge. Wen das Fernweh plagte, der war hier an genau dem richtigen Ort. Die Croissants waren schön buttrig, der Cappuccino mit wunderbar steif aufgeschäumter Milch, Sebastian rechts von ihr und Tabea links von ihr. So ähnlich musste sich Familie anfühlen. Katrin wurde ein bisschen melancholisch. Bei dem Autounfall, durch den ihr Vater ums Leben gekommen war, war sie so schwer verletzt worden, dass früh feststand, dass sie keine Kinder bekommen konnte. Manchmal machte sie das traurig.

Aber das hier war ein guter Ersatz. Sooft sie konnte – und musste –, holte sie Tabea zu sich nach St. Peter-Ording. Tabea liebte ihre Tante – und St. Peter-Ording, genauso wie Katrin auch.

Melancholisch machte Katrin auch, dass Sebastian nun wieder für einige Zeit aus ihrem Leben verschwinden würde. Aber in drei Wochen wollte er wiederkommen. Er hatte einen Fotoauftrag in Australien und wollte dort noch eine Woche dranhängen, um einen Freund zu besuchen, den er seit seiner Schulzeit kannte. Während des Studiums war der Freund dann ausgewandert, um nach Opalen zu schürfen. Das mit den Opalen hatte sich bald erledigt, da er viel zu blauäugig an das Geschäft herangegangen war. Aber er hatte sein Auskommen, eine Familie gegründet und war glücklich dort. Die beiden Freunde sahen sich seitdem nur etwa alle zehn Jahre.

Sebastian legte den Arm um Katrin und zog sie an sich.

»Ihr wollt doch nicht schon wieder rumknutschen?«, kam es von Tabea. »Und das in aller Öffentlichkeit?«

»Nur kein Neid«, konterte Sebastian.

Katrin sprang auf, räumte Teller und Tassen zusammen und schob das Tablett in die Geschirrablage.

Sie hasste Abschiede!

Sebastian folgte ihr, nahm sie noch einmal in den Arm, küsste sie und schulterte dann seinen Rucksack.

»Du verpasst noch deinen Flieger, wenn du dich jetzt nicht beeilst.«

Sebastian trottete davon.

»Das mit den Abschieden musst du echt noch lernen, Tantchen.«

Katrin drehte sich zu Tabea um und wischte sich eine Träne von der Wange. Dann stellte sie sich gerade hin. »Und wir zwei machen jetzt Hamburg unsicher!«

»Yesss!« Die beiden klatschten sich ab.

3

Gerti Lund hatte ihr feinstes Kostüm angezogen. Ein geblümtes Schaltuch verdeckte ihren faltigen Hals, das Einzige, was sie wirklich an sich störte. Zu den Falten in ihrem Gesicht sagte sie immer: »Man darf mir ruhig ansehen, dass ich gelebt habe. Und da gehören Falten nun mal dazu.« Aber bei den Falten an ihrem Hals verglich sie sich mit einer Schildkröte. Und sie hatte einen langen Hals, da war Platz für viele Falten. Ihr Vergleich kam nicht von ungefähr – es hatte schon ein bisschen Ähnlichkeit …

»Willst du auf der Ausstellungseröffnung eigentlich jemanden aufreißen?«

»Wie kommst du denn darauf?« Katrins Mutter spielte die Entsetzte.

»Na, so schick, wie du dich gemacht hast. Sogar Make-up hast du aufgelegt.« Katrin half ihrer Mutter in die Kostümjacke.

»Das ist ja wohl nicht das Privileg von euch jungen Menschen, oder?« Es war zwar als Frage formuliert, klang aber eher nach einer Feststellung.

Katrin zeigte auf ihr eigenes Gesicht. »Ich trage übrigens nur Wimperntusche und Lippenstift.«

»Ja, aber dein Kleid!« Gerti blickte an ihrer Tochter herunter.

»Wieso, was ist mit meinem Kleid? Ich dachte, ein kleines Schwarzes passt immer.«

»Und dann diese Hippie-Ohrringe.«

Die hatte Katrin als Farbtupfer ausgewählt. Im Gegensatz zu ihrer Mutter hatte sie einen kurzen Hals. Und wenn sie die Haare hochgesteckt trug, streckten große Ohrgehänge den Hals.

Gerti Lund überprüfte den Inhalt ihrer Handtasche und sagte dann ohne weiteren Kommentar: »Gut, wir können los.«

Im Auto war Tabea mit ihrem Handy beschäftigt. Als sich Gerti Lund auf Katrins Beifahrersitz schob, kam von Tabea nur ein »Hi, Omimi«, ohne hochzusehen. Gerti Lund drehte sich zu Tabea nach hinten und schnippte mit den Fingern vor ihrem Gesicht. Dann hielt sie Tabea ihre Wange hin, die diese brav küsste.

»Na, geht doch«, sagte Gerti.

»Du bist aber schick, Omimi. Willst du jemanden aufreißen?«

Katrin lachte hell auf.

Gerti fragte: »Was bitte ist so komisch?«

Das Museum quoll über von Menschen. Sie alle wollten die Bilder des »Wolkensammlers«, wie Jan Frederiksen genannt wurde, sehen. Erstmals wurde ein Teil der Gemäldesammlung der Öffentlichkeit zugänglich gemacht. Katrin war erstaunt, dass sie so wenig Menschen hier kannte, und so war sie froh, Rudi, den Gärtner aus der Seniorenresidenz Enzian, hier zu treffen. Katrins Mutter war dort im letzten Jahr für ein paar Wochen nach einer Hüftoperation zur Kurzzeitpflege untergebracht gewesen. Seitdem – seit er Katrin aus einem Kidnapping befreit hatte – verband sie eine enge Freundschaft. Als er Katrin mit ihrer Mutter und ihrer Nichte entdeckte, stürmte er sofort auf drei zu. Katrin fragte sich, ob ihretwegen oder wegen ihrer Mutter, denn sofort nahm er die Hand von Gerti Lund und küsste sie angedeutet. Diese entzog ihm die Hand und schmunzelte schelmisch. »So formvollendet heute, Rudi?« Sie betrachtete seine Erscheinung von oben bis unten. »Und so schick!«

Tatsächlich erinnerte Rudi heute eher an einen englischen Lord als an einen Gärtner. Er trug einen Dreiteiler aus Tweed, und seine Haare hatten tatsächlich so etwas wie eine Frisur, nicht das wüste Durcheinander, das sonst seinen Kopf krönte.

»Tja, liebe Gertrud, ich hatte auch mal ein früheres Leben.« Er zwinkerte ihr zu. »Ich kann durchaus mit dir mithalten.« Gerti Lund hakte sich bei ihm unter, und sie schlenderten davon. Rudi drehte sich kurz um und winkte Katrin und Tabea mit seiner freien Hand zu.

»Wusste ich es doch, sie will jemanden aufreißen.« Tabea grinste ihre Tante an.

Die grinste ebenfalls. »Warum auch nicht? Meinst du, das ist nur jungen Leuten vorbehalten?« Sie biss sich auf die Lippen, klang sie doch gerade mal wieder wie ihre Mutter.

Jan Frederiksen hatte eine beachtliche Sammlung von Gemälden mit Wolkendarstellungen gesammelt. Eigentlich begann die Sammlung, als der Urgroßvater von Jan, ein Schafzüchter, sich mit seiner Herde in St. Peter-Ording niederließ, einen Hof aufbaute und, weil die Schafzucht nicht genügend abwarf, Fremdenzimmer vermietete. Unter Künstlern sprach sich bald herum, dass man hier, fernab vom städtischen Trubel, Muße hatte, Kraft zu tanken, und dass der nordfriesische Himmel über der weiten, endlos scheinenden Landschaft manchmal regelrechte Wolkenspektakel zu bieten hatte. Jans Urgroßvater bat jeden Künstler darum, ihm eins der Wolkengemälde zu überlassen. Dafür konnten sie billiger bei ihm wohnen. Jans Großvater führte dieses Modell weiter, und auch zu Jan kamen immer noch Künstler. Auch Jan züchtete immer noch Schafe – Schafe waren unabdingbar für die Deichpflege, sorgten sie doch dafür, dass das Gras kurz blieb und der Boden verdichtet wurde –, und auch er vermietete immer noch Fremdenzimmer. Hunderte von Gemälden und Zeichnungen gehörten mittlerweile zu Jans Sammlung, wovon hier im Museum und in der nebenan gelegenen Kirche nur ein kleiner Teil die nächsten Wochen zu sehen sein würde. Verkaufen wollte Jan nichts davon.

Katrin und Tabea schritten die Gemälde ab. Was für beeindruckende Wolkendarstellungen sie hier sehen konnten: tief hängende, dunkle Wolkendecken, die drohten, die Erde unter sich zu verschlingen. Wolken, die wie ein Spiegelbild der Rillen des Watts unter ihnen aussahen. Wild durcheinanderstiebende Wolken. Wolkengebirge, in denen man zwei Sonnen zu sehen schien. Wolken mit Regenbögen, die hindurchblitzten.

Sie wollten gerade in den ersten Stock hinauf, als ein Geräusch auf Tabeas Handy ertönte. Sie entsperrte es und las die Nachricht.

»Was Wichtiges?«, wollte Katrin wissen.

»Emmas Mutter. Sie fragt, ob ich wüsste, wo Emma sein könnte.« Tabea wirkte alarmiert. Sie tippte eine Antwort: *Keine Ahnung. Sie wollte heute eigentlich mit nach Hamburg, ist aber nicht gekommen.*

Böge wollte gerade in den Feierabend gehen und seinem Kollegen die Schicht übergeben – er war seit sechs Uhr morgens im Dienst –, als Frau Thomsen wieder die Polizeistelle betrat. Sie wirkte noch aufgelöster als am Vormittag, sodass er es sich ersparte, sie zu fragen, ob sie etwas von ihrer Tochter gehört hatte.

»Ich habe überall nachgefragt. Nirgends ist sie aufgetaucht.« Sie schluchzte. »Ich weiß nicht, was ich noch machen soll.« Sie ließ sich auf den Stuhl fallen.

Böge setzte sich wieder und rief in seinem Computer das Formular für eine Vermisstenanzeige auf.

»Ich konnte bisher leider auch nichts herausfinden.« Er zuckte resigniert mit den Schultern.

Frau Thomsen kramte in ihrer Tasche nach dem Ausweis ihrer Tochter. »Den hat sie nicht mitgenommen.«

»Ich brauche zunächst einmal *Ihren* Namen.«

»Inken Thomsen.«

»Stimmt Ihre Anschrift mit der auf dem Ausweis Ihrer Tochter Emma Thomsen überein?«

»Ja.« Inken Thomsen knetete ihre Finger.

Böge nahm ihr das Dokument aus der Hand, füllte das Formular anhand der Angaben des Ausweises aus und scannte ihn abschließend.

»Wissen Sie, was sie anhatte, als sie das Haus verließ?«

»Ja, das weiß ich sogar sehr genau. Darüber gab es eine Auseinandersetzung mit ihrem Vater. Sie trägt eine blaue Jeansshorts und ein, wie mein Mann fand, viel zu freizügiges Top. Das Top war pink. Ach ja, und dann noch ihr Rucksack. Auch pink, mit einem Sticker von ›Fridays for Future‹ in Regenbogenfarben vorne drauf.«

»Gab es denn einen Grund, warum Ihre Tochter weggelaufen sein könnte?«

Inken Thomsen schwieg einen Moment zu lang.

»Na ja …« Wieder knetete sie ihre Finger. »Wie das so ist in dem Alter. Da haben wir natürlich auch immer mal Auseinandersetzungen.« Sie schwieg wieder.

Böge atmete tief ein. »Danke, Frau Thomsen, ich schicke die Anzeige sofort an alle Polizeistellen.«

»Warte mal eben. Ich will noch mal versuchen, Emma zu erreichen.« Tabea hielt das Handy ans Ohr und wartete einen Moment ab. »Da ist nur die Mailbox dran. Ich versuch es später noch mal.«

Ein bisschen bedrückt wandte sie sich wieder ihrer Tante zu. »Mir war bis jetzt gar nicht klar, was es für tolle Wolkengebilde hier auf Eiderstedt gibt«, staunte sie dann.

Katrin hakte sich bei ihrer Nichte unter, und sie ließen sich von dem Strom der Ausstellungsbesucher vorantreiben.

»Ja, nicht umsonst hatte sich Emil Nolde so weit im Norden niedergelassen. Bei ihm habe ich das erste Mal gesehen, wie die Wolken das Licht hier bestimmen. Das sieht schon manchmal irreal aus. Wie in einem Science-Fiction-Film.«

»Ja, genau. Das hier sieht aus wie aus ›Dune, der Wüstenplanet‹. Als ob der Sand glüht.«

»Der Vergleich liegt gar nicht so fern. Auch hier in St. Peter-Ording mussten sich die Menschen vor den ständigen Sandstürmen schützen. So schön und beliebt unser Strand heute ist, so schrecklich war er doch damals für die Menschen, die hier lebten. Hier herrschte früher große Armut, weil die Ernte immer wieder dem Sand zum Opfer fiel.«

»Was du alles weißt ...« Tabea zog ihre Tante weiter durch die Ausstellung.

Das Museum war früher einmal ein Wohnhaus gewesen. Niedrige Decken, schmale Treppen und knarzende Dielen auf Schritt und Tritt. Das Haus war Mitte des achtzehnten Jahrhunderts erbaut worden und ursprünglich nicht für so eine Menschenmenge vorgesehen. Man hatte, um nicht das gesamte Museum umräumen zu müssen, etliche Stellwände aufgestellt, auf denen die Wolkenbilder präsentiert wurden.

Tabea schaute immer wieder auf ihr Handy.

»Ich geh mal eben vor die Tür und versuche, Emma oder ihre Mama zu erreichen. Hier ist es mir zu laut.« Ihre kupferrote Lockenmähne schob sich zum Ausgang durch.

Katrin schlenderte allein weiter, traf hier und da flüchtige Bekannte und vertiefte sich in die Bilder, als ihr plötzlich jemand auf die Schulter klopfte. Sie drehte sich um und blickte in ein strahlendes Gesicht. Sie überlegte, aber ihr kam nicht in den Sinn, ob und woher sie die Frau kennen sollte. Vielleicht eine der Kurgäste.

»Na? Erinnerst du dich nicht?« Die Frau sah ziemlich verlebt aus, und Katrin kam beim besten Willen nicht darauf, woran sie sich erinnern sollte.

»Ich bin's. Telse.« Die Frau hielt die Daumen an ihre Schläfen und winkte mit den Fingern. Da kam die Erinnerung in Katrin hoch.

»Ja, natürlich! Telse! Unser Klassenclown.« Bevor sie nachdenken konnte, schob sie: »Du hast dich aber sehr verändert«, hinterher.

»Ja, nicht wahr? Und da bin ich auch froh drüber.« Telse hatte ihr die Bemerkung nicht übel genommen. Sie hakte sich bei Katrin unter und zog sie mit sich fort.

»Komm, ich stell dich meinem Vater vor. Oder kennt ihr euch schon?« Sie steuerte direkt auf Jan Frederiksen zu. Gerti Lund und Rudi standen neben ihm.

»Papa, darf ich dir meine alte Schulfreundin Katrin vorstellen?« Der Wolkensammler drehte sich um und schaute Telse und Katrin irritiert an.

»Und meine Tochter.« Gerti Lund nahm Katrin bei der Hand, sodass sie sich von Telse lösen musste.

Was war hier los?, fragte sich Katrin.

»Das ist aber schön, dich mal kennenzulernen«, sagte Jan Frederiksen. »Wenn wir uns damals schon nicht getroffen haben, als ihr noch zusammen zur Schule gegangen seid.«

Katrin dachte: Aus gutem Grunde, denn wir waren ganz bestimmt nicht miteinander befreundet. Aber sie machte gute Miene zu dem Spiel. »Freut mich auch, Sie kennenzulernen.«

»Ach, sag man Du zu mir. Ich heiße Jan. Und deine Mutter und ich kennen uns schon seit Ewigkeiten.« Gerti strahlte ihn an. Rudi nestelte an den Knöpfen seiner Tweedweste herum und fühlte sich merklich überflüssig.

Deswegen hatte sich ihre Mutter so schick gemacht, dachte Katrin, die sich sofort solidarisch an Rudis Seite stellte und ihn unterhakte.

Jan Frederiksen legte seinen Arm um Rudi. »Und wir zwei kennen uns noch viel länger.« Er drückte Rudi, und der freute sich nun sichtlich.

Telse wurde nicht weiter beachtet; ihr Strahlen fiel in sich zusammen.

Die Museumsdirektorin lief herum und bat die Gäste, zur Eröffnungsansprache in die Loo, die Diele, herunterzukommen.

Böge hatte Mitleid mit Inken Thomsen, und so machte er Überstunden und unterstützte seinen Kollegen bei der Auswertung der Vermisstenmeldungen aus dem Polizeicomputer. Seine Tochter lernte zwar gerade erst laufen, aber er mochte sich gar nicht ausmalen, wie es für ihn wäre, wenn sie einfach so verschwinden würde.

Nichts, was sie ausgedruckt vor sich liegen hatten, passte zu der vermissten Emma Thomsen, wobei Böge feststellte, dass alle vermissten Mädchen etwa das gleiche Alter hatten. Die meisten waren zwischen zehn und siebzehn Jahre alt, da fiel das Mädchen mit ihren fünfzehn Jahren genau in die Statistik.

Als alle Anwesenden in der Diele versammelt waren, sprach zunächst die Bürgermeisterin von St. Peter-Ording über die schützenswerte Landschaft von Eiderstedt, über die politischen Bemühungen, dass dies auch so bleibe, und am Ende sprach sie über Wolken und das Wattenmeer. Sie wurde abgelöst vom Kulturdezernenten, der einige Worte über die einzigartige Kunstsammlung Frederiksens sagte und welche Bedeutung sie für St. Peter-Ording und Eiderstedt habe. Schließlich sprach die Museumsdirektorin, die darauf hinwies, dass es nach so vielen Jahrzehnten, ja beinahe Jahrhunderten, nun an der Zeit sei, diese noch unbekannte Sammlung der Öffentlichkeit zu präsentieren. Am Ende bedankte sich Jan Frederiksen bei allen Beteiligten, die diese Ausstellung möglich gemacht hatten. Alle klatschten, und Frederiksen war das Bad in der Menge sichtlich unangenehm. Irgendwann konnte er sich endlich befreien und schob sich durch bis zu Gerti, Rudi und Katrin.

»Sag mal, Jan, wo ist denn deine andere Tochter?«, fragte Rudi.

»Ja, da fragst du was. Ich vermisse sie auch. Keine Ahnung, was los ist.«

Jetzt schob sich Telse dazwischen. »An so einem wichtigen Tag meinen Vater im Stich zu lassen, da gehört schon was dazu.« Ihr zickiger Unterton war für keinen zu überhören.

»Sie wird schon einen wichtigen Grund haben«, nahm der Vater sie in Schutz.

»Na, wenn du meinst.« Telse stolzierte davon.

Die Museumsdirektorin klatschte noch einmal in die Hände, um sich Gehör zu verschaffen. »Wir zeigen hier im Museum ja nur einen Teil der Sammlung. Einen weiteren Teil können Sie alle drüben in der Kirche erleben. Und in unserem Garten ist für Ihr leibliches Wohl gesorgt.«

Ein Raunen ging durch die Menge, und man strömte aus dem Museum – ein Grüppchen nach vorne raus zur

Kirche, eine andere, größere Gruppe nach hinten in den Garten. Katrin musste schmunzeln. Bei freien Getränken und Häppchen reagierten alle Menschen gleich, sie wurden munter.

Vor der Tür stand Tabea mit ihrem Freund Sven und knutschte. Die beiden waren seit beinahe einem Jahr ein Paar. Katrin hatte Sven unter sehr unglücklichen Umständen kennengelernt. Sein Vater war umgebracht worden, und er stand unter Verdacht. Das hatte ihn zu verzweifelten Taten getrieben; unter anderem hatte er Katrin entführt. Die Angst, die sie damals empfunden hatte, war längst vorbei. Dafür erinnerte sie sich nun mit einem Schmunzeln. Ihr erster Fall, dachte sie. Als ob es noch weitere geben würde … Das fehlte noch! Es war damals aufregend genug gewesen. Aber von der Entführung wusste Tabea nichts, und dabei sollte es auch bleiben, denn der Junge war gebeutelt genug. Katrin hatte ihn länger nicht gesehen. Er sah richtig gut aus, jetzt, wo seine Aknenarben verheilt waren. Und ein zarter, dunkler Flaum wuchs ihm auch schon im Gesicht.

Tabea und Sven schlossen sich der Gruppe an und gingen Arm in Arm hinterher.

Auf dem Weg in die Kirche stürzte eine Dame an Walking-Stöcken auf Katrin zu.

»Des isch gut, dass ich Sie treff! Saget Sie mal, die Rote-Rüben-Marmelad, die wir letschtens mit Ihne zum Ziegenkäs gekocht haben, habet Sie da das Rezept dafür? Des muss ich unbedingt habe!«

Sie versperrte Katrin regelrecht den Weg. Die versuchte, Contenance zu wahren. »Ähm … Entschuldigung, woher kennen wir uns denn?«

»Ha, ich war doch letschtens bei Ihne in der Kochgruppe für Laktoseintolerante. Also, es isch scho a bissle her. Aber Sie waret ja nimmer aufzutreibe.«

Katrin überlegte. Jetzt konnte sie sich an die Frau erinnern. Sie war ständig zu dicht an sie herangekommen, oft auf Körperkontakt. Grenzüberschreitend. Schrecklich! Katrin hasste es, wenn ihr fremde Menschen zu dicht auf die Pelle rückten.

Die Frau hielt Katrin das Handy mit geöffneter Diktierfunktion vor die Nase.

»Ab morgen bin ich wieder in der Klinik. Ich lege Ihnen dann das Rezept in den nächsten Tagen an die Rezeption. Dort können Sie es sich abholen.« Sie ignorierte das Handy. So weit kommt es noch, dachte sie.

Die Frau fasste Katrin am Arm. »Aber net vergesse, gell?«, schwäbelte sie.

»Ganz bestimmt nicht.« Katrin versuchte sich zu befreien.

»I hab des scho älle meine Freundinnen gewhatsappt. Ihr Rezept wird älle begeischtern.«

Endlich gab sie Katrin frei.

»Mit dir durch die Gegend zu laufen ist ja wie mit einem Star. Alle wollen was von dir«, meinte Tabea.

»Ich bin ein Star.« Katrin nahm eine kokette Pose ein. »Zumindest ein Star in der Küche.«

Als Katrins Truppe am Abend das Museum verließ – schon ein bisschen weinselig und gut gelaunt –, gesellte sich Telse noch einmal zu ihnen. »Komm mich doch mal in Hamburg besuchen, dann machen wir uns einen netten Abend und sprechen über alte Zeiten.«

Was sie wohl zu besprechen hatten, fragte sich Katrin, denn eigentlich teilten sie wenig bis gar keine gemeinsamen Zeiten.

»Ja, gern«, sagte sie, in der Hoffnung, so aus der Nummer herauszukommen.

»Hier meine Visitenkarte.« Telse drückte Katrin ihre Karte in die Hand.

Es begann zu regnen, ein warmer sanfter Sommerregen, und Katrin nahm das zum Anlass, sich zu verabschieden. Alle liefen schnell zu ihren Autos.

Tabea und Sven fuhren bei Katrin mit, Gerti wurde von Rudi in seinem Wagen mitgenommen.

Tabea wischte wieder auf ihrem Handy herum.

»Hast du was Neues von Emma gehört?« Katrin guckte in den Rückspiegel. Sie sah Tabea traurig den Kopf schütteln. Dann bemerkte sie, wie Sven Tabeas Hand nahm und sie auf seinem Oberschenkel festhielt.

4

Böge hatte wieder Frühdienst, und so war er schon in der Dienststelle, als der Anruf einging. Im Kiefernwäldchen in der Nähe der Straße Im Bad war ein Hund bei der morgendlichen Gassirunde mit seinem Herrchen auf eine Leiche gestoßen. Sofort machte Böge sich mit seinem Kollegen auf den Weg. Er hoffte inständig, dass sich seine Befürchtungen nicht bewahrheiteten. Böge schaltete sein Handy ein und ließ sich die Koordinaten schicken. Der Fundort war ganz in der Nähe der Dienststelle. Die beiden Polizisten benutzten ihre Fahrräder. Den Koffer mit dem Equipment holten sie aus dem Streifenwagen und fixierten ihn kurzerhand an Böges Fahrrad.

Am Fundort angekommen, stand dort schon ein Mann mit Hund, der sie offensichtlich erwartete. Der Hund war sehr aufgeregt, genauso wie sein Herrchen. Ein älterer Herr, eher Rentner, schon etwas in die Breite gegangen, da halfen auch die Hundespaziergänge nur noch bedingt.

Böge kümmerte sich erst mal um den armen Mann und führte ihn zur nächsten Bank. Der Hund beruhigte sich, je weiter sie sich vom Fundort entfernten.

»Ich bin gleich wieder bei Ihnen, Herr … Wie heißen Sie?«

»Johannsen. Hans Herrmann Johannsen.«

»Also gut, Herr Johannsen, ich helfe kurz meinem Kollegen und bin dann gleich wieder da, okay?«

Der Mann nickte.

»Und Sie bleiben hier bitte sitzen.« Böges Stimme klang eindringlich, sodass der Mann wieder nur nickte.

Böge und sein Kollege erblickten weiter hinten im Dickicht eine blaue Plane. Beim Näherkommen entdeckten sie, dass eine Hand und der dazugehörige Unterarm herausguckten. Böge schluckte, als er die vom Regen noch feuchte Plane anhob und den Körper eines jungen Mädchens entdeckte. Pinkfarbenes Top und eine Jeansshorts. Er nestelte seine Einmalhandschuhe aus der Hosentasche, hob die Plane an und legte seine Hand auf den Bauch des Körpers. Er war kalt. Behutsam ließ er die Plane wieder auf den Körper hinabsinken. Es wirkte, als ob jemand das Mädchen vor dem Regen hatte schützen wollen.

Er rief in der Zentrale an, die ihm bestätigte, dass der nächste Trupp aus dem Kommissariat in Husum und der Spurensicherung in Flensburg auf den Weg geschickt würde.

Böge ging zurück zu Herrn Johannsen. »Haben Sie den Körper berührt? Oder haben Sie etwas an dem Fundort verändert? … Oder Ihr Hund?«

»Nein, ich habe nichts angefasst. Ich habe nur die Hand hervorlugen sehen, als ich meine Lotta«, er deutete auf seine Dackelhündin, »dort wegziehen wollte.«

»Wollen Sie jemanden benachrichtigen? Wir müssen Sie noch ein Weilchen hierbehalten. Zumindest, bis ein Kommissar erscheint.«

»Ich ruf mal eben meine Frau an, damit sie Lotta nach Hause bringen kann.« Johannsen zückte sein Mobiltelefon.

Böge kümmerte sich mit seinem Kollegen wieder um den Fundort. Weiträumiges Absperren mit Flatterband. Jogger und Nordic-Walker den Zutritt verwehren. Diskussionen abbrechen, warum diese nun hier nicht mehr durchlaufen durften.

Johannsens Frau erschien etwa zehn Minuten später. Im Tausch gegen die Hündin gab sie ihm einen Korb mit einer Thermoskanne Kaffee und belegten Broten.

»Hier, mein Schieter, hab ich eben zusammengepackt. Da du ja nun nicht zum Frühstück kommen kannst.«

Dankbar blickte Johannsen sie an.

»Ach, der arme Hund.« Sie nahm die Dackelin Lotta auf den Arm und drückte ihr Gesicht an ihre Schnauze. Der Hund schmatzte, war ihm doch bei diesem Gekuschel offenbar unbehaglich.

Johannsen wandte den Blick ab und biss herzhaft in seine Stulle. Er brach ein Stück davon ab und hielt es Lotta hin, die gierig danach schnappte. Auch sie hatte offenbar noch kein Frühstück gehabt.

Katrin hatte sich den Wecker stellen müssen, da nach einer Woche Ferien mit ihrer Nichte und Sebastian ab heute wieder der tägliche Wahnsinn in der Kurklinik *Ebbe und Flut* begann. Das Kurheim hatte mächtig unter dem Virus gelitten. Vielen Mitarbeitern hatte gekündigt werden müssen. Jetzt ging der Betrieb allmählich wieder richtig los, aber die Geschäftsführung fand schwerlich Leute, und so mussten die wenigen die Arbeit für viele übernehmen.

Die morgendliche Fahrradtour am Siel entlang zum Deich und dann weiter auf dem Deich zur Klinik, darauf allerdings freute sie sich. Wenn der Tag erwachte, die Austernfischer zu trillern begannen und die Schafe sich blökend im Hinterland über das Gras hermachten. Den Fahrtwind, der so wunderbar nach Salz und Tang roch, in der Nase und am Körper spüren.

Als sie den Deich zur Klinik hin querte, sah sie eine Gruppe aufgeregter Menschen an der Straße Im Bad, die alle ihre Hälse zum Wäldchen hin reckten – einige davon in Sportkleidung, offenbar Kurgäste. Sie stieg vom Rad und näherte sich neugierig. Sie blickte ebenfalls in den Wald und sah etliche Männer und Frauen, die geschäftig herumwuselten. Das rot-weiße Flatterband, das sie durch die Bäume erkennen konnte, verhieß nichts Gutes. Sie wollte sich schleunigst aus dem Staub machen, als ihr von hinten jemand eine Hand auf die Schulter legte und sie dabei einen kleinen elektrischen Schlag bekam.

»Frau Lund, nicht *Sie* schon wieder!«

Katrin drehte sich um und blickte in das wenig amüsierte Gesicht von Kommissar Dirk Huber. Sein Jackett hielt er mit einem Finger über der Schulter. War ihm wohl zu warm in seinem Anzug, dachte Katrin.

»Ich hab gar nichts damit zu tun«, beeilte sie sich zu erwidern und hob die Hände. »Ich bin auf dem Weg zur Arbeit.« Sie zeigte mit dem Finger in Richtung der Kurklinik.

Er schmunzelte. »Das hatten wir doch schon mal. Da waren Sie auch gerade auf dem Weg zur Arbeit.«

Katrin ignorierte seine Bemerkung.

»Was ist denn überhaupt los hier?« Sie reckte wieder den Hals in Richtung Wald. »Haben wir etwa schon wieder eine Leiche?«

Huber räusperte sich. »*Wir*? … *Sie* fahren jetzt am besten dahin, wo Sie sowieso hinwollten.«

Katrin rührte sich nicht von der Stelle.

»Was ist? Leiche ja oder nein?« Das jedenfalls konnte er ihr doch sagen.

»Bitte, Frau Lund.« Huber machte eine Bewegung mit dem Arm, um ihr zu bedeuten, sich zu entfernen. »Ich bin gerade erst angekommen und weiß selbst noch nichts.«

»Kommen Sie, Herr Huber. Ja oder nein? Ich halte mich auch komplett raus. Versprochen.« Katrin legte die linke Hand auf ihr Herz. »Ehrenwort.«

»Ja, sieht wohl so aus«, sagte Huber kurz angebunden.

»Na also, geht doch.« Katrin grinste. »Ich kriege Sie … Immer.« Sie deutete mit dem Zeigefinger auf ihn.

»Jetzt machen Sie, dass Sie zur Arbeit kommen!« Ein Lächeln huschte über sein Gesicht.

Sie schwang sich auf ihr Rad und winkte ihm noch einmal zu.

Huber stapfte durch das Dickicht, bis er bei dem Flatterband angelangt war. Die Spurensicherer hatten schon ein Zelt über dem Leichenfund aufgebaut. Der Polizist Böge, den er noch von seinem letzten Mord hier in St. Peter-Ording kannte, kam gleich angelaufen und hielt ihm das Band hoch, damit er darunter hindurch konnte.

»Moin, Chef«, sagte er beflissen.

»Also, Herr Böge, ich bin doch nicht Ihr Chef.« Huber folgte Böge bis zu der Leiche.

»Morgen, Harmsen«, begrüßte Huber seinen Kollegen, der etwas abseits stand und den er sogleich an seinem karierten Hemd erkannte. »Spurensicherung ist offenbar schon da.«

Harmsen blickte zerknirscht drein, denn die Spurensicherung war sein Hobby. Und dass er jetzt nur zuschauen durfte, machte ihn offensichtlich nicht glücklich.

»Und du guckst jetzt, damit denen auch nichts entgeht?«, schmunzelte Huber.

Harmsen atmete tief ein und sah Huber direkt an. »Ja, du hast recht. Schwierige Situation. Durch den Regen heute Nacht …« Harmsen deutete in die Richtung der Plane. »Du siehst es ja selbst. Wir … ähm … die werden wohl nicht mehr viele Spuren finden.«

Die weiß bekleideten Kolleginnen und Kollegen lupften die Plane, und beim Anblick des toten Mädchenkörpers krampfte sich Hubers Magen zusammen. Als der Körper zur Seite gedreht wurde, sah er eine blutige Stelle am Hinterkopf der Toten. Er trat näher und wurde sofort wieder von Harmsen zurückgezogen.

Huber schluckte.

»Komm, du kannst mal Herrn Johannsen befragen, der beziehungsweise dessen Hündin die Leiche gefunden hat.« Harmsen schob seinen Kollegen vom Fundort weg. »Alles andere kannst du dir dann in der Rechtsmedizin ansehen.«

Trotzdem hatte sich der Anblick des Mädchens im Unterholz in Hubers Gedächtnis eingebrannt.

Jeanette, Katrins Assistentin, stürzte freudig auf ihre Chefin zu, als diese die Klinikküche betrat.

»Wie gut, dass du wieder da bist. Ohne dich läuft es nicht wirklich rund.«

»Ich freu mich auch, euch wiederzusehen.« Katrin fühlte sich überrumpelt und drückte Jeanettes Hand. Dann sprach sie in die Gruppe, die zum großen Teil aus Mitarbeiterinnen und Mitarbeitern bestand, die noch nicht so lange in ihrer Küche Dienst taten. »Aber ihr müsst das auch gut ohne mich hinkriegen. Denn ich will mich ja im Urlaub erholen und nicht immer denken müssen: Hoffentlich geht alles gut.«

Ihre mahnenden Worte führten dazu, dass die meisten vor sich auf den Boden schauten.

Jeanette konterte: »So viel konnte gar nicht schiefgehen, denn die Stubenrauch hat mehrmals am Tag einen Kontrollgang durch die Küche gemacht.«

Das war Salz in Katrins Wunde. Die Hauswirtschaftsleiterin schien geradezu nach einem Vorwand zu suchen, um Katrin eins auszuwischen.

»Aber nun guckt nicht so bedröppelt. Das kriegen wir schon hin. Ich bin ja froh, dass die Küche nicht in Flammen aufgegangen ist.« Dann zu Jeanette gewandt: »Aber das hätte die Stubenrauch bestimmt zu verhindern gewusst.« Sie lachte, und alle waren froh, dass sich die angespannte Situation aufgelöst hatte.

»Und nun ran an die Pötte!« Katrin klatschte in die Hände, und die Truppe setzte sich in Bewegung. In einer Stunde musste das Frühstück für die Kurgäste bereit sein.

Die übliche Geräuschkulisse begann: das Klappern der Töpfe, Schubladen und Schränke auf- und zumachen, Messer schärfen, Kaffeemaschinen, die fauchten und gurgelten, Brotschneidemaschinen – all das Geklirre, Gebrumme, Gebrodel und Gekrame gehörte für Katrin zu einem gut funktionierenden Arbeitsalltag.

Als die ersten Kurgäste den Speisesaal betraten, war alles schon längst fertig, und Katrin und ihre Crew konnten in Ruhe den ersten Kaffee trinken. Raunen, Gemurmel und ein vereinzeltes Lachen drangen durch die Küchentür zu ihnen. Ab und zu stand eine Mitarbeiterin oder ein Mitarbeiter auf, um zu überprüfen, ob von allem noch genug auf dem Buffet vorhanden war, und gegebenenfalls für Nachschub zu sorgen.

Der Arbeitsalltag hatte Katrin im Nullkommanichts wieder, und schon nach dem Mittagessen sehnte sie sich nach der Ruhe, die sie in der vergangenen Woche hatte genießen können.

Die Sonne schien, und sie wollte einen kleinen Spaziergang durch das Wäldchen vor der Klinik machen, natürlich auch, weil sie sich erhoffte, mehr über das zu erfahren, was sie heute Morgen nur von Weitem hatte beobachten können. Und vielleicht auch, weil sie hoffte, Dirk Huber wiederzusehen. Irgendetwas war da zwischen ihnen. Es funkte im wahrsten Sinne des Wortes.

Aber der Wald war leer, bis auf das Absperrband und zwei Polizisten, die offenbar den Tatort bewachten und schützten.

»Moin, Herr Böge.« Katrin erkannte den einen Polizisten wieder, der sie damals als Erster befragt hatte, als sie den Toten am Böhler Leuchtturm gefunden hatte.

Er guckte sie verständnislos an.

»Ich bin's. Katrin Lund.«

Er zuckte mit den Schultern.

»Ich hatte damals die Leiche am Leuchtturm gefunden.«

»Aaah ... Ach ja. Jetzt erinnere ich mich.« Ein Lächeln breitete sich auf seinem Gesicht aus.

»Und? Gab es wieder einen Toten?«

»Darüber darf ich nicht sprechen.«

Katrin blickte ihn enttäuscht von unten her an.

»Das verstehen Sie doch.«

Auch Katrins Lady-Di-Blick nützte da nichts. Böge wandte einfach die Augen ab und guckte geradeaus.

»Na gut. Dann noch einen schönen Tag.« Katrin umrundete das Absperrband. »Sturer Stiesel«, raunte sie leise.

Sie spazierte den Doktor-Felten-Weg durch den Wald und genoss den würzigen Duft des Kiefernwäldchens, der aus dem feuchten Boden aufstieg. Gott sei Dank war kein Leichengeruch in der Luft. Sie gelangte zum Deichgrafenweg und nahm dann den Weg an der Polizeistelle vorbei, vor der ein großes Aufgebot an Fahrzeugen – auch aus Flensburg – stand. Ihr Schritt verlangsamte sich, weil sie hoffte, dass vielleicht Dirk Huber zufällig herauskam und er diesmal auskunftsfreudiger war. Aber nichts rührte sich. Sie ging weiter zur Straßengabelung rechts in die Straße Im Bad, wieder zurück zur Klinik.

Der Wecker auf ihrem Handy signalisierte ihr, dass sie noch zehn Minuten hatte, bis sie wieder in der Küche erscheinen musste. Sie beschleunigte ihren Schritt. Kurz vor der Klinik nahm sie in dem Waldstück links von der Straße etwas Pinkfarbenes wahr. Sie blieb stehen, schaute sich um und wurde wie magisch von dem Gegenstand angezogen. Als sie näher kam, sah sie, dass es ein Rucksack war. Als sie noch näher kam, bemerkte sie einen regenbogenfarbenen Aufkleber auf dem Rucksack.

Sie zog den Rucksack aus dem Unterholz hervor und betrachtete ihn von allen Seiten. Hat bestimmt jemand verloren, dachte sie. Sie nahm ihn erst mal mit und wollte nach Feierabend Zettel aufhängen, dass sie den Rucksack gefunden hatte und er bei der Polizei abzuholen war.

Böge legte Huber die Vermisstenmeldung vor. »Ich glaube, ich weiß, wer das ist.«

Abrupt drehte Huber sich auf seinem Stuhl zu ihm um.

»Gestern ist bei uns diese Vermisstenmeldung eingegangen. Die Beschreibung passt ziemlich genau auf dieses Mädchen.«

»Und …?«, forderte Huber ihn auf.

»Sie heißt Emma Thomsen. Sie hat vorgestern Abend das Haus verlassen und ist seitdem nicht mehr nach Hause gekommen. Gestern war dann die Mutter bei mir und hat diese Vermisstenmeldung aufgegeben.«

Huber wandte sich an Harmsen. »Hast du irgendwas gefunden, was auf die Identität des Mädchens hinweist?«

Harmsen schüttelte nur den Kopf.

Als sie zurückkam, war in der Küche noch alles ruhig. Bis zum Aufbau der Kaffeetafel hatten sie also etwas Zeit.

Katrin konnte ihre Neugierde nicht im Zaum halten, nahm den Rucksack mit in ihr Büro und öffnete ihn.

Da wollte wohl jemand die Nacht aushäusig verbringen: Zahnbürste, Unterhose, den letzten Band vom *Gol-*

denen Kompass – aha, ein Fantasy-Fan, dachte sie –, ein paar Schminksachen und ein Portemonnaie. Da war auch tatsächlich ein ausgefülltes Namensschildchen an der Lasche aufgeklebt: EMMA THOMSEN.

Katrin schluckte. Dann rief sie Tabea an, ob sie inzwischen etwas von ihrer Freundin gehört hatte. Diese verneinte.

Katrin gab Jeanette Bescheid, dass sie zur Polizei müsse.

Sie rannte raus, warf den Rucksack in den Fahrradkorb und raste zur Polizeistelle.

Außer Atem stellte Katrin den Rucksack auf den Tresen. Böge kam hinter seinem Schreibtisch hervor und beäugte das Fundstück. Er nahm ihn in die Hand, drehte ihn mit der Vorderseite zu sich, und als er den regenbogenfarbenen Aufkleber sah, wurde er bleich im Gesicht.

»Wo haben Sie den her?«, fragte er.

»Im Wald gefunden«, antwortete sie. »Allerdings auf der anderen Straßenseite. Lag im Unterholz. Wenn er nicht so eine auffällige Farbe gehabt hätte, hätte ich den niemals entdeckt.«

Böge hielt den Rucksack immer noch in seinen Händen.

»Was ist, wollen Sie nicht reingucken?«

Böge blickte sie mit leerem Blick an.

»Das ist der Rucksack von der Freundin meiner Nichte: Emma Thomsen. Gucken Sie nach!«

Sie nahm ihm beherzt den Rucksack aus der Hand, kramte das Portemonnaie hervor und zeigte Böge den Ausweis.

Viel zu spät reagierte er. »Hören Sie auf, daran herumzutatschen.« Er riss ihr den Rucksack aus der Hand. »Sie verunreinigen doch komplett die Spurenlage!«

»Wieso die Spurenlage? Ist doch bloß ein verlorener Rucksack.«

Böge blickte ihr lange in die Augen. Dann schwante ihr etwas. Sie griff sich ans Herz und ließ sich auf die Bank plumpsen.

»Oh nein!«, entfuhr es ihr.

»Oh doch!« Böge nahm einen Asservatenbeutel aus seinem Schreibtisch und ließ den Rucksack hineingleiten. Dann nahm er das Mobiltelefon und tippte einen Kontakt an. »Herr Huber, Sie sollten zurückkommen. Wir haben hier etwas …«

Katrin rief in der Küche an, dass sie wohl die nächsten Stunden nicht mehr käme. Jeanette meinte nur: »Du und die Polizei, das ist keine gute Kombination … Wenn ich da an das letzte Mal denke …«

»Keine Sorge, ich habe nichts damit zu tun. Ich habe nur etwas Wichtiges gefunden«, versuchte Katrin Jeanette und vor allem sich selbst zu beruhigen.

Eine halbe Stunde später betrat Huber die Polizeistelle mit einem Tablett in der Hand, auf dem er drei Becher Kaffee balancierte. Einen stellte er Böge auf den Schreibtisch, einen nahm er sich selbst, und einen hielt er Katrin hin.

»Ich weiß noch, dass Sie ein Kaffeejunkie sind. Trinken Sie, wird Ihnen guttun.«

Dankbar nahm Katrin den Becher. Als sie den Plastikdeckel abzog, blickte sie Huber mit einem strafenden Blick an und schüttelte den Kopf.

»Ich weiß, das entspricht nicht Ihrer Idee von Nachhaltigkeit.« Er nahm ihr den Deckel ab. »Aber etwas anderes gibt es jetzt nicht.«

Katrin nahm einen Schluck, wenigstens war der Kaffee heiß. Sie entspannte sich, als ihr das Gebräu die Speiseröhre hinunterrann.

»So, und jetzt erzählen Sie mal, Frau Lund.« Huber setzte sich neben sie. Böge auf der anderen Seite des Schreibtischs brachte sich in Positur.

»Herr Böge schreibt das Protokoll gleich mit, wenn es recht ist.«

Katrin erzählte ihm vom Tag zuvor, von ihrer Nichte Tabea, von der Freundschaft der beiden und dass Tabea sich gesorgt hatte, als sie so lange nichts von ihrer Freundin gehört oder gelesen hatte.

»Können Sie Ihrer Schwester sagen, dass sie mit ihrer Tochter noch einmal kommen muss, am besten zu mir nach Husum? Da wohnt sie doch noch? Denn auch deren Aussage muss ich aufnehmen.«

»Da müssen Sie jetzt erst mal mit mir als Begleitung vorliebnehmen. Meine Schwester pilgert gerade, und Tabea wohnt bei mir.«

»Okay, ich muss jetzt dringend zu den Eltern von Emma fahren und ihnen die furchtbare Nachricht überbringen. Aber heute am späten Nachmittag bin ich wieder hier. Es wäre schön, wenn Sie dann noch einmal mit Ihrer Nichte kommen könnten.«

Hubers Kollege Harmsen betrat die Polizeistelle, nickte Katrin kurz zu und begann sich an einem der Tische auszubreiten, indem er Papiere und Fotos – offenbar von der Leiche – dort auslegte. Böge reichte ihm seine Aufzeichnungen über den Schreibtisch.

Katrin erhob sich und drückte Huber den leeren Becher in die Hand. Ihre Finger berührten sich leicht, und

Huber zog abrupt seine Hand zurück. Offenbar hatte auch er den elektrischen Impuls wahrgenommen. Aber seine Augen blieben auf ihr ruhen. Verlegen wandte sie sich ab.

Das Haus der Thomsens war eines der größeren Reihenhäuser im Stadtteil Böhl, die Fassaden weiß gestrichen und die Vorgärten auf unterschiedlichste Weise gepflegt. Einige hatten große Rasenflächen, andere schmückte vielfältiges Buschwerk. Das Haus der Thomsens war das Eckgrundstück zur Straße hin. Statt eines Zauns war hier ein typischer Friesenwall angelegt: Feldsteine, auf denen Röschen und Lavendel blühten. Harmsen wischte sich seine Haarlocke aus dem Gesicht, atmete tief ein und klingelte. Auf dem Schild stand *Inken + Sören + Emma* und darunter ein Herzchen. Einen kurzen Moment später öffnete eine Frau die Tür.

»Guten Tag, sind Sie Frau Thomsen?«, fragte Harmsen.

Huber registrierte, dass die zunächst hoffnungsvoll aufgerissenen Augen nun von Harmsen zu Huber und wieder zurück blickten. Hoffnung schlug in Entsetzen um, und sie drückte sich ihre Hand vor den Mund, um ein Schreien zu unterdrücken. Stattdessen kam ein Wimmern.

5

»Ich bin Hauptkommissar Dirk Huber.« Er stellte sich jetzt vor Harmsen. »Und das ist Hauptkommissar Harm Harmsen«. Er deutete auf seinen Kollegen. »Dürfen wir hereinkommen?«

Frau Thomsen öffnete die Tür ganz und ließ sie eintreten. Im Hintergrund des Flurs, halb im Dunkeln, stand ein Mann. Harmsen ging auf ihn zu.

»Und Sie sind?«

Der Mann reagierte sofort. »Ich bin Emmas Vater, Sören Thomsen.«

Frau Thomsen ging voraus ins Wohnzimmer. Ein großes Terrassenfenster gab den Blick in einen Garten frei, der mit viel Liebe und Hingabe gestaltet war. Überall kleine Blumeninseln, die mit Rasenwegen verbunden waren. Auch bemerkte Huber verschiedene Nischen, mit Stühlen und Tischchen bestückt. In diese Idylle hinein mussten sie nun die traurige Nachricht von Emmas Tod hineinfallen lassen. Eine Nachricht, die alles in dieser Familie für immer verändern würde.

Sein Sohn war im gleichen Alter, und er mochte sich nicht vorstellen, wie es ihm erginge, würde er von dessen Tod erfahren.

Herr Thomsen bot den beiden mit einer Geste an, Platz auf dem breiten Sofa zu nehmen. Die Thomsens ließen sich jeweils auf einem Sessel nieder. Huber hätte gedacht, dass das Ehepaar sich auf das Sofa setzen würde, dicht beieinander, um sich zu halten; stattdessen saßen sie so weit wie möglich voneinander entfernt.

»Leider müssen wir Ihnen mitteilen, dass die Leiche Ihrer Tochter Emma gefunden wurde«, platzte Harmsen unsensibel mit der Nachricht heraus.

Nachdem die endgültigen Worte gefallen waren, sprang Frau Thomsen auf und ging auf ihren Mann los. »Wenn ihr nicht so gestritten hättet, wäre sie jetzt nicht tot!« Er stand auf, um sie abzuwehren. Sie krallte sich an ihm fest und schlug gleichzeitig auf ihn ein. »Immer wieder der gleiche Streit. Und du konntest nicht einmal klein beigeben. Sie ist doch noch ein Kind!« Sie hämmerte auf seine Brust ein.

Huber näherte sich ihr von hinten und ergriff sanft ihre Arme. Sie ließ von ihrem Mann ab, sank in Hubers Arme und schluchzte. Huber setzte sie wieder auf den Sessel und nahm selbst seinen Platz auf dem Sofa ein.

»Was ist denn eigentlich passiert?«, schluchzte Frau Thomsen.

Huber räusperte sich. »Sie ist im Waldstück an der Straße Im Bad gefunden worden. Mit einer Kopfverletzung.«

Frau Thomsen schlug die Hände vors Gesicht. »Oh nein! Heißt das, sie ist …«

»Wir wissen noch nicht, wie sie zu Tode gekommen ist. Das muss die Gerichtsmedizin untersuchen.«

Herr Thomsen blieb die ganze Zeit stumm. Erst jetzt rannen Tränen über sein Gesicht, und er wandte sich ab.

»Worum ging Ihr Streit, wenn ich fragen darf?« Harmsen blieb hartnäckig.

Inken Thomsen antwortete anstelle ihres Mannes. »Mein Mann arbeitet bei einem Windkraftanlagenhersteller. Unsere Tochter war sehr ›Fridays for Future‹, wissen Sie. Vorgestern Abend ging es, wie so oft, darum, dass die Windräder die Landschaft verschandeln, die Vögel töten, und überhaupt brauche niemand so viel Strom, wie die erzeugen.«

Sören Thomsen drehte sich ihnen wieder zu. »Aber natürlich brauchen wir den Strom. Wo soll er denn herkommen? Atomkraftwerke sind doch keine Alternative!«

Frau Thomsen giftete ihn an: »Mit mir musst du darüber nicht diskutieren. Deine Tochter hättest du überzeugen sollen!« Zu Huber gewandt sprach sie weiter: »Sie war der Meinung, dass wir alle überhaupt weniger Strom verbrauchen sollten, statt zu fördern, dass wir immer mehr verbrauchen und dann für den Nachschub sorgen müssen.« Sie schnäuzte sich. »Und ich muss ihr da irgendwie recht geben.«

Einen Moment herrschte Stille im Raum. Draußen zwitscherten die Vögel im Garten.

»Jedenfalls ist sie dann abgehauen. Immer, wenn es brenzlig wurde, ist sie zu ihrem Großvater.«

»Aha.« Huber zückte seinen altmodischen Schreibblock und seinen Montblanc-Kugelschreiber. »Da benötigen wir Namen und Adresse.«

»Jan Frederiksen, Westerhever Straße.«

Der Name kam Huber bekannt vor; er überlegte kurz, kam aber nicht drauf.

»Und Sie beide, was haben Sie dann gemacht?«

»Ich bin in den Betrieb gefahren. Arbeit lenkt mich am besten ab«, beeilte sich Sören Thomsen zu antworten.

»Ja, und lässt mich wie üblich hier allein!« Frau Thomsen schluchzte wieder.

Auch hier ist die Idylle mit dem Herzchen am Klingelschild wieder nur Fassade, dachte Huber bei sich.

»Haben Sie für Ihren Aufenthalt im Betrieb Zeugen?«, fragte Harmsen.

»Nein, um die Uhrzeit ist da keiner mehr. Außer vielleicht der Wachmann unten. Aber auf den habe ich nicht geachtet. Ich weiß nicht, ob er da war.«

»Was haben Sie dann dort gemacht?«, mischte Huber sich ein.

»Ich bin für das Marketing zuständig. Seit geraumer Zeit stagniert die Produktion. Man muss sich einen neuen Markt erschließen und versucht es mit Windrädern im Meer.« Thomsen setzte sich wieder. »Emma hat ja schon recht. Wenn Sie sich den Windpark vor Husum ansehen … das ist nicht schön.«

Frau Thomsen fuhr dazwischen: »Ihr war einfach die Natur wichtig. Sie warf uns immer vor, dass wir den Verbrauch ständig steigern, wir aber die Natur, in der sie aufwachsen wolle, einfach verschandeln und kaputtmachen.«

»Als Totschlagargument brachte sie die paar Vögel an, die bedroht seien. Sprach vom Artenschutz von Seeadlern und Rotmilanen und so was«, ergänzte Sören Thomsen die Aussage seiner Frau.

Und wieder holte Harmsen das Ehepaar in seine Befragung zurück. »Und Sie, Frau Thomsen, wo waren Sie?«

»Ich war hier. Wie immer. Habe aber natürlich keine Zeugen. Verdächtigen Sie uns etwa?« Huber sah, wie die Frau immer mehr in sich zusammensank.

»Noch verdächtigen wir niemanden, da wir die Todesursache noch gar nicht kennen.« Huber steckte Block und Schreiber in seine Jacketttasche.

Harmsen und Huber erhoben sich. »Sie müssen leider in die Rechtsmedizin nach Kiel kommen, um Ihre Tochter endgültig zu identifizieren. Wir geben Ihnen noch Bescheid, wann Sie kommen können.«

Sören Thomsen begleitete die beiden zur Tür.

Als sie zum Auto gingen, meinte Harmsen: »Da bröckelt's aber mächtig hinter der gepflegten Fassade.«

Huber nickte, in Gedanken versunken.

Katrins Aufgabe war es nun, ihrer Nichte Tabea die traurige Nachricht zu übermitteln. Aber zuvor rief sie ihre Schwester an. Da diese wusste, dass Katrin nur anrief, wenn es etwas Wichtiges gab, ging sie auch sofort ran.

»Na, was gibt's, Schwesterchen?«

»Ich fall mal gleich mit der Tür ins Haus. Tabeas Freundin Emma ist heute tot im Kiefernwäldchen bei uns vor der Tür der Kurklinik aufgefunden worden.«

»Oh nein! Was ist denn passiert? Weiß es Tabea schon?«

»Nein, deshalb wollte ich erst mal mit dir sprechen. Sie soll heute Nachmittag in die Polizeistelle kommen wegen einer Zeugenaussage.«

»Kannst du sie dahin begleiten?«

»Ja klar. Ich kann sie da ja nicht allein hingehen lassen. Aber, wie, meinst du, soll ich ihr das beibringen?«

»Sie ist ein starkes Mädchen. Ich würde nicht lange um den heißen Brei herumreden. Sag ihr direkt, was los ist.«

»Außer, dass sie tot ist, weiß ich doch selbst noch gar nichts.«

»Umso besser, dann kommst du nicht in die Gefahr, Märchen zu erzählen.« Stille trat ein. »Wie bist du denn eigentlich an die Information gekommen?« Katrin antwortete nicht.

»Katrin?«, hakte Lena nach.

»Ja … ähm … also … ich habe bei meiner Mittagsrunde ihren Rucksack auf der anderen Seite der Straße gefunden. Erst mal habe ich mir nichts dabei gedacht. Doch dann fand ich das Portemonnaie, und da war ihr Ausweis drin. Und da wegen des Riesenaufgebots hier heute Morgen schon klar war, dass etwas Schlimmes passiert sein musste, bin ich damit gleich zur Polizei. Denn eigentlich wollte Emma gestern unbedingt mit nach Hamburg, mit Tabea shoppen. Aber sie kam nicht und hat sich auch nicht gemeldet.«

»Soll ich mich heute noch in den Zug setzen?«

»Nein, es reicht, wenn du wie geplant wiederkommst. Du kannst hier eh nichts ausrichten. Und trösten kann ich Tabea auch. Zumindest kann ich es versuchen. Wenn sie das Gespräch mit dir als Mutter braucht, wird sie dich anrufen.«

»Das wäre wunderbar, denn ich brauche nur noch zwei Tage, bis ich in Santiago de Compostela bin.«

»Versuch die Zeit noch zu genießen, Schwesterherz.«

»Wir hören voneinander.«

Katrin drückte die rote Taste.

So, und jetzt Tabea, dachte sie. Sie atmete ein paarmal tief ein und aus.

Da öffnete sich die große Schwingtür, und die Hauswirtschaftsleiterin Ingrid Stubenrauch schritt in beinahe königlicher Manier hindurch. Sie war wirklich in der Lage, jeden noch so kleinen Auftritt zu inszenieren.

»Frau Lund. Da sind Sie ja endlich!« Sie positionierte sich direkt vor Katrin. Katrin trat unwillkürlich einen Schritt zurück.

»Nach Ihrem Urlaub gleich morgens zu spät zu kommen.« Sie rückte nach. »Und wo waren Sie jetzt schon wieder?«

Noch einen Schritt, und Katrin würde an der Wand stehen. Deshalb blieb sie, wo sie war, und versuchte, die Nähe der Stubenrauch auszuhalten.

»Ich war auf der Polizeistelle und habe etwas abgegeben. Sie haben vielleicht mitgekriegt, was hier heute morgen los war.«

»Allerdings. Und erzählen Sie mir jetzt nicht, dass Sie da schon wieder mit zu tun haben.«

Katrin schluckte. »Leider ja.«

Die Stubenrauch riss die Brauen hoch.

»Ich kann da aber gar nichts für. Meine Nichte hatte ihre Freundin vermisst. Und die hat man heute früh im Wäldchen hier gefunden.«

»Oh nein!«, stöhnte die Stubenrauch. Und Katrin wusste nicht, ob aus Mitgefühl oder weil Katrin da wieder involviert war.

»Sie halten aber diesmal Ihre Finger da raus.« Ihre Chefin schien Katrins Gedanken lesen zu können.

Katrin wandte sich ab und ließ den kleinen Wasserkocher volllaufen. »Wollen Sie auch einen Tee?«

Ingrid Stubenrauch hob die Hände. »Nein, leider habe ich überhaupt keine Zeit. Es soll ja Menschen geben, die müssen arbeiten.«

Alte Zicke, dachte Katrin.

Beschwichtigend setzte die Stubenrauch nach: »Wie geht's denn Ihrer Nichte?«

»Sie weiß noch nichts davon. Ich wollte sie gerade anrufen.«

»Sie? Wieso denn Sie? Sie hat doch eine Mutter.«

»Aber die ist gerade im Urlaub. Deswegen war sie ja die letzte Zeit bei mir, als ich mir Urlaub genommen hatte.«

»Ich finde, Sie machen ganz schön viel für andere Leute. Ich hoffe, die wissen das auch zu würdigen.«

Wenn du mal würdigen würdest, was ich hier leiste, dann wäre mir schon sehr geholfen, dachte Katrin wieder bei sich.

»Ich mag meine Nichte und freue mich, wenn ich Zeit mit ihr verbringen kann. Da ich ja keine Kinder habe ...«

Sogleich unterbrach die Stubenrauch sie. »Ich will hier nicht in die Tiefe gehen.« Sie drehte bei und verließ mit der gleichen Grandezza die Küche, mit der sie aufgetreten war.

Katrin goss nun erst einmal ihren Tee auf und wartete, bis er gezogen war. Dann nahm sie sich einen Becher voll und tat ausnahmsweise Zucker und Milch hinzu. Das brauchte sie jetzt. Beherzt griff sie zum Handy und drückte die Kurzwahltaste ihrer Nichte.

Von unterwegs rief Huber in der Rechtsmedizin an, um zu fragen, ob die Leiche schon bei ihnen angekommen sei. Er wurde an den Rechtsmediziner Dr. Klaus Wegener weitergeleitet.

»Na, Dirk, sitzt du schon wieder auf glühenden Kohlen?«

»Du weißt ja, uns allen sitzt die Zeit im Nacken. Je eher wir Ergebnisse haben, umso eher können wir loslegen.«

»Ich werde nachher mal einen Blick auf das Mädchen werfen und rufe dich dann an.«

Dirk war erstaunt, dass Wegener die Tote als »das Mädchen« bezeichnete. Sonst abstrahierte er immer: die Tote, die Leiche, die Verstorbene. Wurde etwa auch er weicher mit zunehmendem Alter?

»Und, was sagt er?«, fragte Harmsen, als Huber das Handy wegsteckte.

»Er meldet sich später wieder.«

Sie stiegen aus dem Auto.

Huber wechselte von der Beifahrer- zur Fahrerseite. »Weißt du was, ich fahre mal zu diesem Großvater nach Westerhever. Wir können ja im Moment eh nichts weiter machen, als zu warten und uns die Dokumente und Akten anzusehen. Und das ist ja sowieso eher dein Part.«

Harmsen warf Huber den Autoschlüssel zu.

Hubers Part war eher die Befragung von Menschen.

Als Katrin ihrer Nichte endlich erzählt hatte, dass man Emma tot im Wald gefunden hatte und sie nachmittags beide zur Polizei müssten, war sie erleichtert. Sie liebte ihre Nichte und wollte sie natürlich vor schlechten Nachrichten bewahren. Aber Tabea schien erst einmal gefasst zu sein. »Weißt du denn, was genau passiert ist?«

»Nein, leider nicht. Sonst würde ich es dir erzählen.«

»Und warum müssen wir bei der Polizei antanzen?«

»Na, wir waren mit Tabea verabredet. Und sicher wollen sie von dir als ihrer Freundin wissen, ob dir etwas an ihr aufgefallen ist. Veränderungen und so. Wann ihr euch zuletzt gesehen habt. So was halt.«

»Aha.« Tabea sagte nichts weiter.

»Wir treffen uns um vier hier bei mir auf dem Parkplatz. Komm am besten mit dem Rad.«

»Alles klar.« Dann hatte Tabea sie schon weggedrückt.

Huber öffnete die vorderen Autofenster. Auf der Koogstraße durch den Tümlauer Koog hoch nach Westerhever waren kaum Autos unterwegs. Er überholte ein paar Fahrradfahrer, die, sicher auf dem Weg zum Westerhever Leuchtturm, sich mächtig gegen den Wind abmühten. Mit dem Auto durfte man nicht dorthin fahren. Da blieb nur Zufußgehen oder Radfahren. Der Westerhever Leuchtturm war wohl der bekannteste in Deutschland, und beinahe jeder hatte ihn schon mal gesehen – zumindest auf Fotos. Wenn Huber mit seinen Eltern früher für einen Tagesausflug an die Nordsee gefahren war, dann hierher. Ihm wurde warm im Herzen und im Bauch. Hier waren immer Schafe am Grasen gewesen, so auch heute. Als Kind hatte er Schafe geliebt. Sie waren so weich und wirkten so gemütlich. Sein liebstes Kuscheltier war ein Schäfchen gewesen. Vor ein paar Jahren, als seine Eltern und er den Dachboden aufgeräumt hatten, war ihm das Schäfchen wieder in die Hände gefallen, ziemlich zerrupft und an einigen Stellen kahl. Seine Mutter hatte das Schaf gewaschen und gestopft, sodass es fast wieder wie neu aussah und jetzt in seinem Schreibtisch lag. Harmsen hatte erst gedacht, das Schaf gehöre Hubers Sohn, der bei Hubers Schwägerin in Amerika aufwuchs. Aber als Huber ihm erzählt hatte, was das Schaf tatsächlich für ihn bedeutete, hatte Harmsen sich natürlich darüber lustig gemacht. Er hatte es nicht so mit Gefühlen.

Und jetzt war er wieder hier, in Westerhever, und er hatte die gleichen Gefühle wie damals.

Er hielt den Kopf aus dem Fenster und atmete tief die frische und salzige Luft der Salzwiesen ein.

Sein Navi dirigierte ihn landeinwärts, und nach ein paar Minuten stand er vor dem Hof von Jan Frederiksen. Er stellte das Auto ab und folgte dem Schild *Fremdenzimmer*. Es gibt schlechtere Orte zum Leben, dachte er.

Er ging direkt auf ein großes Bauernhaus zu. Eine typische nordfriesische Tür mit geschnitzten Verzierungen und einem halbrunden Oberlicht darüber hieß ihn willkommen. Das Holz war blau gestrichen, die Verzierungen in Weiß gehalten. Sah ein bisschen aus wie Wedgwood-Geschirr. Ein Border Collie wuselte herum, ohne groß von Huber Notiz zu nehmen.

Bevor Huber einen Klingelknopf finden konnte, öffnete sich auch schon die Tür, und ein Mann, etwa Mitte siebzig, stand vor ihm. Er trug einen Blaumann und Gummistiefel und hatte rot geränderte Augen.

»Guten Tag, mein Name ist Dirk Huber. Ich bin von der Polizei.« Er vermied es erst mal, zu erwähnen, dass er von der Kriminalpolizei war, um den Mann nicht gleich zu schockieren. »Sind Sie Herr Frederiksen?«

Der Hund huschte an ihnen vorbei ins Innere des Hauses.

Der Mann blickte Huber fragend an. »Ja, der bin ich.« Er trat vor die Tür, auf Huber zu. »Was gibt es denn?« Er versuchte, sich unauffällig eine Träne von der Wange zu wischen.

»Es wäre schön, wenn ich hereinkommen könnte. Ich habe ein paar Fragen an Sie.«

Widerwillig drehte Frederiksen sich um und öffnete die Tür ganz. Er schlurfte voraus, hinein in einen dunklen Flur. Huber schloss die Tür hinter sich. Im Halbdunkel sah er, dass die Wände komplett mit Bildern behängt waren. Landschaftsbilder mit viel Himmel.

Nach ein paar Schritten ging der Flur nach links ab.

»Ich dachte erst, Sie bräuchten ein Zimmer.« Er deutete in den Flur nach links, und Huber sah Nummern an den Türen. Ein Gast schloss gerade seine Zimmertür ab und kam ihnen entgegen. Unter den Arm eine Leinwand und eine kleine Staffelei geklemmt, über der Schulter eine lederne Tasche.

»Moin«, sagte der Gast.

»Moin«, antworteten Frederiksen und Huber wie aus einem Mund. Die drei schoben sich in dem engen Flur aneinander vorbei.

Frederiksen wies Huber in die Küche, deren Tür nach rechts abging.

»Setzen Sie sich.« Huber ließ sich auf einem der Küchenstühle nieder. »Wollen Sie Tee?« Jan Frederiksen hantierte mit Wasserkocher und Teekanne herum. Pro forma sagte Huber Ja. Er war sich sicher, dass der Mann auch ohne seine Antwort Tee aufgesetzt hätte.

»Sie wollen mir sicher erzählen, dass Sie meine Enkeltochter tot gefunden haben.« Stoisch füllte er Teeblätter in das Sieb. »Meine Tochter hat mich eben schon angerufen.« Er setzte sich an den Tisch und legte sein Gesicht in seine Hände. Als er wieder aufsah, bemerkte Huber, wie dem Mann Tränen über die Wangen liefen. »Sie war ganz aufgebracht und hat mir die Schuld an allem gegeben«, sagte er kraftlos.

»Aber wieso denn das?«, fragte Huber.

»Weil sie immer zu mir gekommen ist, wenn es zu Hause nicht gut lief.« Er drückte sich vom Tisch ab und goss das kochende Wasser über den Tee. Dann brachte er die Kanne mit hinüber zum Tisch, nahm zwei Becher aus der Anrichte und stellte sie neben die Kanne.

»Wollte sie an *dem* Abend auch zu Ihnen?«, fragte Huber.

»Nicht, dass ich wüsste. Normalerweise ruft sie an, wenn sie kommt … ähm … rief sie an … Aber vorgestern nicht. Ich vermute mal, sie hat sich mit ihrem Freund getroffen oder wollte sich mit ihm treffen. Davon durften meine Tochter und ihr Mann nichts wissen. Und da hat sie manchmal gesagt, sie fährt zu mir.«

Huber beobachtete durch das Küchenfenster, wie der Gast ungelenk versuchte, Staffelei und Leinwand an einem Fahrrad zu befestigen. Die Szene hatte etwas von einem Film mit Jacques Tati. Er musste schmunzeln.

»Aha … Wieso durften die Eltern nichts davon wissen?«

»Sie fanden die Bekanntschaft unangemessen. Der ist ein paar Jahre älter und Musiker. Irgendwas mit Metal … Heavy Metal, Black oder Dark Metal oder so. Aber Emma war ziemlich verliebt in den.«

»Haben Sie ihn mal kennengelernt?«

»Ja, sie hat ihn mal mitgebracht. Eigentlich ein ganz netter Kerl, wenn nicht die ganzen Tätowierungen gewesen wären. Mit Emma ist der so was von freundlich und fürsorglich umgegangen.«

Er zog das Sieb aus dem Tee und legte es auf die bereitstehende Untertasse. Ein schwarzer Tee, der noch dunkler als Kaffee schien, ergoss sich in die Becher. Zucker und Milch standen auf dem Tisch. Ohne die beiden Zutaten wäre der Tee wohl kaum genießbar. Huber nahm von beidem. Und tatsächlich schmeckte der Tee mit Zucker und Milch leicht nach Karamell.

Huber lehnte sich abwartend auf dem Stuhl zurück. Da er noch nicht wusste, wie das Mädchen zu Tode gekommen war, ob durch einen Unfall oder durch einen gewaltsamen Tod, konnte er hier keine offizielle Befragung durchführen. Und seine Erfahrung sagte ihm, dass bei eher redseligen Menschen zu viele gezielte Fragen zum Gegenteil führten, sie verschlossen sich. Also ließ er Frederiksen erzählen.

Katrin und ihr Team bereiteten die Kaffeetafel vor. Ab halb drei war der Speisesaal für eine Stunde zum Kaffeetrinken geöffnet.

Früher hatten sie ein Kuchenbuffet, von dem sich die Gäste nehmen konnten. Aber mit den Jahren wurden die

Gäste immer frecher und nahmen sich durchaus schon mal drei Stücke gleichzeitig, als ob das hier ein *All you can eat* wäre. Da sah selbst Katrin ein, dass das unwirtschaftlich war und auch nicht gerade gesundheitsfördernd. Sie selbst war es, die die Hauswirtschaftsleiterin darauf aufmerksam gemacht hatte. Die reagierte auch prompt, indem sie den Gesamtetat entsprechend kürzte. Das war eigentlich nicht das, was Katrin beabsichtigt hatte. Seitdem traf sie solche Entscheidungen allein, und das eingesparte Geld verwendete sie für andere, bessere Lebensmittel.

Jetzt wurden die Tische eingedeckt. Die Gäste hatten feste, nummerierte Plätze, sodass Katrin die Allergiker im Blick hatte, die dann gesondertes Essen bekamen. Mittlerweile hatte mindestens ein Viertel der Kurgäste Lebensmittelallergien.

Katrin stellte die großen Kaffeekannen auf, als die Schwäbin, die sie tags zuvor vor dem Museum getroffen hatte, plötzlich an ihrer Seite stand.

»Habet Sie an mein Rezept gedacht?«

Katrin wusste im ersten Moment nicht, was sie meinte, war sie doch in Gedanken schon mit ihrer Nichte auf der Polizeiwache.

»Ha, Sie wisset scho, des mit dene Rote Rüba.« Sie ließ sich einen Kaffee aus der großen Kanne einlaufen. »Bei der Rezeption war heut noch nix.«

Jetzt war Katrin in der Spur. »Ach ja … Ich drucke es Ihnen aus und bringe es an Ihren Tisch.«

Ein Strahlen ging über das Gesicht der Schwäbin, und sie fasste Katrin am Arm. »Mir habet nämlich dahoim eine Kochgrupp, wisset Sie. Und das sind mir immer auf der Jagd nach schöne neue Rezepte. Und Ihr Rote-Rüben-Marmelad isch halt scho der Knaller. Was moinet Sie, wie die älle gucken, wenn ich dahoim Kräcker mit Ziegakäs und der Rota-Bete-Marmelad kredenz. Da freu i mich jetzt scho auf die Gsichter von die andere.« Sie marschierte zu ihrem Platz.

Katrin hatte, mit Sebastians Unterstützung, Visitenkarten entworfen und ausgedruckt, die auch die Blogadresse von *katrinsküstenküche* enthielten. Sie ging kurz in ihr Büro, nahm eine der Karten und legte sie an den Platz der Schwäbin.

»Wenn Sie noch mehr Rezepte suchen, dann besuchen Sie doch gerne mal meinen Blog.« Sie deutete auf die Kopfzeile.

»Ach, Sie heißet auch Katrin ohne h? Des isch ja luschtig. Ich auch.« Sie griff nach Katrins Hand und zwinkerte ihr zu. »Da sind wir ja sozusage Vebündete.«

Vorsichtig entwand Katrin ihr die Hand. Sie blickte auf ihre Uhr. »So, ich muss dann mal wieder.«

»Vielen, vielen Dank. Sie sind ein Engel.« Die Schwäbin war, wie Katrin fand, eine Spur zu enthusiastisch.

Plötzlich war sie aufgeregt. Bald würde Tabea hier sein, und sie würde Huber wiedersehen. Und sie spürte, dass aus ihren Tiefen allmählich wieder die Neugierde heraufstieg. Sie wollte wissen, was mit dem Mädchen geschehen war, wie es zu Tode gekommen war. Ihr ganzer Körper vibrierte. Sie blickte auf ihre Armbanduhr. Kurz nach drei.

Frederiksen hatte ein reiches und erfülltes Leben gehabt und war bescheiden und bodenständig geblieben.

Sicher war es das gewesen, warum seine Enkeltochter so oft seine Nähe gesucht hatte. Aber Huber durfte ihm nicht auf den Leim gehen. Sollte Emma gewaltsam zu Tode gekommen sein, gehörte er in jedem Fall zum Kreis der Verdächtigen.

Der Hund kam an, hockte sich neben Frederiksen und legte seine Schnauze auf seinen Oberschenkel. Die Augen des Hundes suchten Frederiksens Blick. Automatisch kraulte der Mann seinen Hund am Hals.

Frederiksen sprach über seine Kunstsammlung, die eher zufällig entstanden war und nun doch so bedeutend geworden war, dass sie im Museum ausgestellt wurde.

»Es ist aber nicht alles dort. So viel Platz haben die gar nicht.« Er lächelte. »Wollen Sie mal gucken?«

Huber nickte. Er trank seinen Tee aus und folgte Frederiksen in den Flur. Bei Licht betrachtet, überwältigten ihn all die Kunstwerke in den unterschiedlichsten Größen: Gemälde, manche bunt, manche eher monochrom, Radierungen, Zeichnungen und Fotografien zierten die Wände. Frederiksen erklärte Huber jedes der Kunstwerke, auf denen in der Hauptsache Himmel mit Wolken zu sehen waren. »Deshalb nennt man mich den Wolkensammler.« Er lachte dröhnend. Die Trauer über seine Enkeltochter war für einen kurzen Moment wie weggeblasen. »Das ist was, was nur wir hier zu bieten haben: den weiten Himmel und die Wolken. Wenn man allein draußen im Watt steht, fühlt man sich eins mit dem Kosmos.«

Plötzlich war Huber klar, warum er die Ausflüge hierher nach St. Peter-Ording als Kind so geliebt hatte. Damals hatte er keinen Ausdruck dafür gehabt, aber Frederiksen hatte es soeben in Worte gefasst.

»In die Gästezimmer können wir natürlich nicht rein. Da hängen aber auch noch welche.« Frederiksen stapfte die steile Stiege ins obere Geschoss hinauf, Huber folgte ihm. Auf dem Dachboden war alles vollgestellt. Viele der Bilder in Nessel gewickelt, um sie vor Staub zu schützen. Es waren Hunderte von Bildern, die hier lagerten.

»Haben Sie die eigentlich mal schätzen lassen?«, fragte Huber.

»Nee! Will ich auch nicht. Dann treten die Versicherungen auf den Plan. Von all den Kunstexperten, die scharf auf die Sammlung sind, ganz zu schweigen.«

Huber nickte verstehend.

»Ein großes hängt noch im Wohnzimmer.« Sie stiegen wieder hinunter. Frederiksen öffnete die Tür hinter der Küchentür, das Wohnzimmer war für ein altes Bauernhaus erstaunlich groß. Huber erkannte, dass hier eine Wand durchgebrochen worden war. Die Balken waren dunkel gebeizt und bildeten einen schönen Kontrast zu den weißen Wänden. Hier war nichts weiter an den Wänden, außer einem riesigen Gemälde gegenüber der Fensterfront. Bestimmt zwei mal fünf Meter groß, nahm das Querformat die Wand ein, als ob es extra für diesen Platz gemacht worden war. Schemenhaft und nur bei genauem Hinsehen konnte Huber das Watt und eine Horizontlinie erkennen. Ansonsten verschwamm alles in einem diesigen Nebel. Das, was das Bild so einzigartig machte, war das Licht. Es gab keine Schatten und keine Lichtquelle, trotzdem war die Landschaft hell, beinahe weiß. Es zog ihn hinein wie in eine magische Lichtwelt.

Das also kann Malerei, dachte Huber. Mich dazu bringen, mich in Zeit und Raum zu verlieren. Er bekam eine Ahnung davon, was Menschen an bildender Kunst reizte. Ein Gefühl von Glück und innerem Frieden breitete sich in ihm aus, je länger er das Bild betrachtete.

»Das haben sie für die Ausstellung natürlich nicht bekommen.« Frederiksen holte ihn aus dem Bild heraus. »Davon würde ich mich nie trennen.«

Huber drehte sich zu ihm um. Mit einem Mal gab es ein tiefes Verständnis zwischen ihnen. »So stelle ich mir meinen Tod vor. Wenn alles eins wird.«

Frederiksen lächelte ihn an. »Die Eröffnung war erst gestern. Wenn Sie wollen, führe ich Sie mal im Museum und in der Kirche herum.«

»Waren Sie den ganzen Tag da?«

»Na, so ziemlich. Die Vernissage war am späten Nachmittag. Ich war natürlich wegen der Vorbereitung schon vorher da.«

»Wann haben Sie denn Emma das letzte Mal gesehen oder gehört?«

»Sie hatte mich vorgestern noch angerufen und gesagt, wie sehr sie sich für mich freut, dass die Bilder jetzt endlich mal ausgestellt werden. Und sie hat gefragt, ob sie ihren Freund mitbringen könne. Sie hatte die Idee, dass er vielleicht auf der Gitarre ein paar Lieder spielt, die mit Wasser und Wolken zu tun haben. Ich fand das gut.« Er schmunzelte. »Ich stelle mir grad das gediegene Publikum vor, wenn dieser Tätowierte seine Klampfe auspackt und anfängt, Seemannslieder zu singen.« Er biss sich auf die Lippen, und seine Augen füllten sich wieder mit Tränen. Er schüttelte leicht den Kopf, um die Trauer abzuschütteln.

»Herr Frederiksen, ich muss jetzt. Wir sehen uns wieder. So oder so. Ich melde mich.«

Frederiksen drückte Huber wie einem alten Freund die Schulter, als er ihm die Haustür öffnete. Schweigend verabschiedeten sie sich voneinander.

Huber ging zu seinem Auto. Er hatte eine existenzielle Erfahrung gemacht. Und das mit Kunst!

Das Alibi von Frederiksen müssten sie in jedem Fall überprüfen, wenn sich herausstellte, dass Emma gewaltsam ums Leben gekommen war.

Tabea wartete schon auf dem Parkplatz. Als Katrin auf sie zuging, fiel sie ihrer Tante sogleich in die Arme und begann zu schluchzen. »Das ist so schrecklich.« Sie löste sich ein bisschen und suchte in ihrer Shorts nach einem Taschentuch. Katrin war schneller und reichte ihrer Nichte die ganze Packung, die sie vorsorglich eingesteckt hatte. Tabea griff danach, zupfte eins der Taschentücher heraus und schnäuzte sich kräftig.

»Komm, mein Schatz, lass uns gehen.«

Sie setzten sich in Bewegung. Auf der Straße Im Bad sahen sie links zwischen den Kiefern hindurch das rot-weiße Flatterband.

»Ist sie hier …?«, fragte Tabea.

Katrin nickte stumm.

Sie verharrten einen Moment, und Tabea wirkte, als ob sie betete. Dann sammelte sie sich, und sie zogen weiter.

Vor der Polizeiwache blieben sie kurz stehen. Tabea atmete tief durch, blickte Katrin an, nickte, und dann traten sie ein.

Huber saß schon da und schien zu warten. Sein Gesicht hellte sich auf, als er Katrins: »Da sind wir also«, hörte. Er sprang vom Stuhl auf und bot den beiden einen Platz an. Er wandte sich an Tabea. »Wie fühlst du dich? Oder soll ich lieber Sie sagen?«

»Du ist okay.«

Huber deutete auf Harmsen, der an einem Schreibtisch auf die Tastatur eines Laptops einhämmerte. »Das ist mein Kollege Harm Harmsen.«

Katrin und Harmsen nickten einander stumm zu.

»Also gut, Tabea, wenn du dich so fühlst, dass ich dir ein paar Fragen stellen kann, legen wir los.«

Tabea ruckelte sich auf dem Stuhl zurecht und machte sich gerade.

»Erst mal kurz die Formalitäten. Vollständiger Name, Wohnort und so weiter.«

»Tabea Kerr. Ich wohne eigentlich bei meiner Mutter.« Sie blickte Katrin an und nannte die Adresse.

Katrin fügte hinzu: »Ich hatte Ihnen ja schon erzählt, dass meine Schwester auf Pilgertour ist.« Zu Tabea gewandt: »Du erinnerst dich vielleicht an Herrn Huber. Wir waren bei ihm zum Abendessen eingeladen. Nach meinem ersten Fall ... ähm ... unserem ersten Fall ...« Sie blickte Huber an, der ihren Blick gespielt streng erwiderte. »Also, du weißt schon, als ich damals den Toten am Leuchtturm gefunden hatte.«

Nun schmunzelte Huber.

Tabea nickte, sie erinnerte sich.

»Emma und du, ihr wart gute Freundinnen?«

Tabea nickte wieder.

»Woher kanntet ihr euch?«

»Als sie noch in Husum wohnte, sind wir zusammen zur Schule gegangen. Dann sind sie hierher nach St. Peter-Ording gezogen. Und immer, wenn ich hier bin, treffen wir uns.«

»Wann hast du sie das letzte Mal gesehen? Oder gesprochen? Habt ihr telefoniert?«

»Wir wollten gestern Morgen zusammen mit Katrin nach Hamburg fahren.« Sie blickte ihre Tante an. »Am Abend davor haben wir noch gewhatsappt. Sie wollte um acht Uhr morgens bei meiner Tante sein. Aber sie kam nicht. Und ich konnte sie auch nicht erreichen. Ich habe erst gedacht, sie ist mit ihrem Freund unterwegs oder bei ihrem Opa. Da geht sie nämlich immer hin, wenn sie Stress hat. Ich hab mir eigentlich nichts dabei gedacht, dass sie sich nicht gemeldet hat. Nur als ich sie dann bei der Ausstellungseröffnung nicht getroffen hab, habe ich mir schon Gedanken gemacht. Das konnte ich mir gar nicht vorstellen, dass sie nicht zu der Feier von ihrem Opa geht. So lieb, wie sie den gehabt hat. Aber ihre Eltern, also die Tochter von Herrn Frederiksen und ihr Mann, waren auch nicht da. Also habe ich gedacht, sie ist mit denen unterwegs.«

»Hat sie denn Probleme zu Hause gehabt? Hat sie da mit dir drüber gesprochen?«

»Ja klar. Sie ist bei Fridays for future. Und ihr Vater baut Windkraftanlagen. Da gab es, na klar, oft Streit. Die großen Windräder killen nämlich ganz viele Vögel. Und außerdem mochte ihr Vater ihren Freund nicht.«

»Kanntest du ihren Freund?«

»Ja, wir waren ab und zu zusammen unterwegs. Der ist ein paar Jahre älter als wir. Sieht ein bisschen komisch aus, ist aber ein ganz Lieber.«

»Weißt du, wie er heißt und wo er wohnt?«

»Hauke heißt der.« Sie überlegte. »Hauke Janssen. Ich glaube, der wohnt in Tating. Der kam immer mit dem Fahrrad hierher.«

»Und die beiden haben sich gut verstanden?«

»Absolut! … Wenn Sie denken … Ist sie denn ermordet worden?« Tabea richtete entsetzt die Augen auf Huber.

»Das wissen wir noch nicht.«

Katrin funkelte ihn an. Er spürte, dass sich ihre unausgesprochene Schimpftirade auf ihm niederlud.

Er räusperte sich. »Also, ich muss abwarten, bis deine Freundin gründlich untersucht worden ist.«

Katrin schüttelte nur den Kopf und griff nach Tabeas Hand.

Huber stand auf. »Ich denke, das war es erst mal. Wenn wir weitere Ergebnisse haben, melde ich mich bei Ihnen, Frau Lund«, sagte er zu Katrin.

»Na, das will ich doch hoffen! Nach dem, was Sie da gerade angedeutet haben. … Aber Sie können wohl nicht anders.«

Sie nahm ihre Nichte bei der Schulter und führte sie hinaus, ohne Huber die ausgestreckte Hand zu drücken.

6

Als sie vor der Tür standen, musste Katrin über sich selbst schmunzeln. Bei allem Mitgefühl für Tabea juckte es sie doch in den Fingern, wieder einmal zu ermitteln, das Rätsel um einen Tod zu lösen, auch wenn sie dabei vielleicht eine schreckliche Geschichte zutage förderte.

»Ich ruf eben in der Küche an, dass ich heute nicht mehr komme. Wir fahren nach Hause und kochen uns etwas Schönes. Was meinst du?« Katrin hakte sich bei Tabea unter, und sie gingen zurück zum Kurheim. Wieder mussten sie an dem Wäldchen vorbei, und wieder blieb Tabea stehen.

»Ich frage mich, was sie hier wollte.«

»Na, vielleicht ist sie hier spazieren gegangen.«

»Pfhh … Emma und spazieren gehen. Im Leben nicht. Sie hasste jede Art von körperlicher Bewegung.« Sie guckte ihre Tante an und grinste schief. »Na ja, fast jede Art von körperlicher Bewegung.«

Katrin biss sich auf die Lippen, um ein Lachen zu unterdrücken.

»Wir warten jetzt mal ab, was die Polizei herausfindet. Und dann machen wir uns weitere Gedanken. Wahrscheinlich war es doch nur ein Unfall.«

Auf dem Parkplatz der Klinik schnappten sie sich ihre Fahrräder und radelten am Deich entlang, am Golfplatz vorbei zum Wilhelminenkoog, zu Katrins Kate, die idyllisch in der Niederung lag. Von Weitem eher zu erahnen als zu erkennen; Büsche und Bäumchen bildeten eine Art Schutzwall um das Haus.

»Auf was hast du Appetit? Willst du überhaupt etwas essen?«, fragte Katrin, als sie die Fahrräder in den Schuppen stellten.

»Eigentlich mag ich nichts essen. Aber wie sagst du immer: Gutes Essen hält Leib und Seele zusammen.«

Katrin schaute Tabea mitfühlend an. »Also, womit kann ich deinen Leib und deine Seele zusammenhalten?«

Die beiden gingen in die Küche.

»Du weißt, womit.« Tabea ging direkt zur kleinen Speisekammer und kam mit einem Glas Caponata wieder heraus. Sie stellte es auf den Küchenblock und öffnete das Glas mit einem Plopp.

»Seelenfutter« nannte Tabea die Caponata ihrer Tante, die diese immer auf Vorrat gekocht in der Kammer hatte.

Katrin nahm Spaghetti und einen großen Topf aus den Schränken und setzte Salzwasser auf.

Wie auf Kommando verließen sie die Küche, jede ging in ihr Zimmer, und nach ein paar Minuten trafen sie sich wieder dort, in bequemer Kleidung, die Luft an den Körper ließ.

Das Nudelwasser kochte, Tabea ließ die Nudeln hineingleiten, und Katrin deckte den Tisch ein. Ein Zusammenspiel, das keine Worte benötigte. Während die

Nudeln kochten, hockte sich Tabea an den Küchenblock und studierte die Nachrichten auf ihrem Handy. Katrin erhitzte ein wenig Olivenöl in der Pfanne, löffelte die Caponata hinein und ließ sie bei geringer Temperatur warm werden. Ein wohliger Geruch von Tomaten und Auberginen durchströmte die Küche, und Tabea legte das Handy beiseite.

»Emmas Mama hat mir gerade geschrieben, dass Emma tot ist.«

Katrin öffnete sich eine Flasche Rotwein. »Ach … das muss furchtbar für die Eltern sein.« Sie rührte in der Caponata, fischte dann eine Nudel aus dem Wasser, biss hinein und nickte. Tabea rutschte vom Hocker, legte zwei Untersetzer auf den Tisch und stellte den Herd aus, während Katrin das Nudelwasser abgoss.

»Ich glaube, das Verhältnis zu ihren Eltern war eher schwierig. Sie hat erzählt, dass sie immer ziemlich viel Streit hatten in letzter Zeit. Hauptsächlich mit ihrem Vater.«

»Ja, das hattest du bei Huber schon angedeutet. Erzähl mal mehr darüber.« Katrin stellte Topf und Pfanne auf die Untersetzer. Sie goss sich ein Glas Wein ein.

»Na, einmal wegen der Arbeit von ihrem Dad. Der ist ja ein mittelgroßes Tier bei den Windkraftanlagen. Und dann ging es natürlich um ihren Freund. Den fanden die Eltern nicht standesgemäß.« Tabea rollte mit den Augen. »Was für ein Scheiß! Standesgemäß! Einen Besseren konnte sie gar nicht kriegen. Bloß, weil der ein paar Tattoos hat.«

»Meinst du, Emma und Hauke könnten dennoch wegen irgendetwas Streit gehabt haben?«

»Ach, jetzt bist du es, die nicht abwarten will, was die Polizei herausfindet.«

Ertappt blickte Katrin auf den Teller vor sich. Dann prusteten beide gemeinsam los. Das war eine Erleichterung, trotz der Trauer lachen zu können.

Katrin erhob ihr Glas und prostete Tabea zu, die an ihrer Rhabarberschorle nippte.

»Du kennst mich zu gut, liebe Nichte.«

»Ach, Tantchen, das findest du doch eigentlich toll, oder?« Tabea stopfte sich eine Gabel voll Spaghetti in den Mund. »Wenn die Polizei nichts rausfindet, schnüffeln wir zusammen, okay?«

Katrin grinste.

Was war das bloß in ihrer Familie, dass die Neugierde sich so durchgemendelt hatte?

Huber wurde ungeduldig. Zurück an seinem Schreibtisch in Husum, gab es immer noch keine Nachricht von der Gerichtsmedizin. Also nahm er den Hörer und rief Wegener von sich aus an. Das würde den Rechtsmediziner wenig erfreuen, aber Huber brannte es unter den Nägeln. Er wollte wissen, ob er einen Fall hatte oder nicht. Ob er wegkam von dieser trostlosen Schreibtischarbeit, ob er hinaus zu den Leuten konnte und ob er Katrin Lund wiedersehen würde.

Klaus Wegener nahm selbst ab, schon nach dem zweiten Klingelton.

»Moin, Klaus, ich weiß, ich nerve, aber ich möchte wissen, ob ich einen Fall habe oder nicht. Kannst du mir wenigstens sagen, ob es ein Unfall war oder Schlimmeres? Und wie lange das Mädchen schon tot war, als es gefunden wurde?« Er konnte die Vorstellung kaum ertragen, dass sich Emma noch lange im Todeskampf gequält hatte.

»Dass du weißt, dass du nervst, ist schon mal eine gute Einsicht. Ich kann dir tatsächlich noch nicht viel sagen. Nur so viel: Ich habe in ihrer Kopfwunde ein paar kleine Metallsplitter gefunden. Und da im Umkreis der Toten nichts Metallähnliches war, nehme ich mal ganz kühn an, dass ihr jemand etwas über den Schädel gezogen hat. Allerdings ist die Stelle der Kopfwunde untypisch dafür; ziemlich weit unten, beinahe am Atlas. Und ich konnte, wahrscheinlich im Zusammenhang mit der Wunde, einen Genickbruch feststellen. Zum Glück musste das Mädchen nicht lange leiden.«

»Aha, und was heißt das jetzt?«

»Am besten kommt ihr morgen mal her, dann kann ich euch alles zeigen. Und bis dahin habe ich dann hoffentlich auch mehr zu sagen.«

»Und … habe ich nun einen Fall? Was meinst du?«

»Es war auf jeden Fall kein Unfall vor Ort. So viel kann ich sagen.«

»Okay, das reicht mir schon. Danke. Und bis morgen.«

Kaum hatte Huber den Hörer aufgelegt, rief er den Staatsanwalt Jessen-Nissen an und setzte sich mit ihm ins Benehmen über das, was er bisher wusste. Er bettelte quasi darum, dies als Fall zu interpretieren und übertragen zu bekommen. Und das bei Jessen-Nissen, seiner Nemesis seit Schülertagen. Der es immer geschafft hatte, Huber Informationen und Wissen abzuluchsen, selbst aber stets mit allem hinterm Berg hielt. Das saß tief bei Huber. Und als der dann auch noch als Staatsanwalt quasi sein Chef wurde, war es für Huber jedes Mal eine Überwindung, ihn zu treffen. Manchmal allerdings verschaffte es ihm auch Genugtuung, beispielsweise wenn er mit einer Intuition ober einem Motiv recht behalten hatte. Denn über Intuition verfügte der Staatsanwalt leider überhaupt nicht.

»Du kannst dir doch nicht selbst einen sogenannten Fall zuschanzen, Dirk!« Jessen-Nissens Stimme erhob sich.

Da half nur Dreistigkeit.

»Doch, kann ich. Denn wie der Gerichtsmediziner sagt, ist ein Unfall vor Ort auszuschließen. Also würde ich es mal als Fall bezeichnen, weil zumindest eine ungeklärte Todesursache vorliegt.«

Schweigen.

»Okay, ich gebe dir eine Woche. Wenn du mir bis dahin nichts lieferst, ist dein sogenannter Fall für dich gestorben.«

»Mehr will ich gar nicht. Ich halte dich auf dem Laufenden. Ach ja, morgen ist die Leichenschau des Mädchens. Das willst du dir doch sicher nicht entgehen lassen.« Huber legte einfach auf, ohne sich zu verabschieden. Für ihn war so eine Leichenschau oder gar Sektion immer ein Angang, und er überstand sie nur dank guter Vorbereitungen.

Nach dem Essen wurde Katrin so müde, dass sie sich früh zurückzog. Offenbar vertrug sie keinen Rotwein mehr. Zugegeben, sie hatte ziemlich schnell hintereinander zwei Gläser getrunken.

»Ich räum ab«, warf Tabea ihrer Tante hinterher, die schon fast aus der Tür war. Als Katrin sich umdrehte, um ihrer Nichte eine gute Nacht zu wünschen, war diese schon wieder an ihrem Handy zugange. »Ich treffe mich gleich noch mit Sven. Bin aber um zehn wieder hier. Versprochen.« Sie blickte Katrin mit einem Augenaufschlag an.

»Alles klar.« Katrin zückte ihr eigenes Handy und wählte die Nummer von Sebastian. Er ging nicht ran.

Na toll, dachte sie, wenn ich dich schon mal brauche … Dann fiel ihr ein, dass er ja auf der anderen Seite der Erdkugel weilte. Sie stellte auf ihrem Handy die Uhrzeit von Canberra ein. Dort war es acht Uhr morgens. Also würde er schon arbeiten.

Sie ließ sich einfach auf ihr Bett fallen. Eigentlich war es noch zu früh, schlafen zu gehen. Aber irgendwie war alle Luft aus ihr raus. Ihr Telefon klingelte.

»Sorry, mein Schatz, ich konnte eben nicht rangehen. Wir sitzen hier bei der Nachbesprechung des gestrigen Tages. Die Stimmung ist gut. Wir hatten bei unserer Ankunft ein großartiges Essen und einen köstlichen Weißwein. Davon bringe ich dir eine Kiste mit. Den musst du probieren.«

In seine euphorische Stimmung hinein erzählte sie ihm von ihrem Tag, von der Leiche des Mädchens, von Tabea, von dem Rucksack … Sie bemerkte, dass ihre Stimme immer leiser wurde und eine wohlige Erschöpfung sie ergriff.

Als sie wieder erwachte, schrak sie hoch und schaute auf ihr Handy. Dreiundzwanzig Uhr siebenundvierzig. Sie erinnerte sich kaum noch an das Telefonat mit Sebastian, geschweige denn, wie es zu Ende ging. War sie etwa über dem Gespräch eingeschlafen? Was war los mit ihr? Sie blickte an sich hinunter: Ihre Kleidung hatte sie auch noch an.

Sie stand auf und schlich auf Zehenspitzen zum Gästezimmer, wo sie ihre Nichte selig schlummernd atmen hörte.

Sie ging ins Bad, zog sich aus und putzte sich die Zähne. Plötzlich wusste sie, was zu tun war. Sie würde morgen mit Rudi sprechen. Der kannte hier in St. Peter-Ording jeden. Und bestimmt konnte er ihr etwas über Emma und ihre Familie erzählen. Sie lächelte in den Spiegel.

7

Früh am Morgen rief Huber bei den Eltern von Emma an, um sie in die Rechtsmedizin nach Kiel zu bestellen. Ihm war es lieber, eine Identifizierung geschah, bevor der Körper einer Leiche geöffnet wurde.

Er bereitete sich wie üblich auf die Sektion vor: nur eine Scheibe Toastbrot essen, Kamillentee trinken, Kopfhörer einstecken, Überprüfen des Handys – er überstand eine Obduktion nur mit der Musik von Bach in den Ohren, die die Geräusche von Zangen und Sägen übertönte. Den Tigerbalsam hatte Wegener ihm verboten. Er sei als Gerichtsmediziner auch auf die Gerüche, die aus einer Leiche kämen, angewiesen. Der Tigerbalsam würde alles übertünchen. Also musste Huber einen Mund-Nasen-Schutz tragen. Den hatte er in diesen Zeiten sowieso immer dabei.

Dann machte er sich auf den Weg nach Kiel.

Als er vor der Rechtsmedizin vorfuhr, stand das Ehepaar Thomsen bereits vor dem schmucklosen modernen Gebäude; ein rechteckiger Klinkerbau, der nur aus Fenstern zu bestehen schien.

Die beiden hatten keinen körperlichen Kontakt, anders als sonst verzweifelte Eltern, die sich aneinander festzuhalten schienen. Sie gingen noch einen Schritt auseinander, als sie Huber bemerkten, und ließen ihn in ihre Mitte. Sie betraten das Gebäude.

»Ich schaue mal, wo ich den Rechtsmediziner finde. Warten Sie hier einen kleinen Moment.« Huber löste sich von den beiden.

Er traf Wegener im Büro an.

»Guten Morgen, Klaus. Ist die Leiche so weit?«

Wegener nahm noch schnell einen Schluck von seinem Kaffee und verzog das Gesicht.

»Bäh. Kalt.« Er legte Huber zur Begrüßung eine Hand auf die Schulter. »Na, alles dabei?« Er zwinkerte Huber zu. Der verdrehte nur die Augen.

»Ich hole die Tote schon mal raus. Du kannst die Eltern begleiten.«

Vor der Bürotür trennten sich ihre Wege.

Die Thomsens standen verloren im Eingangsbereich. Frau Thomsen knetete ihre Hände.

»Wollen Sie mich bitte begleiten?« Es war mehr eine Aufforderung als eine Frage. Die beiden setzten sich in Bewegung und folgten Huber.

Im Sektionssaal hatte Wegener die Metallbahre mittig aufgestellt. Er blickte die Mutter an, die tief einatmete und dann nickte. Er lüpfte das Tuch, das den Körper des toten Mädchens bedeckte, und zog es so weit hinunter, dass nur Kopf und Hals frei lagen. Frau Thomsen nickte wieder und wandte dann den Blick ihrem Mann zu. Sören Thomsen schluckte und rannte aus dem Raum. Huber folgte ihm.

»Ich kann den Anblick nicht ertragen.« Thomsen schlug sich die Hände vor das Gesicht und schluchzte.

Huber stützte ihn und begleitete ihn zu einem Stuhl, auf dem Thomsen sich niederließ.

Huber saß einfach nur da. Er hatte Mitgefühl mit dem Mann. Immer wieder dachte er an seinen Sohn.

Nach kurzer Zeit hatte Sören Thomsen sich wieder im Griff. »Es ist so schrecklich … Das eigene Kind …«

Frau Thomsen trat nun hinzu. Sie berührte ihren Mann am Arm, fast tröstend. Er aber drehte sich weg, und sie ließ sofort von ihm ab. Sie wandte sich Huber zu. »Ich habe dem Arzt die Identität von Emma bestätigt.« Dann sagte sie trocken zu ihrem Mann: »Komm, wir gehen jetzt.« Er trottete ihr hinterher.

Da gehen sie jetzt hin, in ihr wunderschönes Zuhause, dachte Huber traurig. Weder dort noch aneinander würden sie nun Halt finden können.

Tabea schlief noch, als Katrin sich auf den Weg zur Arbeit machte. Am folgenden Tag würde Lena wiederkommen, dann wäre Katrin wieder allein im Haus. Sie vermisste ihre Nichte jetzt schon.

Nach diesen vielen Stunden Schlaf war sie so früh dran, dass noch niemand von ihren Mitarbeitenden in der Küche war. Es war richtig friedlich. Sie verließ die Küche und ging durch die Flure der Kurklinik. Dafür hatte sie normalerweise keine Zeit. Und auch keine Lust, denn die Gefahr, auf die Stubenrauch zu treffen, war viel zu groß. Aber zu dieser frühen Stunde brauchte sie da keine Sorge zu haben. Die Frau hatte eine Stoppuhr im Hintern. Sie kam um acht Uhr und verließ das Haus pünktlich um sechzehn Uhr dreißig, freitags um dreizehn Uhr – bis auf wenige Ausnahmen.

Auf den langen, halb dunklen Fluren, an deren Wänden schemenhaft Bilder mit norddeutschen Landschaften zu erkennen waren, begegnete sie dem einen oder anderen der Rehagäste, die schon auf dem Weg zu Anwendungen waren, und sie wechselten nur ein leises »Guten Morgen«, wie um niemanden zu wecken.

Katrin ging zurück in ihr Refugium. Nun war der übliche Geräuschpegel von klapperndem Geschirr und klirrendem Besteck zu hören, und über allem waberte der Duft von frischem Kaffee. Katrin liebte diesen Moment, wenn aus der Stille des frühen Morgens der Tag erwachte.

»Moin, Chefin«, tönte es aus allen Richtungen.

»Guten Morgen allerseits.« Der Laden lief.

Sie verzog sich in ihr Büro, nahm das Mobiltelefon aus ihrem Rucksack und drückte die Kurzwahltaste von Rudi. Der ging auch sofort ran.

»Na, meine Kleine, was hast du auf dem Herzen?«

»Woher weißt du, dass ich was auf dem Herzen habe?«

»Würdest du sonst so früh schon anrufen?« Da hat er auch wieder recht, dachte sie.

»Sag mal, Rudi, du kennst doch bestimmt die Familie von dem Frederiksen.«

»Na, und ob!«, entgegnete er. »Was ist denn mit denen?«

»Hast du schon gehört, dass die Emma tot im Wäldchen gefunden wurde?«

Einen Moment herrschte Stille. »Neeiiin … Oh Gott, wie furchtbar! Nein, das wusste ich nicht. Was ist denn passiert?«

Katrin erzählte ihm, was sie bis jetzt erfahren hatte.

»Und da willst du dich wieder einmischen? Darf ich dich daran erinnern, was das letzte Mal passiert ist?«

»Ja, da haben wir zwei uns kennengelernt.«

»Na, allerdings.« Katrin hörte Rudis donnerndes Lachen. »Entschuldige, das ist eigentlich nicht zum Lachen, also das mit der Emma«, schob er hinterher.

»Hast du heute Mittag Zeit für mich? Ich würde dich gerne ein bisschen ausquetschen.«

»Okay, komm ins Enzian.«

Sosehr er die Arbeit an einem Kriminalfall mochte, sosehr hasste er es, bei einer Sektion anwesend sein zu müssen. Ja, er könnte Harmsen hinschicken – der es im Übrigen genauso hasste –, aber er wollte auch nichts verpassen. Denn so manches Mal schon hatte die Obduktion etwas zutage gebracht, das ihnen wichtige Anhaltspunkte geliefert hatte. Beim Lesen der Akten und im Obduktionsbericht konnte man einfach leichter etwas übersehen. Das passierte Huber nicht, wenn er mit geschärften, überreizten Sinnen selbst dabei war.

Zurück im Sektionssaal, fummelte er seine Kopfhörer aus der Jacketttasche. Wegener zog vorsichtig das Tuch vom Körper des Mädchens.

»Kommt Jessen-Nissen nicht auch noch?«, fragte Huber.

Wegener löste den Blick von der Leiche. »Er hat vorhin angerufen, dass er später kommt. Er meinte, wir könnten ruhig schon anfangen. Er würde ja später alles im Bericht lesen.«

Huber verhedderte sich mit den Schlaufen der Maske und den Kabeln seiner Kopfhörer. Er würde sich wohl nun doch mal endlich an die Bluetooth-Kopfhörer gewöhnen müssen, die sein Sohn Thomas ihm im letzten Jahr zu Weihnachten geschenkt hatte. Huber hatte ihm Geld überwiesen, damit er ihn Weihnachten in Husum besuchen konnte. Ganze drei Wochen war er hier gewesen, und es hatte Huber das Herz zerrissen, als er ihn am Heiligen-Drei-Königstag wieder zum Flughafen nach Fuhlsbüttel gefahren hatte. Nach dem Tode seiner Frau – Thomas konnte noch gar nicht richtig laufen – hatte deren Schwester ihn in ihre Familie in Amerika aufgenommen. Im nächsten Jahr würde er sein High School Diploma machen, und danach, so hatten sie es verabredet, sollte Tom, wie er sich jetzt nannte, dann selbst entscheiden, wo er weiterhin leben wollte. Das Verhältnis zwischen Huber und seiner Schwägerin war unkompliziert. Das erleichterte ihm einerseits die Situation, andererseits sah er auch mit schwerem Herzen, wie wohl sein Sohn sich dort fühlte.

»Bist du so weit?«, fragte Wegener. Aus seinen Gedanken gerissen, nickte Huber und trat näher an den Leichnam heran.

Wegener und sein Team hatten die Leiche bereits entkleidet. Auf den ersten Blick konnte Huber keine weiteren Verletzungen an dem Körper entdecken. Er nahm die unterschiedliche Bräunung der Haut wahr, die auf das Tragen eines Bikinis hindeutete. Außerdem waren die Arme und Beine am stärksten der Sonne ausgesetzt gewesen.

Wegener und seine Assistentin wendeten den Körper, und Huber sah die klaffende Wunde am Hinterhaupt.

»Siehst du, was ich meine?« Wegener zeigte mit der Hand auf die Wunde. »Die ist ziemlich weit unten. So sieht ein gezielter Schlag auf den Hinterkopf normalerweise nicht aus.« Er trat einen Schritt zurück und tat so, als schlüge er mit einer imaginären Waffe auf den Schädel seiner Kollegin. »Ein Schlag, so ausgeführt, würde weiter oben landen. Um eine Person auf diese Weise hier zu töten«, er zeigte wieder auf die Wunde des Mädchens, »hätte der Schlag von unten kommen müssen. Oder sie hat gekniet.«

»Habt ihr schon einen Vaginalabstrich gemacht?«

»Ja, der hat nichts ergeben. Kein frisches Sperma. Obwohl das Mädchen bereits Sex hatte.«

»Ist das heutzutage nicht eher normal?«

»Nicht unbedingt, die Statistiken, die ich ja, wie du weißt, liebe, sagen aus, dass nur etwa fünfunddreißig Prozent der Mädchen ohne Migrationshintergrund in ihrem Alter bereits Sex hatten.«

»Weißt du etwas Genaues über den Todeszeitpunkt?«

»Ganz konkret noch nicht, aber er wird zwischen achtzehn und zweiundzwanzig Uhr gelegen haben. Genaueres dann nach der Sektion.«

Huber nahm einen Luftzug wahr. Er drehte sich um und sah Jessen-Nissen, der seinen Auftritt hinlegte. Nur leider beachtete ihn kaum jemand. Alle konzentrierten sich auf die Leiche. Insgeheim freute sich Huber über den missglückten Auftritt des Staatsanwalts.

»Was denkst du über das Material, das du in der Wunde gefunden hast?«, fragte Huber weiter.

»Ich sagte dir ja schon, dass wir Metallsplitter gefunden haben. Ich habe es mir inzwischen mal ein bisschen genauer angesehen. Pulverbeschichtung. Ich habe hellblaue Farbe dran gefunden. Muss ein Rohr oder so etwas gewesen sein.«

Jessen-Nissen mischte sich ein: »Wann war denn der Todeszeitpunkt?«

Wegener und Huber blickten sich über ihre Masken hinweg an. Wegener bewahrte Contenance. »Wie ich gerade schon Herrn Huber sagte, müsste der Todeszeitpunkt zwischen achtzehn und zweiundzwanzig Uhr gelegen haben.«

»Genauer geht's nicht?« Jessen-Nissen drängte sich zwischen die beiden.

»Leider nein, Herr Staatsanwalt. Noch nicht. Wir müssen noch weitere Untersuchungen anstellen.« Wegener holte den Rollwagen mit den Instrumenten heran. Die Assistentin überprüfte alles noch einmal. Dann nahm Wegener die kleine Kreissäge in die Hand und setzte am Schädel an.

Er erklärte seine Schritte. »Wir werden in diesem Fall zunächst den Schädel genauer untersuchen. Dazu müssen wir die Schädelhaube entfernen.«

Als Huber das feine, hohe Geräusch der Säge hörte, schluckte er, zückte sein Mobiltelefon und stellte seinen Bach an.

Er hörte durch die beginnende Musik hindurch, wie Jessen-Nissen leise zu Wegener sagte: »Er nun wieder«, und dabei grinste. Er versuchte ständig, mit anderen gegen Huber zu fraternisieren. In den seltensten Fällen allerdings gelang es ihm.

Nachdem Wegener die Schädeldecke abgehoben hatte, entfernte er vorsichtig das Gehirn. Er zeigte auf eine blutunterlaufene Stelle, die auch leicht geschwollen war. »Da steckte viel Kraft dahinter. Vermutlich die Todesursache.«

»Was heißt vermutlich?«, fragte Jessen-Nissen.

»Das heißt, dass wir erst, nachdem wir alles – und ich meine alles – untersucht haben, etwas zur genauen Todesursache sagen können.« Wegeners Blick ging zu Huber.

»Aber das scheint mir doch eindeutig.« Jessen-Nissen ließ nicht locker.

»Bis zum Abschluss der Untersuchung ist nichts eindeutig. Die Kopfwunde kann eine Verletzung sein, die nicht todesursächlich war. Vielleicht ist das Mädchen vergiftet worden. Dazu müssen wir natürlich alle Organe untersuchen … Tut mir leid, Herr Staatsanwalt, aber ich kann Ihnen die Kosten nicht ersparen.«

Jessen-Nissen schleuderte giftige Blicke in die Runde.

»Darf ich denn jetzt weitermachen?« Auch Wegener wurde allmählich ungehalten.

Jessen-Nissen verschränkte die Arme vor der Brust. »Ja, machen Sie.«

Katrin radelte auf das Gelände der Seniorenresidenz Enzian. Im vergangenen Jahr war ihre Mutter hier nach einem Oberschenkelhalsbruch zur Kurzzeitpflege gewesen, und sie hatten zusammen in dem Mord an einem Physiotherapeuten ermittelt. So hatte sie Dirk Huber kennengelernt, der ihren Gefühlshaushalt seinerzeit gehörig durcheinandergewirbelt hatte.

Eine der Damen, die sie damals befragt hatte, kam gerade mit ihrem Rollator aus dem Haupteingang herausgeschoben.

»Hallo, Frau Lund. Sie hier? Ihre Mutter ist doch schon längst nicht mehr bei uns.«

»Ja, Gott sei Dank ist sie schon lange wieder zu Hause.«

»Wir sprechen immer noch über Ihren unvergesslichen Käsekuchen. Der war ja so was von lecker.«

»Wenn Sie wollen, bringe ich Ihnen mal einen vorbei.«

»Ach, wenn Sie das machen würden …« Sie strahlte und machte auf dem Hacken kehrt. »Ich sag es gleich mal den anderen.«

Katrin ging um das Haus herum und steuerte auf den Garten zu, in der Hoffnung, Rudi dort zu finden. Sie ließ den Blick schweifen, doch weit und breit kein Rudi.

»Rudi!«, rief sie.

Einer der Bewohner, der auf einer Parkbank sitzend die sich auf dem Teich tummelnden Enten beobachtete, grüßte sie und zeigte mit dem Daumen über seine Schulter in Richtung Kellereingang.

»Danke.« Katrin lief die Kellertreppe hinunter.

Plötzlich stockte sie. Es war, als ob ihr jemand den Hals zudrückte. Kalter Schweiß bildete sich augenblicklich auf ihrer Haut, sie hielt sich am Geländer fest und japste nach Luft.

Nach ein paar Sekunden konnte sie wieder durchatmen.

Dieser Keller war leider nur zu bekanntes Terrain für sie, denn damals hatte ihr Entführer sie hier unten festgehalten. Und bis sie herausbekommen hatte, wer sie hierher entführt hatte, war es doch Angst gewesen, die sie beherrscht hatte. Aber am Ende hatte sich alles in Wohlgefallen aufgelöst. Sven, der jetzt mit Tabea befreundet war, hatte sie aus Verzweiflung hier unten eingesperrt. Sein Vater war ermordet worden, und er hatte sich schuldig an dessen Tod gefühlt, ja er war sogar verdächtig gewesen.

»Rudi?« Sie rief ins Halbdunkel hinein. Der Kellerflur wurde nur mäßig durch das Licht, das durch die Tür fiel, beleuchtet.

»Hier«, kam es dumpf aus einer der hinteren Türen, die sich nun öffnete. Rudi hielt seinen struwweligen Kopf aus dem Türrahmen. »Hier bin ich.«

Je näher sie der Tür kam, desto mehr roch sie, dass Rudi sich wohl gerade einen Joint gönnte.

Er zog sie durch die Tür und schloss sie augenblicklich wieder.

»Muss ja nicht jeder mitkriegen.« Er hielt ihr den Joint entgegen. »Willst du einen Zug, Mädchen?«

Katrin schüttelte den Kopf.

»Du musst mal lernen, ein bisschen loszulassen. Du kannst nicht alles im Leben kontrollieren.«

»Du hast gut reden, Rudi. Außerdem hast du mir erzählt, dass du es *nur* wegen deiner Arthroseschmerzen nimmst.« Sie zwinkerte ihm zu.

»Na ja, manchmal rauche ich auch, um einfach mal zu entspannen … Was dann wiederum gut wegen der Schmerzen ist.« Er grinste sie an, inhalierte einen langen Zug, hielt inne, und während er den Rauch wieder ausblies, kniff er die Augen zusammen. »Aber du wolltest doch nicht mit mir altem Mann über das Kiffen diskutieren, oder?« Er lachte, und Katrin stimmte ein. Sie liebte diesen alten Zausel, der damals zur rechten Zeit hier in den Keller kam und ihr quasi das Leben gerettet hatte.

»Du hast recht.« Sie setzte sich auf einen der ausrangierten Gartenstühle, die Rudi hier unten in seiner Werkstatt wieder auf Vordermann brachte. »Auf der Ausstellungseröffnung sagte Frederiksen, dass ihr zwei euch schon sehr lange kennt.«

Rudi nickte. »Allerdings. Das kann man so sagen. Wir sind schließlich zusammen zur Schule gegangen.« Sein Blick bekam etwas Sinnierendes. »Mein Gott, ist das lange her.« Er nahm einen weiteren Zug.

»Kanntest du denn auch seine Enkeltochter und deren Familie? Die fehlten doch alle auf der Vernissage.«

Rudi blies Rauch aus.

»Vielleicht ist sie ermordet worden.«

Katrins letzter Satz schwebte im Raum.

Rudi pustete den restlichen Rauch aus und hüstelte dabei, als ob er sich verschluckt hätte.

»Aber wer sollte denn so was tun?« Er haute sich auf die Brust und hustete noch einmal. »Ich kenn die gut. Ähm … kannte. Das war doch so ein liebes Mädchen. Na ja, ein bisschen sehr engagiert mit ihren Klimaschützern. Mittlerweile nennen die sich wohl ›Letzte Generation‹. Aber deren Ziele sind gut. Ich war damals auch aktiv in der Anti-AKW-Bewegung. Wir waren in Bonn seinerzeit über einhunderttausend Menschen. 1979 war das …« So gerne sie seinen Geschichten zuhörte, so dringend wollte sie doch jetzt etwas mehr über die Familie von Jan Frederiksen erfahren.

»Rudi …«

»Ach ja, mein Mädchen, ich gerate schon wieder ins Schwadronieren.« Er legte den aufgerauchten Joint in den Aschenbecher. »Weißt du, dass er zwei Töchter hat, der Jan?«

»Ja, das weiß ich. Die andere Tochter, Telse, die war ja da. Mit der bin *ich* nämlich zusammen zur Schule gegangen. Ich habe sie erst gar nicht wiedererkannt.«

»Mit der hat das Leben es nicht gut gemeint. Erst hat deren Mutter den Jan verlassen, mit der Telse zusammen, beziehungsweise hat Jan sie rausgeworfen. Dann ist sie wie eine Blume verwelkt, wurde immer weniger, wurde krank und hat getrunken. Die hatte zeitlebens einen Groll auf Jan. Und als sich Jan ein paar Jahre später neu verliebt hatte und die Mutter von Inken heiratete, war das wie ein Sargnagel für Telses Mutter, und sie ist dann ja auch ziemlich bald gestorben.«

Rudi stand auf und ging zu seiner Werkbank. Darauf stand einer der Gartenstühle. Er tunkte einen Pinsel in Holzöl, streifte ihn am Rand der Dose ab und begann mit regelmäßigen Bewegungen den Stuhl zu streichen.

»Die kleine Emma war sein Ein und Alles. Das ist bestimmt ein schwerer Schock für ihn.« Rudi massierte behutsam mit dem Pinsel das Öl ins Holz. »Ich werde ihn nachher mal besuchen. Er kann bestimmt ein bisschen seelische Unterstützung gebrauchen, so allein da draußen, nur mit seinen Schafen und seinen Bildern.«

»Ich denke, er hat wieder neu geheiratet.« Katrin ging hinüber zu Rudi, nahm sich auch einen Pinsel, und strich Öl auf den Gartenstuhl. Rudi lächelte. »Du musst immer was zu tun haben, oder? Du kannst nicht fünf

Minuten still sitzen.« Sie wechselten einen Blick über den Stuhl hinweg. »Aber ich freu mich, wenn du mir hilfst. Ja, die Brigitte, die ist vor ein paar Jahren bei einem Autounfall ums Leben gekommen. Ganz dramatisch. War eine Massenkarambolage auf der Autobahn hinter Heide. Mensch, was hat der Mann gelitten.«

»Wenn jemand die Emma umgebracht haben könnte, hast du eine Idee, wer?«

8

Jessen-Nissen hatte den Sektionssaal verlassen, bevor Wegener die Organe wieder in ihre Höhlen zurückgelegt hatte.

»Wie hältst du das nur aus mit dem?« Wegener überließ den Leichnam seiner Assistentin.

»Wir haben nun Gott sei Dank nicht jeden Tag eine ungeklärte Todesursache auf dem Tisch, und er ist ja nicht der einzige Staatsanwalt.«

Wegeners Assistentin machte sich am Kopf zu schaffen. Sie zog die Haut mit den Haaren wieder zurück über den Schädel.

»Was habt ihr zwei eigentlich am Laufen?«, fragte Wegener.

Huber trat zwei Schritte zurück. »Was meinst du?«

»Na, irgendwas ist da doch. Die Luft platzt vor Spannung, wenn ihr zwei euch begegnet. Und das ist keine gute Spannung.«

»Wir kennen uns halt seit der Schulzeit …«

»Ah, das sagt vieles, wenn nicht alles … Wenn es bis heute nachwirkt, wart ihr sicherlich keine Freunde.«

»Doch, das waren wir sogar mal.«

»Was hältst du davon, wenn wir uns mal wieder auf ein Bier treffen und du erzählst mir davon? Jetzt hast du mich neugierig gemacht.«

Katrin hatte ein bisschen mehr erfahren, als sie bereits wusste. Was für ein Drama in dieser Familie.

Wieder im Büro, kramte sie die Visitenkarte von Telse aus ihrem Portemonnaie hervor und pinnte sie an die Korkwand mit den Speise- und Bestellplänen. Sie würde Telse in den nächsten Tagen tatsächlich einmal anrufen. Vielleicht bekam sie aus erster Hand noch mehr Informationen. Und da Telse sie neuerdings als ihre Freundin betrachtete …

Sie ging in die Kammer und packte ihre Lebensmittelkiste für die glutenallergischen Kurgäste. Sie wollte an diesem Nachmittag verschiedene Brote mit ihnen backen. Dazu benötigte sie einiges an Kernen und Nüssen, verschiedene glutenfreie Mehle, Samen und Haferflocken.

Bei so manchen Patienten hatte die Diagnose Glutenallergie bis zu sieben Jahre gedauert. Sie hatte sich schon viele Leidenswege anhören müssen. Umso wichtiger war es, dass die an Allergien Leidenden ihre Krankheit ernst nahmen. Mit guter und richtiger Ernährung konnte man in vielen Fällen auf teure Medikamente oder Nahrungsergänzungsmittel verzichten.

Brot aßen die meisten Menschen gern, deshalb begann Katrin ihren Kurs über Ernährungsumstellung mit dem Brotbacken.

In der Übungsküche standen bereits acht Frauen und Männer, deren Augen sich auf Katrin richteten, als sie mit ihrer Kiste die Küche betrat. Einer der Männer schritt sogleich auf sie zu, um ihr die Kiste abzunehmen.

»Wohin?«, fragte er.

»Hier auf den Küchenblock.« Katrin ging zu einem der Einbauschränke und nahm Schürzen heraus, die im Brustbereich mit dem Logo des Kurheims *Ebbe und Flut* bestickt waren: stilisierte kleine Wellen in unterschiedlichen Blautönen, darunter in dunkelblauen Lettern *Ebbe und Flut*. Aufgrund großer Nachfrage hatte sich die Schürze in den letzten Jahren bei den Kurgästen zum Merchandising-Artikel entwickelt.

Katrin rief die Patienten ihrer Liste entsprechend auf. Eine Person fehlte. Sie blickte auf die Uhr: bereits eine Viertelstunde drüber. Wenn sie etwas hasste, dann war es Unpünktlichkeit ohne eine entsprechende Entschuldigung. Also fing sie an.

Sie klärte die Teilnehmenden über das heutige Rezept auf, auch, welche Varianten ihnen zur Verfügung standen. Sie mussten beileibe nicht ständig das gleiche Brot backen. Wichtig war, zunächst einmal die Saaten und Samen, die quasi für den Klebstoff sorgen würden, in etwas Wasser einzuweichen. Dann alle Zutaten mischen und für eine Stunde in den Backofen geben.

Während sie warteten, gab Katrin ihnen gute Tipps, wie sie trotz der Allergie gut durch den Essensalltag kommen konnten. Berufs- und Familienalltag standen einer glutenfreien Ernährung oft im Wege. Und schon waren sie bei Gesprächen über Rezepte und Familie gelandet, die nichts mehr mit Allergien zu tun hatten.

Zeitgleich mit dem Wecker des Backofens pingte Katrins Handy auf dem Küchenblock: eine Nachricht von Tabea.

Sie machte den Teilnehmenden ein Zeichen, die Brote aus dem Ofen zu holen. Sie selbst öffnete die App und las die Nachricht von Tabea: *Ich habe geschnüffelt und Neuigkeiten erfahren.*

Was für Neuigkeiten?

Erzähl ich dir nachher, wenn du zu Hause bist.

Hoffentlich begab sich ihre Nichte nicht in Gefahr. Katrin legte das Handy beiseite.

Die Brote kühlten nun aus, und Katrin drückte den Teilnehmenden das Blatt mit dem Rezept der Rote-Bete-Marmelade in die Hand.

»Ich weiß, manche mögen keine Rote Bete, aber vielleicht probieren Sie es einmal.«

Aus dem Kühlschrank nahm sie zwei Gläser der Marmelade, Ziegenfrischkäse und Ziegenkäserollen heraus. Auch das war nicht jedermanns Geschmack.

Eine Teilnehmerin nahm eins der Gläser in die Hand und drehte es. »Ich habe ja gar nicht gewusst, dass man aus Roter Bete auch Marmelade kochen kann. Sieht aus wie normale Marmelade.«

Katrin öffnete das Glas mit einem Plopp und hielt es der Frau unter die Nase. Die hielt ihre langen, grauen Haare zurück, als sie sich über das Glas beugte.

»Interessant. Das Erdige von der Roten Bete kann man noch riechen. Aber nicht so intensiv, wie man glaubt.« Sie reichte das Glas an die anderen weiter. Nur einer der Männer verzog das Gesicht.

Das Brot war nur mehr lauwarm, sodass sie es aufschneiden konnten. Der Duft strömte durch die Küche.

Katrin strich auf einige Scheiben etwas von dem Frischkäse. Die Patientin mit den grauen Haaren öffnete die Ziegenkäserolle und verteilte einzelne Scheiben davon auf dem frischen Brot. Ein anderer Teilnehmer nahm sich einen Teelöffel und ließ etwas von der Marmelade auf den Ziegenkäse gleiten.

Die Grauhaarige riss vor Geschmacksglück die Augen weit auf. »So lecker!«

Katrin hoffte insgeheim, dass sie sich hier nicht eine weitere Stalkerin herangezüchtet hatte. Sie musste lachen. Es beglückte sie jedes Mal zutiefst, wenn sie mit gutem Essen jemanden überzeugen konnte.

»Was hat es denn mit dem Wodka auf sich?«, fragte einer der Männer und deutete auf das Rezept, das Katrin ihnen hingelegt hatte. Darauf standen alle Zutaten.

»Ein kleiner Schuss Wodka gibt dem Ganzen noch einen zusätzlichen Geschmackskick, und er sorgt dafür, dass die Marmelade nicht gleich schimmelt.«

»Ist das hier auch drin?«

»Nein, diese Marmelade habe ich erst vor drei Tagen gemacht. Das heißt, sie ist schon ein bisschen durchgezogen. Aber es besteht noch keine Schimmelgefahr. Außerdem ist das für Alkoholkranke natürlich überhaupt nicht geeignet.«

Alle nickten verständnisvoll.

Katrin klatschte in die Hände. »So, jetzt machen wir die Küche wieder sauber.« Ruckzuck war alles wieder an seinem Platz und die Arbeitsflächen gewischt.

»Wir sehen uns dann übermorgen wieder. Ihre Schürzen legen Sie bitte hier in den Wäschecontainer.« Katrin öffnete die Klappe des Containers neben der Küchentür.

»Wissen Sie schon, was wir dann kochen werden?« Einer der Männer warf seine Schürze zu den anderen.

»Wir werden etwas Warmes kochen. Mit Fleisch, aber auch etwas Veganes.«

Fröhlich schnatternd verließen alle die Küche.

Katrin blickte auf die Uhr. Feierabend. Sie war gespannt, was Tabea ihr zu berichten hatte.

Huber saß in Husum schon wieder an seinem Schreibtisch, als Harmsen das Büro betrat.

»Das nächste Mal gehst du«, überfiel Huber ihn gleich.

»Ganz bestimmt nicht. Und schon gar nicht, wenn Jessen-Nissen unser zuständiger Staatsanwalt ist.« Harmsen ließ sich auf seinem Stuhl nieder und rollte an den Schreibtisch, Huber gegenüber. »Hat denn die Obduktion irgendetwas ergeben?«

»Bisher nur das, was wir eh schon wissen. Ungeklärte Todesursache. Unfall oder Tötung. Kopfverletzung durch einen metallenen Gegenstand. Ob aber das die Todesursache war, muss Klaus noch herausfinden.«

»Auf jeden Fall aber müssen wir ermitteln. Was meint denn Jessen-Nissen?«

»Er meinte, wir sollen loslegen. Der Tod von Kindern steht ja immer besonders im Licht der Öffentlichkeit.«

»Na dann …« Harmsen warf seinen Computer an.

»Wo hast du dich denn eigentlich bis jetzt herumgetrieben?«

Harmsen blickte auf. »Ich war in der Schule, auf die Emma gegangen ist. Ich dachte, ich hätte dir 'ne Nachricht hinterlassen.«

Huber nahm sein Mobiltelefon zur Hand und suchte nach Harmsens Nachricht. »Ja. Tatsächlich. Hier ist sie. Entschuldige, die ist völlig untergegangen. Und, hast du was herausgefunden?«

Harmsen zog seinen Block hervor – er war genauso altmodisch wie Huber: immer mit Block und Stift unterwegs. So ermittelte heutzutage kaum noch jemand. Aber beide waren der Ansicht, was durch die Hand floss, setzte sich auch besser im Gehirn fest.

Harmsen blätterte. »Die waren natürlich alle sehr zurückhaltend. Bei den Lehrern schwang ein bisschen durch, dass sie sie für frühreif hielten. Sie hatte einen Freund, mit dem sie wohl auch Sex hatte. So sagten sie es jedenfalls. Der war ein paar Jahre älter als Emma.«

»Und sonst? Was sagen die anderen aus ihrer Klasse?«

»Gerade die Mädchen fanden das natürlich einerseits toll, andererseits waren einige auch neidisch. Der Junge ist wohl ein schmucker Kerl. Und so cool, wie sie sagten. Hat Tattoos und so.«

»Ja, ich weiß.«

»Woher denn das?«

»Emmas Großvater hat es mir gestern erzählt. Aber er sagte auch, dass das ein ganz lieber Kerl sein soll … hinter seiner so coolen Fassade.«

»Wir sollten ihm mal einen Besuch abstatten.«

»Das sollten wir.«

Im gleichen Augenblick standen die beiden auf.

»Manch einer könnte denken, wir wären ein altes Ehepaar.« Huber legte Harmsen die Hand auf die Schulter, als sie das Büro verließen.

»Dienstwagen oder dein Auto?«, fragte Harmsen, als sie an der Pforte vorbeikamen, wo die Schlüssel für die Dienstwagen abzuholen waren.

»Du weißt, ich nehme lieber meinen eigenen Wagen.« Huber hielt Harmsen die Tür auf.

»Du bist so zielstrebig, Dirk. Weißt du denn, wie der heißt und wo der wohnt?«

»Wo er wohnt, hatte ich gerade recherchiert, als du hereinkamst.

»Wiederschaun, die Herren.« Der Polizist an der Pforte winkte freundlich.

»Auf Wiederschaun, der Herr«, entgegnete Harmsen und machte augenzwinkernd eine höfische Verbeugung.

»Der Junge heißt Hauke Janssen und wohnt in Tating.« Huber drückte auf die Fernbedienung des Autoschlüssels.

»Dann gucken wir mal, was der uns so zu erzählen hat.« Harmsen zog den Gurt über seinen schlanken Körper und schnallte sich an.

9

Als Katrin zu Hause ankam, setzte ein leichter Sommerregen ein. Sie hatte es schon als Kind geliebt, wenn es warm war und die Feuchtigkeit allmählich ihre Kleidung durchdrang. Sie hatte immer die Zunge herausgestreckt und sich eingebildet, der Regen schmeckte nach Salz und Meer. Bevor sie ins Haus ging, streckte sie kurz die Zunge aus dem Mund und versuchte den Geschmack ihrer Kindheit wiederzufinden. Und tatsächlich war da etwas, das ein bisschen salzig schmeckte.

Tabea saß schon am Küchenblock und nippte gerade an einem Tee. Das Schildchen hing noch über den Becherrand. Sie mochte den Früchtetee aus dem Bioladen. Katrin hingegen hasste Früchtetee. Sie war wahrscheinlich auf den Klassenfahrten und Ferienfreizeiten verdorben worden, wo es Früchtetee und Malzkaffee aus Edelstahlkannen gab. Bäh! Noch heute gruselte es sie, wenn sie daran dachte. Auch aus diesem Grunde machte sie so ein Aufheben um die Zubereitung guten Kaffees.

»Was gibt's denn? Du hast mich neugierig gemacht.«

»Ich bin vorhin mal bei Emmas Freund gewesen. Der war so, so traurig. Der hatte natürlich schon von Emmas Tod gehört.«

Panik stieg in Katrin hoch. »Sag mal, spinnst du? Du kannst doch da nicht einfach hinfahren. Und dann noch allein!«

Tabea starrte ihre Tante fassungslos an. »Was ist denn los mit dir? Ich wollte doch nur ein bisschen recherchieren.«

»Du weißt doch überhaupt nicht, ob der vielleicht gefährlich ist. Wenn es nämlich ein Mord war, dann ...«

»Nun komm mal wieder runter, Katrin. Der ist wirklich so lieb. Hat erst mal einen Tee gekocht ...«

»Und wenn der dir was in den Tee getan hätte?«

Tabea winkte ab. »Ach, der doch nicht. Ich hab den doch nun schon ein paarmal getroffen. Der tut keiner Fliege was zuleide. Ehrlich, Tantchen.«

Das »Tantchen« kam immer in Momenten, wenn sich Tabea entschuldigen wollte, wenn sie sich freute oder wenn sie etwas von ihrer Tante wollte.

Tatsächlich beruhigte Katrin sich allmählich wieder, und sie setzte sich zu Tabea an den Küchenblock. »Na dann, leg mal los.«

»Er fing auch bald an zu erzählen.« Tabea trank genüsslich von ihrem Tee.

»Ja ... und?« Jetzt platzte Katrin nahezu vor Neugier.

Tabea lächelte süffisant.

Katrin wurde ungeduldig. »Tabea!«

»Also, er hat erzählt, dass Emma sich ziemlich geziert hatte, als er dann irgendwann mal mehr von ihr wollte als küssen und so.«

»Na ja, sie war erst fünfzehn. Da will es gut überlegt sein, mit wem man das erste Mal Sex hat.«

»Ja, aber genau das ist es wohl gewesen. Dass sie eben

nicht das erste Mal Sex hatte. Obwohl sie sich so geziert hatte. Hauke meint, dass sie keine Jungfrau mehr gewesen ist. Und trotzdem hatte sie wohl Angst. Sie hätte gezittert und geweint und so.«

»Und?«

»Was, und?«

»Ja, was war dann?«

»Hauke wusste gar nicht, was er machen sollte. Der war ziemlich fertig. Eigentlich sollte es ja was Schönes sein. Oder?«

Katrin wurde still.

»Ja, das sollte es«, sagte sie dann.

Tabea zog den Teebeutel aus dem Becher und warf ihn in den Biomüll.

»Also, ich finde, das klingt danach, als ob sie beim ersten Mal eben keinen Spaß hatte, vielleicht sogar vergewaltigt worden ist.« Katrins sechzehnjährige Nichte klang plötzlich so erwachsen. Mit großen Augen blickte Katrin sie an. Da war in den letzten Jahren irgendwas an ihr vorbeigerauscht. Für sie war ihre Nichte immer noch ein Kind. Aber so eindeutig war das wohl nicht mehr.

»Ja, vielleicht ist das so gewesen.«

»Was mich traurig macht, ist, dass sie, wenn das so war, nicht mit mir darüber geredet hat. Ich mein', wir waren nicht beste Freundinnen, aber doch gute Freundinnen. Und wozu hat man denn Freundinnen?«

Katrin blickte sinnierend aus dem Küchenfenster.

Als Huber und Harmsen vor dem Haus, in dem Hauke Janssen wohnte, aus dem Auto stiegen, empfing sie lauter, elektronischer Gitarrensound.

Ein einstöckiger, heruntergekommener Bau aus den Siebzigern mit drei Eingangstüren. Offenbar drei kleine Wohnungen – vielleicht früher für die Saisonarbeiter auf den Höfen. Vor dem Eingang von Hauke Janssen sah es tatsächlich am gepflegtesten aus. Etwa sechs Quadratmeter vor dem Haus, die ein kleines Rasenstück und ein mit Blumen bepflanzter Rand schmückten. An der Haustür wand sich eine cremefarbene Kletterrose an einem Gestänge hoch. Auf dem Rasen standen zwei pink gestrichene Holzstühle.

Sie klingelten. Niemand reagierte. Natürlich, bei der lauten Musik. Sie klingelten erneut. Wieder nichts. Das dritte Klingeln von Huber unterstützte Harmsen mit lautem Gehämmere an die Tür. Endlich wurde es still, und einen kurzen Moment später öffnete Hauke Janssen die Tür. Ohne Zweifel war er es, denn seinen rechten Arm zierte das Tattoo eines sich windenden Drachens, dessen Zunge im Mittelfinger endete.

Er guckte die beiden Männer aus rot geränderten Augen an.

»Sind Sie Herr Janssen?«, fragte Harmsen.

»Und Sie sind …?«

»Dirk Huber«, Harmsen zeigte auf Huber, »… und Harm Harmsen.« Er nestelte seinen Dienstausweis aus der Hosentasche. »Wir sind von der Kriminalpolizei und untersuchen den Tod von Emma Thomsen.«

Augenblicklich schlug sich der junge Mann die Hand vor den Mund, als ob er sich übergeben müsste.

»Aber warum denn … Ich dachte, es war ein Unfall.«

»Können wir vielleicht reinkommen?«

Hauke Janssen ließ die beiden an sich vorbeigehen. »Geradeaus ist das Zimmer.«

Huber registrierte links die Küche, und rechts, hinter der angelehnten Tür, musste das Bad sein. Alles war klein und niedrig. Er zog unwillkürlich den Kopf ein.

Das Zimmer nach hinten heraus war ungewöhnlich hell. Ein großes Fenster ließ die Spätnachmittagssonne hinein. Hauke Janssen machte den Fender-Verstärker aus und stellte seine E-Gitarre auf dem Ständer ab. Dann strubbelte er sich durch seine sowieso schon in alle Richtungen abstehenden Haare.

Dieses Zimmer hatte alles, was man brauchte: ein Zweisitzersofa, das zu einem breiten Bett ausgeklappt werden konnte, ein Bücherregal, Pflanzen vor den Fenstern und einen kleinen Tisch an der Wand, an dem drei Personen Platz hatten.

Hauke Janssen rückte die Stühle an den Tisch und bat die Männer mit einer Geste, Platz zu nehmen. Huber registrierte auf der Lehne des Sofas einen dünnen Schal. Regenbogenfarben in Pastell. Sicher nicht das Tuch von Hauke. Irgendwo hatte er das Halstuch schon gesehen.

Er wurde von Harmsen abgelenkt, der die Personalien von Hauke Janssen anhand des Ausweises aufnahm. Als Huber Harmsen seinen Kollegen die üblichen Fragen stellen hörte, wie: »Wohnen Sie hier allein?«, zog es ihn zum Bücherregal. Ihn erstaunte, dass er in einem der Regalbretter ausschließlich philosophische Literatur fand. Einmal querbeet von Platons *Ethik des guten Lebens* über Kant, Marx, dann Sartre bis hin zu Jacques Derrida.

»Studieren Sie Philosophie?« Huber drehte sich zu Hauke Janssen um, der mit Harmsen am Tisch saß.

»Nicht mehr«, kam die kurze Antwort.

»Was machen Sie denn beruflich?«, fragte Harmsen unbeirrt weiter.

»Im Moment nichts, wenn Sie es wissen wollen.« Er deutete auf seine Gitarre. »Ich mache Musik … ab und zu«, fügte er kleinlaut hinzu.

»Haben Sie die alle gelesen? Die Bücher hier?«, hakte Huber nach.

»Ja, hab ich.«

»Und auch verstanden?«

Hauke Janssen stand abrupt auf. »Sagen Sie mal, was wollen Sie eigentlich von mir?«

Huber nahm jetzt Platz. An der offenen Zimmertür klebte ein großes Plakat mit einem Aufruf zu einer Demonstration der Klimaaktivisten in Hamburg.

»Ah, ich weiß schon, Sie wollen wissen, ob ich Emma getötet habe.« Haukes Stimme erhob sich.

Die beiden Männer guckten ihn nur an.

»Sie sind wahrscheinlich der schlechten Nachrede auf den Leim gegangen.« Trotzig setzte sich auch Hauke wieder.

Huber fiel die gewählte Sprache auf. Da hatte das Studium der Philosophie eindeutig Spuren hinterlassen.

Harmsen blickte Huber an, der nickte nur. Harmsen räusperte sich. »Wir wollen Ihnen nur ein paar Fragen stellen. Sie kennen das sicher von den Krimis aus dem Fernsehen. Nur, um Verdächtige auszuschließen.«

»Schauen Sie sich mal um. Sehen Sie hier vielleicht einen Fernseher?«

»Na gut, dann erzählen Sie uns mal etwas über Ihr Verhältnis zu Emma Thomsen.«

»Das war kein Verhältnis.« Hauke Janssen räusperte sich. »Wir waren zusammen, haben uns lieb gehabt.« Ihm stiegen Tränen in die Augen, die er trotzig mit der Handfläche abwischte. »Aber ihre Eltern hielten mich für ein Monster. Für die war der Fall gelaufen, als ich Emma mal abgeholt hatte. Mein Aussehen entsprach wohl nicht dem, was sie sich für Emma vorgestellt hatten. Emma hat mir mal erzählt, dass es dabei hauptsächlich um meine Tattoos ging.« Er blickte von Huber zu Harmsen und zurück. »Und natürlich um mein Alter. Nur weil ich fünf Jahre älter bin, dachten die, ich will nur Sex.«

Harmsen hakte nach: »Und? Wollten Sie?«

Hauke schoss Blitze aus seinen Augen. »Sagen Sie, haben Sie auch diese Vorurteile? Dass ein Altersunterschied keine Rolle spielen muss, wenn man sich liebt, kommt Ihnen wohl nicht in den Sinn?«

Harmsen zwinkerte süffisant mit einem Auge. »Also, wenn ich da so an meine Jugend denke …«

Hauke wollte gerade zu einer Erwiderung ansetzen, als Huber dazwischenhaute. »Wo waren Sie vorgestern Abend?«

Er hatte sein Ziel erreicht, Hauke Janssen war kurzfristig aus dem Konzept gekommen. »Na, hier.« Erst jetzt überlegte er, was er gesagt hatte.

»Allein?«, stieß Huber nach.

»Ähm … ja …« Hauke strich sich mit der Hand über die Augen.

»Sie haben also keine Zeugen?« Jetzt war Harmsen wieder dran. Das war ihre Befragungstaktik: Die Befragten wussten nie, aus welcher Richtung die Fragen kamen. Das hinderte sie am Nachdenken und oft auch am Lügen.

»Nein, ich sagte doch, ich war allein.«

»Wann haben Sie Emma denn das letzte Mal gesehen?« Huber zog seinen Mont-Blanc-Stift aus der Hemdtasche und seinen Schreibblock aus der hinteren Hosentasche. Er machte sich beflissen Notizen. Wieder war Hauke Janssen irritiert.

»Ähm … also … Ja, vorgestern Nachmittag. Sie wollte mich überreden, dass ich auf der Ausstellungseröffnung von ihrem Opa spielen sollte. Sie dachte, das wäre eine gute Idee, um bei der Familie lieb Kind zu machen.«

»Und, waren Sie da auf der Ausstellung?« Huber blickte nicht mal hoch, als er das fragte, sondern notierte nur immer weiter.

»Nein, wir wollten uns an der Seebrücke treffen und dann zusammen ins Museum fahren. Ich hab 'ne halbe Stunde gewartet, aber Emma ist nicht gekommen. Und allein hab ich mich da nicht hin getraut. Also bin ich wieder nach Hause geradelt.«

»Und Sie haben sich nicht gewundert, dass sie nicht gekommen ist?«

»Ja … doch … nein, eigentlich nicht. Immer, wenn die Eltern spitzgekriegt hatten, dass wir uns treffen wollten, gab es Streit bei denen. Und die haben Emma verboten, aus dem Haus zu gehen. Manchmal haben sie sie sogar eingesperrt. Aber ich dachte, das war ja für ihren Großvater ein wichtiger Tag mit seinen Bildern, und den hat sie ja so wahnsinnig lieb gehabt … da habe ich gedacht, das lässt sie sich nicht entgehen.«

»Ihr Alibi ist mehr als dürftig, das wissen Sie wohl selbst.« Harmsen faltete die Hände, wie zum Gebet, aber auch, um das Gespräch hier zu beenden. Huber steckte Stift und Block wieder ein. Die beiden standen auf.

Huber hakte noch einmal nach: »Gibt es vielleicht unter den Klimaaktivisten jemanden, von dem Sie sich vorstellen können, dass er oder sie etwas gegen Emma gehabt hatte?«

Hauke Janssen blickte ihn an. »Bei einigen war sie wohl nicht beliebt … als Tochter von jemandem, der Windkraftanlagen baut. Manche dachten sogar, Emma würde sie bespitzeln. So ein Quatsch! Es gab kaum jemanden, der es so ernst mit unseren Zielen meinte wie Emma.«

»Wir werden uns sicherlich noch einmal bei Ihnen melden.« Huber trat in den Flur.

Hauke Janssen blieb wie ein Häufchen Elend sitzen. Bevor Huber und Harmsen die Haustür hinter sich schlossen, hörten sie ein Schluchzen aus dem Zimmer. Als sie ins Auto stiegen, jaulte die E-Gitarre einen lauten Schmerzenslaut.

»Meinst du, der hat uns alles erzählt?« Harmsen öffnete das Fenster, als Huber den Wagen startete.

Der zuckte nur mit den Schultern, dachte an das bunte Tuch. Vor Hubers inneres Auge schob sich das Bild, als Tabea in St. Peter-Ording vor ihm saß. Da hatte sie ebenjenes Halstuch um, das Huber auf dem Sofa von Hauke Janssen gesehen hatte.

Ein guter Anlass, mit Katrin Lund in Verbindung zu treten. Er schmunzelte bei dem Gedanken.

»Wir sollten uns jetzt erst mal einen Überblick verschaffen und eine Falltafel erstellen«, meinte Harmsen.

Harmsen und seine Falltafeln, dachte Huber, und brauste los.

»Ich treff mich gleich mit Sven. Wir wollen baden. Am Strand ist ja jetzt kaum noch jemand. Willst du mitkommen?« Tabea verschwand im Bad und stopfte ein Handtuch in ihren Rucksack.

Katrin streckte sich. »Ja, vielleicht ist das eine gute Idee.« Sie saß immer noch am Küchenblock, und ihre Gedanken wirbelten durcheinander. Sie würde irgendwie aus Huber herausbekommen müssen, ob Emma gewaltsam zu Tode gekommen war. Dann bekämen ihre Gedanken vielleicht endlich eine Ordnung. Wie konnte sie es anstellen, ihm unauffällig diese Information zu entlocken? Er wäre sicher nicht sehr begeistert, wenn sie ihn direkt danach fragen würde.

Sie stieg vom Hocker, verschwand im Schlafzimmer und packte ebenfalls ihre Badesachen. Zurück im Flur, nahm sie den Schlüssel von der Ablage neben der Haustür. »Wir fahren mit dem Auto.«

»Oh ja, dann frieren wir nachher nicht so.«

»Eben drum.«

»Obwohl mich Sven sicherlich wärmen würde.« Tabea grinste ihre Tante an. »Wann kommt Sebastian eigentlich wieder?«

»Ich habe deine Stichelei schon richtig verstanden, meine Liebe.«

Sie warfen ihre Badesachen auf die Rückbank.

»Aber vielleicht kommst du auch irgendwann in das Alter, wo du froh bist, dass du nicht jeden Tag einen Mann um dich hast.«

»Niemals!« Tabea lachte hell.

Katrin verbiss sich weitere Bemerkungen darüber.

Sven wartete schon am Übergang zur Badestelle Süd. Als er die beiden kommen sah, schloss er sein Fahrrad ab. Zu dritt wanderten sie auf dem Holzsteg durch die Salzwiesen hindurch auf den breiten Strand zu. Rechter Hand standen zwei Hochlandrinder, die sich nicht stören ließen und gemütlich wiederkäuten.

Die meisten Urlauber kamen ihnen bereits entgegen – viele vollbepackt mit Schwimmreifen, Handtüchern, Windschutz auf dem Rücken und an jeder Hand ein Kind. Ermattet von einem sonnigen Tag am Meer.

Katrin überlegte, wann sie das letzte Mal hier baden war. Sie konnte sich nicht erinnern. Sie wusste nur noch, dass es mit Sebastian gewesen war. Aber wenn man am Meer lebte und arbeitete, kam man irgendwann gar nicht mehr auf die Idee, baden zu gehen.

Als sie ins kühle Nass hineinwatete, fand sie es wunderbar. Die Sonne stand schon tief und tauchte alles um sie herum in ein leichtes, helles Rosa. Zu späterer Stunde würde die Sonne in grellem Orange leuchten, und das Wasser und die Pfützen im Watt würden dieses Orange spiegeln. Als sie wieder hierhergezogen war, hatte sie fast jeden Abend hier verbracht und konnte sich an dem Naturschauspiel kaum sattsehen.

Neben sich hörte sie Tabea und Sven kichern, die mit großen, wilden Schritten ins Wasser stoben und sich ausgelassen gegenseitig bespritzten.

Das Leben geht weiter, auch wenn jemand gestorben ist, dachte sie. Und das war gut so. Sie würde es nicht ertragen können, wenn ihre Nichte ihre Lebensfreude verloren hätte.

Sie war nun bis zur Hüfte im Wasser und ließ sich einfach nach vorn fallen, drehte sich dann auf den Rücken und blickte in den Himmel, an dem die wenigen Wölkchen über ihr schwebten wie rosa Zuckerwattetupfen. Sie lag flach auf dem Wasser, und die sanften Wellen schaukelten sie. Wie schön das war!

Dann drehte sie sich auf den Bauch und kraulte mit großen, kräftigen Zügen durch das Wasser. Bei jedem zweiten Mal, wenn sie den rechten Arm hob, pumpte sie ihre Lungen voll Luft. Das hier war Leben. Nach ein paar Minuten rollte sie sich wieder auf den Rücken und ließ sich treiben. In Strandnähe sah sie Tabea und Sven Frisbee spielen. Das Leben war schön in diesem Moment.

Sie schwamm wieder zurück zum Strand, und als sie aus dem Wasser stieg, musste sie an Halle Berry im James-Bond-Film »Stirb an einem anderen Tag« denken. Damals war sie Ende zwanzig und total verknallt in Pierce Brosnan, den sie bis heute attraktiv fand.

Katrin nahm ihr Handtuch, und plötzlich stand Tabea neben ihr. »Sag mal, Tantchen, kennst du eigentlich den James-Bond-Film, in dem … ich weiß nicht mehr, wie die heißt, aus dem Wasser steigt?«

Manchmal war ihre Nichte ihr unheimlich.

Katrin lachte. »Ja, allerdings kenne ich den Film. Aber du findest sicherlich nicht, dass ich Ähnlichkeit mit Halle Berry – so heißt die Schauspielerin nämlich – habe, oder?«

»Na ja, nicht wirklich. Aber es sah ein bisschen so aus wie in dem Film.«

»Weißt du eigentlich, dass diese Szene Reminiszenz

an einen anderen James-Bond-Film ist? Aber das war vor deiner Zeit. Wie dieser übrigens auch. Der ist nämlich über zwanzig Jahre alt.«

»Dann sag mal, woher das ist.«

»›James Bond jagt Dr. No‹. Ist von 1962. Da war selbst ich noch nicht geboren.«

»Du scheinst ja ein richtiger Fan zu sein.«

»Ja, jede hat so ihre Abgründe.«

»Können wir den mal zusammen gucken?«

»Das machen wir, mein Schatz.«

Da ertönte die Agatha-Christie-Melodie aus den Miss-Marple-Filmen – Katrins Mobiltelefon. Sie sah die Nummer von Huber. Ihr Herz schlug höher.

»Hallo, Herr Huber. Gibt es etwas Neues?« Sie wusste so abrupt nichts Vernünftiges zu sagen.

Er fragte sie, ob er sie mit Tabea am nächsten Tag noch einmal befragen könnte, vielleicht gleich in der Früh?

»Einen kleinen Moment bitte.« Zu ihrer Nichte gewandt: »Der Kommissar will uns morgen früh noch mal sprechen. Geht das?«

Tabea nickte nur.

»Okay, Herr Huber, sagen Sie mir, wann. Am besten bei mir in der Kurklinik. Ich kann mir nicht dauernd freinehmen, sonst bekomme ich Ärger. Am besten, wenn die Kurgäste mit dem Frühstück durch sind.« Sie hörte zu. »Also dann, um halb zehn bei mir in der Küche.« Ihr Herz tat einen Hüpfer.

»Was der wohl noch will?«, fragte Tabea.

»Das werden wir dann ja morgen herausfinden.« Katrin packte ihre Sachen in den Rucksack.

Huber und Harmsen blätterten durch die Akte Emma Thomsen. Sie nahmen die Fotos von allen aus dem Umfeld des Mädchens und steckten sie an die Falltafel. In die Mitte das Foto von Emma. Daneben den Plan vom Wäldchen und seiner Umgebung.

Wen hatten sie bisher? Die Eltern Inken und Sören Thomsen, den Freund Hauke Janssen, den Großvater Jan Frederiksen. Ja, und leider auch Tabea Kerr, Katrin Lunds Nichte.

Huber erzählte Harmsen von dem Halstuch.

»Und das sagst du mir erst jetzt?« Harmsen wischte sich seine Haarlocke aus der Stirn.

»Na ja, es muss ja nichts bedeuten. Und vielleicht ist es auch gar nicht von Frau Lunds Nichte. Heute tragen ja viele Jugendliche regenbogenfarbene Halstücher.«

Jetzt, wo sie grünes Licht zum Ermitteln hatten, mussten sie dringend mit allen noch einmal sprechen, vor allem mit den Eltern.

Sie einigten sich, dass Harmsen am folgenden Tag in den Betrieb von Sören Thomsen fahren sollte, um dessen Alibi zu überprüfen. Huber würde sich zunächst Tabea vornehmen und dann zu Emmas Mutter fahren. In der Hoffnung, dass ihr Mann bei der Arbeit wäre, wollte er sie allein sprechen. Manchmal war es besser, Ehepaare getrennt zu vernehmen, und in diesem Fall hielt er es für angebracht.

»Komm, gib mir deine Badesachen, dann gehe ich schon mal vor zum Auto.« Katrin wollte den beiden ihren intimen Abschiedsmoment gönnen. Tabea drückte ihr ihren Rucksack in die Hand und stellte sich mit gekreuzten Beinen zu Sven, der sein Fahrrad aufschloss. Katrin drehte sich noch einmal um und sah nur Tabeas kupferrote Lockenpracht, hinter der sich wohl Svens Kopf verbarg; wahrscheinlich für einen innigen Kuss, vermutete Katrin.

Sie verstaute die nassen Sachen im Kofferraum, setzte sich auf den Fahrersitz und kramte in ihren CDs nach der richtigen Musik. Bill Withers. Sie drückte die Taste so oft, bis sie bei dem Song »Just the two of us« landete. Dieser Song entfachte ein Gefühl von Glück in ihrem Körper. Den hatten Sebastian und sie gehört, als sie ihn das erste Mal auf einer seiner Fotosessions in Süditalien besucht hatte. Es war in den frühen Morgenstunden, und ein leichter Sommerregen fiel, als sie sich auf den Weg zur Fähre machten. Dann, auf der Fähre, brach langsam die Sonne durch die Wolken. Sie standen am Bug der Fähre, die sie hinüber nach Messina fuhr, und plötzlich tönte dieser Song aus dem Radio über das Vorderdeck. Es war, als ob er nur für sie beide geschrieben worden wäre. Sie fühlte sich eins mit allem.

Die Autotür wurde aufgerissen, und Tabea ließ sich auf dem Beifahrersitz nieder.

»Was hörst du da?«, fragte sie.

Katrin drückte auf den Off-Knopf. Sie wollte das Gefühl nicht mit ihrer Nichte teilen. Sie wollte es mit niemandem teilen, außer mit Sebastian.

»Schade«, meinte Tabea, steckte sich ihre Buds in die Ohren und hörte ihre eigene Musik.

Es begann bereits zu dämmern, als sie nach Hause kamen. Und wieder erfasste Katrin eine bleierne Müdigkeit. Sie hängte die nassen Badesachen draußen auf die

Leine, goss sich einen Rotwein ein und verzog sich damit ins Bett. Morgen ist ein neuer Tag, dachte sie.

Was Huber wohl von Tabea wollte?

10

Um Punkt halb zehn klopfte es an Katrins Bürotür. Sie rief: »Herein.«

Huber öffnete die Tür einen Spalt. »Kann ich?«

»Ja klar, kommen Sie rein. Wir haben ja ein Date jetzt, oder?« Katrin grinste. An diesem schwülen Tag hatte er auf seinen sonst üblichen Dreiteiler verzichtet. Nur eine Anzughose und ein Poloshirt.

»Es wäre schön, wenn es so wäre.«

»Huch, so forsch.« Katrin grinste breiter.

Huber selbst schien erschrocken über seine Antwort, denn er räusperte sich kräftig.

Katrin aber nahm den Faden auf. »Na, dann lassen Sie uns doch mal essen gehen. Dann müssen Sie nicht kochen und ich auch nicht. Obwohl ich weiß, wie gern Sie kochen.«

Huber starrte sie an, so als ob er nicht glaubte, was er da gerade hörte.

»Die Küche im *Roten Haubarg* ist fantastisch. Vor allem die Lammgerichte. Mir ist mal wieder nach Fleisch.«

»Ich dachte, Sie sind Vegetarierin.«

»Eher Flexitarierin, wie das heute heißt.« Katrin zwinkerte ihm zu.

»Ja dann … ähm … ist ja auch schon eine lange Zeit her mit unserem gemeinsamen Essen. Und damals war Ihr gesamtes Gefolge dabei.«

Katrin lachte. »Ja, das war nach unserem letzten gemeinsamen Fall … ähm«, jetzt räusperte sie sich. »Also nach Ihrem Fall, den ich zu lösen helfen durfte.«

»Bei dem Sie sich in Gefahr gebracht haben, trifft es wohl eher.«

»Wissen Sie eigentlich, dass meine Nichte jetzt mit meinem damaligen Entführer zusammen ist?«

»Ich habe mir damals schon so etwas gedacht.« Ein Lächeln zog über Hubers Gesicht. Er zupfte über den Knien seine Hose ein wenig hoch, um Beulen zu vermeiden, wie er ihr einmal gestanden hatte, und setzte sich.

Sie mochte es, wie er beim Lächeln sein gesamtes Gesicht zusammenzog, das dann scheinbar nur noch aus Falten – Lachfalten – zu bestehen schien.

»Wie wäre es denn übermorgen?«

In diesem Moment wurde die Tür aufgerissen, und Tabea erschien. »Da bin ich!«, rief sie atemlos. Sie schloss die Tür wieder hinter sich.

Katrin blickte auf ihre Armbanduhr. »Ein bisschen zu spät, wie ich finde.«

»Sorry, hab verschlafen. Und dann hab ich noch mit Mama telefoniert.«

Huber fuhr dazwischen: »Tabea, ich habe noch ein paar Fragen an dich.«

Katrins Nichte ließ sich auf einen Stuhl fallen. »Ja dann.« Sie ruckelte sich zurecht.

»Ich war gestern bei Emmas Freund Hauke Janssen. Und da habe ich ein Tuch gesehen, das mir bekannt vorkam. Und ich erinnerte mich, dass ich es an deinem Hals gesehen hatte, als du mit deiner Tante auf der Polizeistation warst. Es ist ein Halstuch in Regenbogenfarben.«

»Ach, das habe ich schon gesucht«, entfuhr es ihr, und sie griff sich unwillkürlich an den Hals.

»Was hast du denn da bei Hauke Janssen gemacht beziehungsweise von ihm gewollt?«, fragte Huber weiter.

Katrin versuchte, Blickkontakt mit ihrer Nichte aufzunehmen. Sie wollte nicht, dass Huber dachte, Tabea würde spionieren.

Aber ihre Nichte war smarter, als Katrin erwartet hatte.

»Ich wollte dem Hauke mein Beileid ausdrücken. War schließlich der Freund meiner Freundin, und ich kenne ihn ja auch ... So was macht man doch, oder?« Tabea zwinkerte ihrer Tante – für Huber nicht sichtbar – zu.

Katrin biss sich auf die Lippen.

»Und sonst wolltest du nichts von ihm?« Katrin sah Huber an, dass er Tabea nicht glaubte.

»Ja. Doch. Schon. Der spielt doch so geil Gitarre. Und ich wollte schon immer ein Instrument lernen. Da dachte ich, vielleicht kann er mir Unterricht geben.«

Das war jetzt zu dick aufgetragen, fand Katrin.

Huber setzte sich gerade und atmete tief aus. Katrin merkte, dass er sich von Tabea zum Narren gehalten fühlte.

»Mädchen, wenn du mir nicht die Wahrheit sagst, sehen wir uns wieder, das verspreche ich dir. Deine Tante hat dir ja sicherlich schon erzählt, dass deine Freundin wahrscheinlich gewaltsam zu Tode gekommen ist.«

Tabea hielt seinem Blick mit unbewegtem Gesichtsausdruck stand.

»Ich sage die Warnung, dass du dich nicht in unsere Ermittlungen einmischen darfst, nur dieses eine Mal. Dir ist wohl nicht klar, dass du dich in Gefahr begeben könntest. Oder schlimmer noch, selbst zur Verdächtigen wirst.«

Das saß. Tabea lief rot an und guckte aus dem Fenster.

»Ich habe auch schon mit ihr geschimpft, dass sie da so einfach hin ist und sich in Gefahr begeben hat.« Katrin blies ins gleiche Horn wie Huber.

»Ach, Sie haben also davon gewusst? Das wird ja immer schöner. Das letzte Mal mit der Mutter ermittelt und jetzt ist die Nichte dran?«

»Also, wir ermitteln doch nicht!«, entrüstete sich Katrin. »Wie Tabea eben sagte, hat sie nur einen Beileidsbesuch gemacht. Sie wollte dem Jungen einfach zur Seite stehen.«

Huber blickte Tabea an. »Du versprichst mir, dass du ab jetzt die Füße stillhalten wirst!« Dann blickte er zu Katrin. »Und Sie bitte auch, klar?«

Eigentlich mochte Katrin an Huber, dass er ein Mann war, der keine Angst vor Freundlichkeit hatte. Dass er auch anders konnte, zeigte sich jetzt.

»Kann ich jetzt gehen?«, fragte Tabea.

»Wenn dir noch etwas einfällt, was uns weiterhelfen kann, denjenigen zu finden, der deiner Freundin etwas angetan haben könnte, meldest du dich bei mir, okay?«

Tabea nickte kleinlaut, stand auf, drückte ihrer Tante einen Kuss auf die Wange und verschwand.

Eine Glocke des Schweigens hing für einen Moment in Katrins Büro.

Katrin stand auf. »Möchten Sie einen Espresso? Ich erinnere mich, dass Sie den gern trinken.«

»Ja, wirklich sehr gern ... Dass Sie sich daran erinnern!«

Jetzt war seine Freundlichkeit wieder da.

»Ich habe ein Elefantengedächtnis. So erinnere ich mich auch daran, dass Sie Kniebeulen in Ihren Hosenbeinen hassen.«

Wieder zogen sich alle Falten in Hubers Gesicht zusammen. Diesmal lachte er. »Ertappt. Wie peinlich!«

Katrin ließ die Espressomaschine dreimal fauchen, wartete dann noch einen kleinen Moment, drückte den Hebel und ließ die braune, ölige Flüssigkeit in zwei Tassen tropfen.

»Sagt Ihre Nichte die Wahrheit?« Das kam so überraschend, dass es Katrin für einen kurzen Moment aus der Fassung brachte.

»Ähm ...« Sie tat Zucker in die Tassen. »Ich glaube schon.« Sie reichte ihm eine der Tassen hinüber. »Wie kommen Sie auf die Idee, dass sie nicht die Wahrheit sagt?«

»Vielleicht sagt sie ja nur einen Teil der Wahrheit.« Er rührte mit dem Löffel in seinem Espresso.

Katrin setzte sich wieder.

»Es war nur so ein Gefühl«, sagte Huber.

»Ich denke, Sie als Kommissar dürfen keine Gefühle haben?«, meinte Katrin keck.

»Wir wären nichts ohne unsere Intuition. Oder nennen wir es Lebenserfahrung.« Er trank das köstliche Gebräu in einem Zug aus. »Wow, ein echter Wachmacher.«

»Lebenserfahrung ist ein wichtiger Bestandteil in jedem Beruf. Das glaube ich auch. Für Vorgesetzte allerdings ist das in den seltensten Fällen von Belang.«

»Haben Sie immer noch diesen Drachen von Hauswirtschaftsleiterin vor der Nase?«

»Ja, aber wir gewöhnen uns mit den Jahren aneinander. Und ich habe mittlerweile gelernt, sie auszutricksen.« Katrin fiel die übliche Quartalsabrechnung ein, die sie gerade wieder mit der Stubenrauch hinter sich gebracht hatte. »Wir stellen keine überflüssigen Fragen mehr. Wir haben uns quasi aneinander abgeschliffen. Hauptsache, der Laden läuft und ich bleibe einigermaßen in meiner Planung.« Auch sie trank ihren Espresso in einem Schluck aus. »Wie ist denn Emma eigentlich zu Tode gekommen, wissen Sie da schon etwas?«

»Ein Unfall ist es wohl nicht gewesen. Alles deutet auf einen gewaltsamen Tod hin. Jedenfalls ermitteln wir.«

Katrin blickte nachdenklich aus dem Fenster. »Die armen Eltern. Für die bricht doch jetzt die Welt auseinander.«

»Und für ihren Großvater auch«, ergänzte Huber.

Etwas zündete in Katrins Kopf. »Haben Sie schon mit ihm gesprochen?«

»Ja, habe ich.«

»Und?« Katrin war mit einem Mal glockenwach.

»Nichts und. Sie werden diesmal von mir keine Informationen bekommen. Und hören Sie auf, so neugierig zu sein.«

Katrin schmunzelte.

Huber stellte seine Tasse auf Katrins Schreibtisch ab. »Ich möchte noch einmal auf Tabea zurückkommen: Sie sollte besser nicht auf eigene Faust recherchieren. Sie selbst wissen am besten, wie das enden kann. Ich möchte einfach nicht, dass sie etwas Unüberlegtes tut.«

»Ab heute Abend ist meine Schwester wieder da. Dann können Sie sich direkt an Tabeas Mutter wenden.«

»Und falls es Sie wieder überkommen sollte, Frau Lund: Ich möchte ebenfalls nicht, dass *Sie* Ihre Nase in meine Ermittlungen stecken!«

Katrin antwortete nur mit einem knappen »Okay«. Dabei überlegte sie schon, wie sie Kontakt zu Jan Frederiksen aufnehmen konnte. Über ihre Mutter wäre das sicherlich ein guter Weg, kannten die beiden sich doch schon lange. Ja, das war es. Sie würde umgehend ihre Mutter anrufen.

»Also dann. Übermorgen?« Huber war bereits aufgestanden und riss Katrin damit aus ihren Gedanken.

»Ja … Übermorgen ist gut. Bestellen Sie einen Tisch?«

»Mach ich, neunzehn Uhr dreißig? Ist Ihnen das recht?«

»Das passt prima, dann habe ich noch Zeit, mich ein bisschen aufzuhübschen.«

»Ich stehe um sieben vor Ihrer Tür.« Huber öffnete die Bürotür.

»Wissen Sie, wo ich wohne?«

»Ich bin Kommissar, ich weiß alles.« Er zwinkerte, und diesmal verzog er nur eine Gesichtshälfte. »Nein, Sie mussten damals als Zeugin Ihre Personalien angeben. Da reicht mir ein Klick in den Computer.«

»Ich freu mich.« Katrin griff schon ungeduldig zum Hörer.

Huber schloss die Tür hinter sich.

Sie wartete noch einen Moment, dann wählte sie die Nummer ihrer Mutter. »Mamilein, hast du einen Moment Zeit für mich?«

Gut gelaunt verließ Huber das Kurheim *Ebbe und Flut*. Dass er schon oft mit dem Gedanken gespielt hatte, einfach mal bei Katrin Lund aufzutauchen, hatte er ihr verschwiegen.

Er rief Harmsen an.

»Wir wollten ja mit den Eltern des Mädchens noch mal einzeln sprechen. So wie ich den Vater einschätze, wird er schon wieder zur Arbeit gegangen sein. Bist du in Husum?«

»Ja, bin ich«, antwortete Harmsen.

»Ich habe gerade mit Frau Lund und ihrer Nichte gesprochen. Dann nehme ich mir jetzt Emmas Mutter vor.«

»Wann wirst du bei Frau Thomsen sein?«

»Hm, warte mal, du brauchst etwa dreißig Minuten, bis du im Betrieb von Sören Thomsen bist. Dann werde ich etwa zur gleichen Zeit bei der Mutter aufschlagen. So können sie sich nicht anrufen und absprechen.«

»Guter Plan.«

Huber ging noch einmal die Strecke durch das Wäldchen vor dem Kurheim ab. Vielleicht überkam ihn eine Eingebung. Das Flatterband war mittlerweile weg, und das Gelände sah aus, als wäre dort nie etwas geschehen. Das Einzige, das ihn überkam, war die Vorfreude auf den Abend mit Katrin Lund.

Er machte die Runde vorbei an der Polizeistelle. Böge saß an seinem Schreibtisch, als Huber den Raum betrat.

»Tach, Chef.« Böge sprang auf.

»Noch mal, Herr Böge: Ich bin nicht Ihr Chef … Gibt's bei Ihnen etwas Neues?«

»Nö. Hier kehrt langsam wieder Ruhe ein. Langweiliger Kurort-Alltag. Außer ein paar Diebstählen hier und da unter den Kurgästen.« Böge grinste schief.

»Ich will zur Mutter des Mädchens, noch ein paar Fragen stellen. Es wäre schön, wenn Sie mich begleiten.«

Böge griff augenblicklich zu seiner Dienstmütze.

»Die können Sie gerne hierlassen. Bei der Hitze.«

Der Polizist schob seine Notfallnummer in das Schiebeschild an der Eingangstür und folgte Huber zum Parkplatz des Kurheims. »Ehrlich, Herr Huber, das ist eine willkommene Abwechslung.« Er freute sich sichtlich. »Soll ich irgendetwas tun?«

»Sie sollen Augen und vor allem Ihre Ohren offen halten. Ich brauche Sie als Zeugen – wenn es hart auf hart kommt. Es ist ja erst mal nur eine Befragung. Und vielleicht fällt Ihnen vor Ort etwas auf. Vier Augen sehen mehr als zwei.«

Die beiden stiegen in Hubers Auto.

Acht Minuten später parkten sie vor dem Haus der Thomsens. Sie klingelten. Inken Thomsen öffnete die Tür.

»Guten Tag, Frau Thomsen. Ich habe noch ein paar Fragen an Sie.« Huber deutete auf Böge. »Herrn Böge kennen Sie ja schon.«

Inken Thomsen nickte nur und öffnete die Tür ganz. Die beiden traten ein.

»Möchten Sie einen Tee? Ich habe gerade welchen gemacht.«

Böge blickte Huber an. Dann sagten beide wie aus einem Mund: »Ja, gerne.«

»Ist Ihr Mann nicht zu Hause?«, fragte Huber, als Inken Thomsen ihnen voraus in die Küche ging.

»Nein, er ist heute wieder zur Arbeit gegangen. Er sagt, es gibt viel zu tun.« Huber sah ihr an, dass sie darüber traurig war. Sie hätte ihn wahrscheinlich gut an ihrer Seite gebrauchen können. »Haben Sie denn Neuigkeiten für uns?«

»Ja, der Rechtsmediziner hat den Körper Ihrer Tochter gründlich untersucht. Ein Unfall ist wohl auszuschließen, da die Rückstände in der Kopfwunde für einen Gegenstand aus Metall sprechen. Wir haben im Umkreis des Fundortes nichts dergleichen gefunden.«

»Und jetzt denken Sie an einen Mord?«, fragte sie entsetzt. Sie blickte Huber an. Der nickte stumm.

Inken Thomsen hielt die Hände vors Gesicht und schüttelte den Kopf. Huber legte ihr die Hand auf die Schulter. Sie schluchzte. Dann wischte sie sich die Tränen weg.

»Bitte setzen Sie sich.« Sie deutete auf die mit hellem Stoff bezogene Eckbank. Auf dem Tisch stand eine Teekanne auf einem Stövchen. Die beiden Polizisten setzten sich.

»Frau Thomsen, bitte haben Sie Verständnis dafür, dass wir uns noch einmal unterhalten müssen, jetzt, wo klar zu sein scheint, dass es sich um einen gewaltsamen Tod handelt.«

Inken Thomsen nickte nur stumm. Sie drehte sich zum Küchenschrank, nahm drei Teetassen heraus und stellte sie auf den Tisch. Dann stand sie da, als ob sie vergessen hätte, was sie als Nächstes tun wollte.

»Setzen Sie sich doch zu uns«, sagte Huber.

Inken Thomsen nahm die Kanne und goss den Tee ein. Erst dann setzte sie sich ebenfalls.

»Ist es nicht besser, wenn mein Mann auch dabei ist?«

Huber schüttelte nur vage den Kopf. Inken Thomsen schien ihn zu verstehen, denn sie nickte.

»Haben Sie denn schon was? Wissen Sie, wer es getan hat?«

»Wir sind dabei, es herauszufinden. Vielleicht können Sie uns helfen.«

»Ich werde tun, was ich kann, Herr Kommissar.«

»Bei unserem ersten Besuch bei Ihnen wurde ja deutlich, dass es öfter Streit zwischen Ihnen beiden und Emma gegeben hat.«

Sofort unterbrach Frau Thomsen ihn. »Tatsächlich gab es hauptsächlich Streit zwischen Emma und meinem Mann. Sie hatte sich von ihrem Freund, diesem Hauke, anstecken lassen, bei Fridays for future mitzumachen. Ich glaube jedenfalls, dass der sie angesteckt hat. Seitdem sie den kannte, war sie so verändert, hat sich immer mehr von uns entfernt.« Sie starrte auf ihren Tee.

»Und Sie meinen, das hatte mit ihrem Freund zu tun?«

»Ich glaube schon. Sie war kaum noch hier. Mein Mann wollte ihn nicht im Haus haben. Er sieht schon ein bisschen merkwürdig aus, mit seinem Drachenarm. Außerdem … sein Alter … Mein Mann war auch besorgt wegen der Nachbarn.« Sie schien nachzudenken. »Ich weiß von meinem Vater, dass die beiden oft bei ihm gewesen sind. ›Da haben wir wenigstens unsere Ruhe‹, hat sie gesagt. ›Opa ist einfach nett zu Hauke. Warum könnt ihr das nicht auch sein?‹ Das hat sie immer und immer wieder gefragt.«

»Haben Sie denn versucht, mit ihm zu sprechen?«, hakte Huber nach.

»Ich habe mich mal mit den beiden zum Eis im Dorf verabredet. Ich wusste, mit meinem Mann würde das nicht gehen. Aber ich wollte ihn einfach kennenlernen. Und er ist tatsächlich ein ganz netter Kerl.«

»Könnte etwas zwischen den beiden vorgefallen sein?«

»Das kann ich mir nicht vorstellen. Er hat sie angebetet, das konnte ich sehen, und zwar nicht auf eine toxische Weise. Er war fürsorglich. Ich glaube, er hat sie wirklich geliebt.«

»Da hätte Ihr Mann doch eigentlich froh drüber sein müssen.«

Inken Thomsen lachte abfällig. »Das wollte er gar nicht sehen. Da war jemand, der ihm seine Prinzessin wegnehmen wollte. Genauso bei meinem Vater. Dem hat er auch immer unterstellt, dass er sie uns entfremdet, dass er sie uns wegnimmt. Weil sie immer zu ihm hin ist, wenn es hier Stress gab.«

»Hatten die beiden, also ihr Großvater und Emma, auch schon vor Hauke einen guten Kontakt?«

»Ja, schon immer. Ich fand es beruhigend, wenn sie zu ihm hin ist. Dann wusste ich wenigstens, dass es ihr gut geht. Sören fand diese enge Bindung immer abartig. ›Du weißt doch gar nicht, was er mit ihr macht‹, sagte er. Als ob mein Vater …« Inken Thomsen hielt inne.

Katrin hatte ihrer Mutter am Telefon von der Idee berichtet, Jan Frederiksen am Abend zu besuchen.

»Da komm ich mit.« Gerti Lund war sofort Feuer und Flamme.

»Ich bringe erst Tabea nach Husum. Lena müsste dann schon wieder zu Hause sein. Und dann treffen wir uns bei ihm. Sagst du mir bitte seine Adresse, damit ich sie ins Navi eingeben kann?«

»Moment mal, die muss ich erst suchen. Ist einfacher, ich erkläre es dir.«

Katrin schrieb mit.

»Okay, Mamilein, dann um halb sieben bei Jan Frederiksen. Meinst du, wir sollten etwas mitbringen?«

»Nein, der Mann ist ganz unkompliziert.«

»Und Rudi ist nicht eifersüchtig, wenn du zu fremden Männern nach Hause fährst?«, feixte Katrin.

»Du ungezogenes Kind! … Der muss es ja nicht erfahren.«

Katrin lachte und legte auf.

Es klopfte kurz, und ihre Assistentin Jeanette betrat das Büro. »Da ist jemand für dich. Hast du Zeit?«

In dem Moment schoss ihre Schwester Lena hinein. »Da bin ich wieder. Ich wollte einfach erst mal in Ruhe Hallo sagen, bevor der Wahnsinn wieder losgeht.«

Katrin sprang auf und fiel ihrer Schwester um den Hals. »Wie bist du denn hierhergekommen?«

»Ich wollte nicht auf Öffis warten und habe mir am Flughafen ein Auto gemietet. Und, Ta-daa!, da bin ich. Meine liebreizende Tochter ist hoffentlich nicht in der Nähe?«

»Die war vorhin hier, weil die Polizei, also genauer gesagt Dirk Huber, noch ein paar Fragen hatte.«

»Ach sooo, Dirk Huber? Fädelt ihr die losen Enden wieder zusammen?«

Katrin löste sich von ihrer Schwester. »Also! Was du wieder denkst!« Sie lachte. »Aber tatsächlich haben wir übermorgen eine Verabredung.«

»Ein Date? Mit Dirk Huber?«

»Kein Date. Wir sind nur zum Essen verabredet.«

»Das ist ein Date, Schwesterchen! Wie auch immer. Wir werden sehen. Nun erzähl erst mal, wie du jetzt schon wieder an eine Leiche geraten bist.« Lena ging vor die Bürotür und zog ihren Rucksack herein.

»Mach uns erst mal einen Kaffee«, ächzte sie.

Katrin stellte die Espressomaschine an und legte diesmal Kaffeepads in den Siebträger. Ihre Schwester mochte keinen Espresso. Sie ließ den Kaffee durchlaufen und stellte Lena die Tasse hin. Die kramte in ihrem Rucksack, holte einen Becher hervor und drückte ihn Katrin in die Hand.

»Ist zwar nichts Spanisches oder vom Camino. Aber als ich den sah, konnte ich nicht widerstehen.«

Katrin drehte den Becher. Eine stilisierte Abbildung ihres Lieblingsdetektivs – neben Agatha Christies Miss Marple – Sherlock Holmes. Sie konnte den Schauspieler Benedict Cumberbatch erkennen. Darunter der Spruch *You can't beat a cup of coffee*.

»Ich dachte, für eine Spitzendetektivin und einen Kaffeejunkie wie dich muss es dieser Becher sein.«

Katrin spülte ihn sogleich aus, legte ein neues Pad ein, stellte den Becher unter den Siebträger und ließ wieder Kaffee durchlaufen.

Lena nahm einen kleinen Schluck. »Ich muss schon sagen, die Spanier können aber auch Kaffee. Fast so gut wie deiner.« Sie schloss die Augen und genoss. »Darf ich meine Schuhe ausziehen? Zwei Wochen immer in den Wanderschuhen … irgendwann reicht es dann.«

Katrin stand auf und rief aus ihrer Bürotür nach Jeanette. »Du passt bitte auf, dass uns die Stubenrauch nicht überrascht.«

»Aber klar, Chefin. Mach ich.« Katrin konnte Jeanette keine größere Freude machen, als sie zu ihrer Komplizin zu machen.

Die Schwestern nippten an dem heißen Kaffee.

»So, und jetzt will ich alles wissen.«

»Wo soll ich anfangen? Am ersten Tag nach deiner Abreise haben Tabea und ich eine Fahrradtour …«

Lena fuhr dazwischen. »Du willst mir doch jetzt nicht diese Nebensächlichkeiten auftischen! Ich meine natürlich alles, was mit Emma zu tun hat.«

Katrin grinste. So kannte sie ihre Schwester. Sie erzählte ihr in aller Ausführlichkeit, was bisher geschehen war, verschwieg aber das eigenmächtige Recherchieren Tabeas bei Hauke Janssen. Als Katrin geendet hatte, kommentierte Lena nur: »Ich sehe da wieder etwas in deinen Augen leuchten. Du hast doch nicht vor, deine Nase in diese Angelegenheit zu stecken?« Ihre Frage klang eher wie ein Appell. »Jetzt verstehe ich auch, warum du dich plötzlich mit Huber verabredet hast.«

»Du unterstellst mir unlautere Absichten?« Katrin tat entrüstet. »Er ist ein netter, attraktiver Mann. Und ich möchte nur einen schönen Abend mit ihm verbringen. Und wenn dabei die eine oder andere Information abfällt, bin ich nicht abgeneigt.« Katrin grinste verschmitzt.

Lena rollte mit den Augen.

Katrin nahm den letzten Schluck aus ihrem neuen Becher. »Willst du Tabea gleich mitnehmen? Sollen wir sie anrufen?«

»Oh nein. Gönn mir noch ein paar Stunden allein zu Hause. Ankommen und auspacken … und endlich baden.«

»Okay, dann bringe ich sie wie verabredet nach der Arbeit zu dir, bevor ich mit Mama bei Frederiksen bin.« Sie biss sich auf die Lippen. Dass sie aber auch ihre Klappe nicht halten konnte!

Ihre Schwester reagierte auch sofort. »Wie bitte? Was wollt ihr denn bei dem Großvater von Emma?«

»Ähm … wir wollen einen Kondolenzbesuch bei ihm machen. Mama kennt ihn doch ganz gut. Und ich möchte gerne mit … wegen der Wolkenbilder und so. Das möchte ich mir schon gern mal ansehen.«

»Aber ihr werdet nicht herumschnüffeln. Versprich es mir.«

Katrin stand auf, nahm mit einer Hand beide Becher und kreuzte hinter ihrem Rücken die Finger der anderen Hand.

»Versprochen«, murmelte sie. »So, und du machst dich jetzt auf den Weg. Ich muss arbeiten.«

Lena zog unter Ächzen wieder ihre Schuhe an. Die Schwestern umarmten sich, und Lena verschwand mit ihrem geschulterten Rucksack.

Katrin kramte in ihrem Portemonnaie nach der Visitenkarte von Telse. Sie wollte so viel wie möglich über die Familie von Emma wissen. Und bei Jan Frederiksen würde sie anfangen.

Sie wählte die Nummer von Telse. Nach mehrmaligem Klingeln ging diese ans Telefon.

»Jaaa …«, sagte Telse gedehnt. Sie hörte sich betrunken an.

»Hallo. Hier ist Katrin. Katrin Lund. Spreche ich mit Telse Frederiksen?«

»Jaaa …«, kam es wieder. Kurze Stille. »Aaah … Katrin. Ja. Wie geht es dir?« Telse räusperte sich.

»Danke, mir geht's gut. Du, ich wollte dich fragen, ob du Lust hast, dass wir uns übermorgen treffen. Ich habe nachmittags frei und wollte eh nach Hamburg, was besorgen. Und da dachte ich, vielleicht können wir etwas unternehmen, Kaffeetrinken am Jungfernstieg oder so.«

»Prima Idee. Warte mal eben, ich muss gucken, ob ich einen Termin habe.« Katrin hörte nichts mehr. Dann: »Ja, das klappt. Super. Ich freu mich.«

»Wo sollen wir uns treffen?«

»Komm doch am besten erst einmal zu mir. Dann glühen wir hier schon mal mit einem Prosecco vor. So um zwei?«

»Zwei ist gut. Dann habe ich noch Zeit, mich für die Großstadt ein bisschen aufzuhübschen.«

Telse kicherte.

Katrin rechnete kurz nach: Wenn sie um halb fünf wieder auf dem Weg zurück war, würde sie auf jeden Fall pünktlich zur Verabredung mit Dirk Huber erscheinen.

Sie dachte daran, dass sie vielleicht am kommenden Tag einen Beileidsbesuch bei Emmas Eltern machen könnte. »Warst du schon bei Emmas Eltern?«, fragte sie Telse.

»Die können mich mal! Um Emma tut es mir leid. Aber Inken und Sören … mit denen will ich nichts mehr zu tun haben.«

Na gut, dachte Katrin, dann hatte sie ja genügend Gesprächsstoff mit Telse.

11

Huber beobachtete Böge, wie der sich in der Küche umsah und sein Blick an der gerahmten Fotografie über der Anrichte hängen blieb.

»Denken Sie, dass Emmas Großvater …«, Huber räusperte sich, »… pädophile Absichten hatte?«

»Um Himmels willen, nein!« Frau Thomsen setzte sich gerade. »Er könnte niemandem etwas antun. Er ist nicht sehr gesellig. Das lässt viele Leute auf komische Gedanken kommen.«

Huber kannte so etwas. Als seine Frau gestorben war, hatte er sich auch lange Zeit zurückgezogen, weil er ihren Tod nicht verwinden konnte. Er hatte so manchen Tratsch im Kommissariat mitbekommen. Oft waren die Gespräche verstummt, wenn er vorbeikam. Aber er hatte keine Lust auf ein Feierabendbier oder andere gesellige Treffen gehabt. Ihm war nicht nach oberflächlicher Unterhaltung gewesen. Als er dann langsam aus seiner Trauer aufgetaucht war, hatte er Mühe gehabt, sich wieder zu integrieren.

»Aber Sören suchte eine Rechtfertigung, weil Emma offensichtlich mehr Vertrauen zu ihrem Großvater hatte als zu ihm.« Inken Thomsen trank von ihrem Tee.

»Wie ist das mit Emmas Bekannten von Fridays for future? Haben Sie da mal jemanden kennengelernt?«

»Nein, außer Hauke niemanden. Sie hat mir mal erzählt, dass da ein paar dabei gewesen sind, denen es nicht geheuer war, dass ihr Vater Windräder baut beziehungsweise die Werbung dafür macht. Aus diesem Grunde hat sie natürlich nie jemanden mitgebracht.«

Das deckte sich mit der Aussage von Hauke Janssen.

»Dann war sie aber ein tapferes Mädchen, wenn sie trotzdem dabeigeblieben ist.«

»Sie kam schon manchmal nach Hause und hat geweint oder war einfach nur sauer. Ich meinte, sie solle sich das doch nicht antun. Da sagte sie mir, dass es ihr um die Sache gehe. Und die sei richtig. Wenn da so ein paar Kapalken dabei seien, die das nicht verstehen, würde sie sich von denen nicht abschrecken lassen … Ja, sie war ein tapferes Mädchen!« Inken Thomsen rannen die Tränen aus den Augen. Sie kramte ein Taschentuch aus ihrem Ärmel und schnäuzte sich. Sie war nun ganz in ihrer Trauer aufgelöst.

»Frau Thomsen, wenn Ihnen noch etwas einfällt oder Sie unsere Hilfe brauchen, dann melden Sie sich bitte.« Huber legte seine Visitenkarte auf den Küchentisch. Rasch nahm sie die Karte, stand auf und legte sie in eine Schublade der Anrichte, als ob sie sie verstecken wollte.

Huber und Böge verabschiedeten sich. Huber war es bewusst, dass er die Frau mit ihrer Trauer allein zurückließ. Bei ihrem Mann würde sie keinen Halt finden.

Böge platzte fast vor Mitteilungsbedürfnis. »Da hing ein Familienfoto über der Anrichte. Haben Sie das gesehen? Was ich merkwürdig fand, war, dass die irgendwie keinen Kontakt zueinander hatten. Keine Berührungen oder so. Bei normalen Familienfotos umarmt man sich und lacht in die Kamera. Hier standen sie eher nur nebeneinander. Keine Bewegung, kaum ein herzliches Lächeln. Wie, als ob sie nur eine glückliche Familie spielten.«

»Gute Beobachtung, Herr Böge.«

»Ich habe neulich mal einen Artikel über Familienaufstellung gelesen.«

Huber guckte ihn erstaunt an.

»Na, ich bin doch jetzt Vater. Und ich will es richtig machen. Da interessiert mich das alles, was mit Familie und so zu tun hat.«

Huber war gerührt. »Und hat der Artikel Sie hier weitergebracht?«

»Ja, irgendwie fiel mir das ein, als ich das Foto eben sah. Jeder stand für sich allein. Kein Bezug zueinander.«

Huber versuchte, sich das Foto in Erinnerung zu rufen. Er erinnerte sich nur, dass er dachte, dass das Foto im Garten der Thomsens aufgenommen worden sein musste. »Ich habe es zwar nur aus den Augenwinkeln gesehen. Aber ja, Sie haben recht. Irgendetwas war da merkwürdig. Standen wie die Zinnsoldaten nebeneinander. Ich bin froh, dass ich Sie mitgenommen habe.«

Böge drückte die Brust heraus, und Huber musste schmunzeln. Vielleicht war der junge Polizist ja später einmal an einer Weiterbildung oder an Aufstiegschancen interessiert. Und vielleicht könnte Huber so eine Art Mentor für ihn sein. Er begeisterte sich plötzlich für diese Idee.

»Ich bringe Sie zurück zur Polizeistation. Mein Kollege Harmsen war, während wir hier bei Frau Thomsen gewesen sind, bei ihrem Mann im Betrieb. Mal gucken, was er berichten kann.«

»Darf ich mitkommen?«

»Aber die Polizeistelle sollte doch besetzt sein.«

»Ich rufe meinen Kollegen an. Ich habe eh noch einen gut bei ihm.« Böge griff schon zum Handy.

Huber setzte sich ins Auto und checkte sein Handy. Harmsen hatte ihm eine Nachricht geschickt: *Wir treffen uns im Büro. Ich habe interessante Neuigkeiten.*

Böge ließ sich auf den Beifahrersitz plumpsen. »Alles klar. Mein Kollege übernimmt.«

»Und wie kommen Sie zurück?«

»Ich nehme die Regionalbahn. Fährt jede Stunde.«

Huber startete den Wagen. »Haben Sie eigentlich schon mal überlegt, Karriere bei der Polizei zu machen?«

Böge blickte ihn erstaunt an. »Na ja ...« Er stockte. »Noch nicht. Wir haben doch jetzt das Baby. Und ich habe schon Elternzeit beantragt. Ich will dabei sein, das miterleben.«

»Aber diese Zeit ist irgendwann vorbei. Denken Sie einfach mal drüber nach. Ich würde Sie auch dabei unterstützen.«

Huber sah aus den Augenwinkeln, dass es in Böges Kopf arbeitete.

Schon beim letzten Fall hier in St. Peter-Ording hatte ihm gefallen, wie der junge Mann mitgedacht hatte.

»Haben Sie auch Kinder?«, fragte Böge.

»Ja, einen Sohn. Sechzehn. Im gleichen Alter wie das tote Mädchen.«

»Und macht Ihnen das Angst, wenn Sie dann so etwas erleben?«

»Ja, natürlich. Man hat ja immer Angst um seine Kinder. Ich glaube, das kann man nie abschalten. Meine

Eltern haben auch noch immer Angst um mich. Auch, wenn sie so tun, als ob nicht.«

»Ist Ihre Frau auch berufstätig? Und wie machen Sie das dann?«

»Meine Frau ist vor längerer Zeit gestorben.«

»Oh, das tut mir leid.« Böge blickte wieder durch die Frontscheibe.

»Unser Sohn war noch klein. Ich war völlig überfordert. Da hat ihn die Schwester meiner Frau erst mal mit nach Amerika rübergenommen. Aber ihm geht es gut dort. Und das ist das Wichtigste. Auch wenn er mir manchmal fehlt. Aber jetzt am Wochenende kommt er. Und ich hoffe, dass wir den Fall bald lösen können, damit ich viel Zeit mit ihm verbringen kann.«

Sie schwiegen.

»Soll ich Musik anmachen?«, fragte Huber.

»Was haben Sie denn drin?«

Huber drückte auf den Knopf, und die raue Stimme von Bruce Springsteen forderte gerade auf, im Dunkeln zu tanzen. Sofort begann Böge in seinem Sitz zu wippen. »Ich bin gespannt, was Harmsen uns zu sagen hat.«

Bevor Katrin das Kurheim verließ, hinterlegte sie an der Rezeption noch das Rote-Bete-Marmeladen-Rezept für die Schwäbin. Sie hatte es ihr am Tag zuvor zum Tisch bringen wollen, es aber total vergessen. Sie wusste nicht einmal den Nachnamen der Frau, nur, dass sie auch Katrin hieß. Aber an ihre Stimme konnte sie sich erinnern. Sie hörte sie jetzt von Weitem. »Huhu, Frau Lund.« Mit eiligen Schritten kam sie so schnell, wie ihr Körpergewicht es zuließ, angelaufen. Katrin blieb stehen. Sie konnte nicht so tun, als hätte sie sie nicht gehört, hatte sie mit ihrem durchdringenden Organ doch alle in der Nähe auf sich aufmerksam gemacht.

»Da isch es ja endlich.« Die Frau riss Katrin das Rezept quasi aus den Händen und guckte auf den Zettel. »Das isch doch für mich, oder?«

»Ja, ich habe es Ihnen ausgedruckt, wie Sie es gewünscht haben.«

»Sie sind ein Schatz!« Es kam kein Vorwurf von ihr.

»Ich habe noch nie erlebt, dass jemand von unseren Kurgästen so wild auf meine Rezepte ist.«

»Ach, wisset Sie, mir habet dahoim unter a paar Freundinnen a Ritual. Jede bringt von ihrer Reise ein Rezept mit. Mir treffet uns einmal im Monat zom zamma kocha. Und so ebbes Außergwöhnliches wie Ihr Marmelad hend mir no nie gehtt.«

»Jetzt verstehe ich. Dann grüßen Sie Ihre Kochfreundinnen mal schön, Frau …« Katrin fühlte sich doch geschmeichelt, auch wenn ihr die Frau ein bisschen zu aufdringlich war.

Die verstand den Wink. »Ja, entschuldiget Sie, ich heiße Eberle, Katrin Eberle. Des macht nix, wenn Sie sich net dran erinnern. Sie sehet ja jeden Tag so viele Leut.«

»Und wenn Sie weitere gesunde Rezepte suchen, dann gehen Sie gerne mal auf meinen Blog.«

Die Eberle klatschte Katrin mit der Hand an den Oberarm und grinste. »Da bin i doch längscht draufgewesa. Was denket denn Sie. So ebbes braucht Se mir net zwoimol saga.«

Katrin blickte auf ihre Armbanduhr. »Ich muss jetzt leider los, Frau Eberle. Wann fahren Sie denn wieder nach Hause?«

»Ha, morga früh scho, deswega pressiert's ja au so.«

»Dann eine gute Reise. Und nehmen Sie ein paar von unseren Inspirationen mit in den Alltag.« Katrin ging forschen Schrittes zur Eingangstür.

»Ha, isch eh klar«, hörte sie von der Eberle noch, bevor die Tür sich hinter ihr schloss.

Tabeas Reisetasche und vollgestopfte Tüten standen schon im Flur und damit im Weg, als Katrin ihr Häuschen zu betreten versuchte.

»Du kannst es wohl kaum erwarten, von hier wegzukommen«, rief sie ins Ungefähre hinein und schob mit dem Fuß ein paar Tüten beiseite.

Tabea rannte ihr aus dem Gästezimmer entgegen und nahm ihre Tante in die Arme. »Es war so schön bei dir, Tantchen.«

Katrin war gerührt, wie kindlich ihre Nichte manchmal noch war. »Das fand ich auch, meine Kleine.«

Tabea rückte ein Stück ab. »Sag nicht immer Kleine zu mir.«

»Wenn du nicht immer Tantchen zu mir sagst.«

Sie lachten und fielen sich wieder in die Arme.

»Ich mache mich kurz frisch, und dann fahren wir.« Katrin verschwand im Bad.

Tabea saß, wie immer, wenn sie wartete, am Küchenblock und wischte auf ihrem Handy rum. Katrin sah in der Kammer nach, ob sich unter ihren Geschenken von Kurgästen eine Flasche Sherry befand. Das war das

Richtige für einen gesprächigen Abend mit ihrer Mutter bei Jan Frederiksen, wie sie fand. Und tatsächlich stand da eine. Sie betrachtete das Label: zwölf Jahre gereift, also ein Guter. Manchmal wusste sie gar nicht mehr, was für Schätze sie von den Patientinnen und Patienten bekommen hatte.

»Komm, Kleine.«

Tabea rutschte vom Hocker und folgte ihrer Tante. Sie verstauten Tabeas Sachen im Kofferraum.

Tabea war schweigsam.

»Du weißt ja, mi casa es tu casa.« Katrin versuchte, lustig zu sein. Aber der Witz versickerte zwischen ihnen.

»Ja, ich weiß.« Tabea guckte traurig. »Aber zu Hause ist eben zu Hause. Und das ist langweilig.«

»Das glaube ich nicht. Deine Mutter hat bestimmt viel zu erzählen von ihrer Pilgertour.«

»Ja, genau. Langweilig. Wenn sie über Landschaften und Leute spricht, die ich nicht kenne.«

»Jetzt sei mal ein bisschen gnädiger. Du erzählst ihr bestimmt auch viel von Leuten, die sie nicht kennt.«

»Das ist aber was anderes. Sie ist ja schließlich meine Mutter. Und sie will immer wissen, mit wem ich so rumhänge.«

»Jetzt maul nicht und steig ein.« Manchmal half nur eine klare Ansage.

Die Dreiviertelstunde Fahrt nach Husum schwiegen sie. Kurz vor Husum durchbrach Katrin die Stille. »Wenn sich der Kommissar noch einmal bei dir meldet, sag mir doch Bescheid.«

»Mach ich. Aber warum sollte der sich noch mal bei mir melden?«

»Ich glaube, die sind erst am Anfang. Der will bestimmt noch mehr über die Menschen wissen, die in Emmas Umfeld waren. Manche Fragen ergeben sich ja erst aus weiteren Ermittlungen.«

»Du redest selbst schon wie eine Kommissarin.«

Katrin lachte, und Tabea fiel in ihr Lachen ein.

»Und du sagst mir bitte auch Bescheid, wenn du etwas Neues herausfindest.«

»Jawoll!«

Katrin parkte das Auto vor dem Haus, in dem ihre Schwester wohnte. Tabea nestelte den Schlüssel aus ihrer Hosentasche. Katrin klingelte. Im zweiten Stock des Altbaus öffnete sich ein Fenster, und Lena rief herunter: »Ich komme.«

Katrin stellte die Tüten vor die Haustür.

»Kommst du nicht noch mit hoch?«

Katrin schlug die Klappe des Kofferraums zu. »Nein, mein Schatz, ich habe deine Mutter schon heute Mittag gesehen. Sie ist auf dem Weg bei mir vorbeigekommen. Da haben wir uns schon upgedatet.«

Die Haustür wurde aufgerissen, und Lena nahm ihre Tochter fest in die Arme. »Ist das schön, dich wiederzusehen, mein Schatz.« Die Umarmung dauerte lange.

»Ich mach mich dann vom Acker.« Katrin winkte kurz, bevor sie wieder ins Auto stieg.

Lena wollte ihre Tochter nicht loslassen und zwinkerte Katrin verstohlen zu. »Pass auf dich auf, Schwesterherz!«

»Aber immer«, rief diese aus dem geöffneten Seitenfenster und brauste davon.

Als Huber mit Böge das Büro im Kommissariat betrat, war Harmsen gerade an der Falltafel zugange.

»Ich habe Besuch mitgebracht.«

Harmsen drehte sich um. Huber deutete auf den jungen Polizisten in seinem Schlepptau. »Den Kollegen Böge kennst du ja noch aus St. Peter-Ording.«

Harmsen nickte. Er war offensichtlich beim Friseur gewesen.

»Sag mal, musst du jede Mode mitmachen?«

»Wieso?«, fragte Harmsen.

»Na, ich finde, dass ein Undercut eher was für junge Männer ist.«

Harmsen nestelte wieder an der Stirnlocke, die der Friseur ihm gelassen hatte. Dann wandte er sich an Böge, ohne auf Hubers Bemerkung einzugehen.

»Wollen Sie mal schnuppern, was die richtigen Polizisten so machen?«

»Jetzt sei mal nicht so hochnäsig, Harm.« Zu Böge sagte er: »Hinter der harten Schale steckt ein weicher Kern.« Dann wieder eindringlich zu Harmsen: »Nicht wahr, Harm?«

»Wenn du meinst.« Harmsen zwinkerte Böge zu.

»Dann erzähl mal von deinen angekündigten Neuigkeiten.« Huber setzte sich an seinen Schreibtisch und bedeutete Böge, sich ihm gegenüber hinzusetzen.

Als Katrin am Hof von Frederiksen vorfuhr, sah sie schon das Auto ihrer Mutter dort stehen. Sie parkte direkt dahinter. Ihre Mutter war nicht allein. Sie sah einen zweiten Hinterkopf auf dem Beifahrersitz. Den abstehenden, wilden Haaren nach zu urteilen, musste es

Rudi sein. Katrin lächelte unwillkürlich. Rudi war ihr ein bisschen zum Ersatzvater geworden und ihrer Mutter zum Verehrer. Das gönnte sie ihrer Mutter, denn die hatte seit dem frühen Tod von Katrins und Lenas Vater keinen Mann mehr in ihrem Leben gehabt – jedenfalls nicht, dass Katrin davon gewusst hätte.

Katrin stieg aus dem Wagen, ging die paar Schritte zum Auto vor ihr und klopfte an die Seitenscheibe des Fahrersitzes. Ihre Mutter schrak zusammen, und sie griff unwillkürlich nach Rudis Oberschenkel, ein bisschen zu weit oben. Katrin musste lachen, als sie sah, wie Rudis Augen hervortraten. Schnell zog die Mutter ihre Hand zurück.

Gerti Lund öffnete die Tür. »Musst du uns so erschrecken?«

»Ihr wirkt wie ein Liebespaar, das kein Zuhause hat und im Auto knutschen muss.«

Rudi lachte sein dröhnendes Lachen, Katrins Mutter dagegen wurde rot.

»Dann lasst uns mal.« Katrin lüpfte die Flasche Sherry aus ihrer Tasche. »Guter Tropfen. Mal sehen, was wir herausfinden.«

Zu dritt stapften sie über den Hof auf das Wohngebäude zu. Von Weitem hörten sie das gemütliche Blöken von Schafen. Überhaupt zeugte der ganze Hof von der wohligen Anwesenheit von Schafen.

Rudi betätigte dreimal den eisernen Klopfer an der Haustür. Jan Frederiksen öffnete ihnen.

»Tach auch«, sagte Rudi und nahm seinen Freund in den Arm. »Das tut mir so leid mit deiner Emma.« Er ließ Jan Frederiksen wieder los.

»Wir möchten Ihnen unser Beileid ausdrücken«, sagte Katrin.

»Kommt doch rein.« Frederiksen ging voraus ins Wohnzimmer. Katrin drückte ihm die Flasche Sherry in die Hand. »Ich dachte, wir könnten einen Schluck vertragen.«

Vor der Wohnzimmertür stellte sich Gerti Lund vor Frederiksen und strich ihm über die Oberarme. »Wie kommst du denn klar jetzt?«

Frederiksen nahm die Flasche. »Ach, geht schon. Ich hab ja meine Viecher. Die müssen versorgt werden.« Er öffnete die Tür. »Das Leben geht weiter.«

Sie betraten die gute Stube. Katrin fielen die Bilder auf, die überall hingen. Und das große Gemälde im Wohnzimmer, das die gesamte Wand einnahm und auf dem auf den ersten Blick kaum etwas zu erkennen war, überwältigte sie.

Jan Frederiksen nahm vier Gläser aus der Anrichte, betrachtete das Label des Sherrys und meinte: »Guter Stoff! Angemessen für meine Kleine.« Er goss ein, und nicht zu knapp.

»Auf die Lebenden und die Toten.« Er erhob sein Glas, und alle nahmen einen Schluck. Man schwieg einen angemessenen Moment lang.

»Weiß man denn schon Näheres?«, fragte Gerti Lund. »Meine Enkelin Tabea meinte, sie sei wohl gewaltsam zu Tode gekommen?«

»Ja, die Polizei, ein Kommissar Huber, ist hier gewesen und hat mich informiert. Aber Inken hatte schon vorher angerufen.« Frederiksen nahm einen weiteren, großen Schluck. Das Glas war leer.

Katrin blickte auf ein Bild, das über einem schmalen Wasserstreifen am unteren Bildrand einen Himmel mit genau den Wolken zeigte, wie sie sie gestern beim Schwimmen über dem Wasser gesehen hatte. Rosafarbene Zuckerwattetupfen.

»Hat sich denn Telse schon bei dir gemeldet? Ich meine, nach der Ausstellungseröffnung?« Rudi goss Frederiksen nach.

»Das wird sie nicht über sich bringen. Jedenfalls nicht aus Beileid. Sie denkt doch, dass ich meine, sie meldet sich sowieso nur, wenn sie was braucht.« Frederiksen stand auf und öffnete ein Fenster. Sofort strömte der Schafsgeruch herein.

»Und so ganz unrecht hat sie ja nicht. Sie lebt in Hamburg auf großem Fuß. Es wäre einfach schön gewesen, wenn sie das durch eigene Arbeit geschafft hätte.«

»Hast du schon geregelt, wer deine Bilder mal bekommen soll?« Gerti zeigte in die Runde. »Die sind ja mittlerweile so einiges wert.«

»Ja, das habe ich alles vorletzte Woche festgemacht. Vor der Eröffnung. Das meiste davon geht an das Museum.« Frederiksen setzte sich wieder und führte erneut das Glas zum Mund. »Viel zu schade zum Runterkippen, aber mir ist gerade danach.« Er hielt sein Glas Katrin entgegen, die lächelte verständnisvoll.

»Und den Rest, das alles hier«, er machte eine große Geste in den Raum, »sollte Emma erben, wenn sie einundzwanzig geworden wäre. Nun muss ich ja das Testament noch mal ändern. Aber ich kann mich im Moment nicht mit solchem Mist befassen, mit all diesem ›was ist, wenn‹ und so weiter. Hier oben«, er zeigte auf seinen Kopf, »geht alles drunter und drüber. Ich kann nicht nachdenken.«

Frederiksen stützte seine Stirn in den Händen ab. Er schüttelte den Kopf, als ob er es immer noch nicht begreifen könnte, dass es seine Enkeltochter nicht mehr gab.

»Emma hätte sich sicherlich sehr darüber gefreut«, bemerkte Katrin. »Und wie ich sie gekannt habe, hätte sie das auch wertgeschätzt.«

Jan Frederiksen sah Katrin in die Augen. »Ja, das hätte sie. Sie war die Einzige in der Familie, die immer wieder mit mir über die Bilder gesprochen hat, die es interessiert hat, von wem welches Bild ist, welcher Blickwinkel zu sehen ist und auch wie die einzelnen Wolkenformationen heißen.«

Katrin deutete auf das Bild mit den rosa Wattewolken. »Wie heißen denn diese Wolken? Haben die einen Namen?«

»Soweit ich weiß, heißen die tatsächlich Hohe Schäfchenwolken.«

»Und das große Bild hier an der Wand?«

»Das war ein Frühnebel über den Salzwiesen, der die Malerin fasziniert hat. Da möchte ich, dass es Hauke bekommt. Entspricht ein bisschen seinem Wesen. Auf den ersten Eindruck erkennt man gar nichts, außer einer beinahe weißen Farbfläche. Wenn man aber genau hinschaut, entdeckt man unter dieser Fläche, wie die Farben von unten, dem ganz hellen Grünbraun, bis oben in die zarten pastellenen Blautöne eines Himmels übergehen. Erst wenn man lange draufschaut, meint man, unten die Salzwiesen zu erkennen, darüber das Watt, darüber in einem kleinen Streifen scheinen kleine winzige Wellen durch und die oberen drei Viertel dann Himmel – den man durch den Nebel nicht sieht, wie ich zugeben muss. Die Künstlerin hat mir erklärt, dass das Nebelhafte durch diverse Übermalungen mit dünner Farbe entsteht. Ihre Kunst ist es, im richtigen Moment aufzuhören, bevor nämlich dann gar nichts mehr zu erkennen ist, außer der oberflächlichen Farbe.«

»Was hat das mit Emmas Freund zu tun?«

»Bei ihm muss man auch in die Tiefe gucken, um sein Wesen zu erkennen. Und Emma hat das gekonnt. Sie hat ihn erkannt. Und deshalb hat er sie auch geliebt.«

Rudi goss wieder die Gläser voll. »Und deine Töchter? Hast du schon ausgesucht, welche Bilder die denn jetzt bekommen sollen?«

»Laut Erbfolge ist Inken als Emmas Mutter dran.« Es kratzte an der Tür. Frederiksen stand auf und ließ seinen Hund hinein. Der machte die Runde, schnüffelte alle kurz ab und rollte sich dann zu Füßen seines Herrchens zusammen. »Da sollen die sich drum streiten. Da sie es sowieso zu Geld machen werden, ist es mir egal. Inken ist ihrem Mann, der nie genug Geld hat, hörig. Der übernimmt sich mit allem. Großes Reihenhaus, das sie lange, lange abzahlen. Das musste natürlich in einer guten Gegend sein. Und dann sind sie auch noch Mitglied im Golfclub. Sören meint, da sind all die Leute mit guten Verbindungen. Wozu braucht der gute Verbindungen, frage ich euch. Ich glaube, die sind hoch verschuldet. Inken soll nicht arbeiten, damit niemand denkt, er würde nicht genug verdienen. Die gesamte Einstellung ist so was von vorgestern. Aber meine Tochter kommt nicht von ihm los. Und sobald er die Bilder in die Hände bekommt, wird er sie in Bares umsetzen … Ich mag gar nicht daran denken. Aber wenn sie nichts bekommen, gibt es Krieg.«

»Den gibt es sowieso«, meinte Rudi.

»Ja, genau. Was ich mache, wird falsch sein. Deshalb will ich auch, dass der größte Teil der Bilder an das Museum geht. Die zeigen ja schließlich die hiesige Landschaft. Ich mag gar nicht daran denken, was wird, wenn Inken, Sören und Telse beim Notar sitzen. Und Telse kann auch nicht aus ihrer Haut raus. Eigentlich muss sie beschützt werden, vor allem vor sich selbst. Ist schon traurig, wenn man weiß, dass das, was von einem übrig bleibt, zu Streit und Neid führen wird.«

»Und was ist mit dem Hof und mit den Schafen?«

»Wenn ich es nicht besser wüsste, würde ich es alles dir vermachen, Rudi.«

Rudi hob abwehrend die Hände.

»Ja, ich weiß schon, du willst keine Verantwortung mehr übernehmen.«

»Ich brauch nichts mehr, Jan. Meine Rente und mein kleiner Job im *Enzian* reichen mir völlig für ein zufriedenes Leben. Und ich bin nun auch weit über siebzig.« Er warf einen verstohlenen Blick auf Gerti Lund. »Ich kann ja auch nicht ewig.«

Gerti zwinkerte ihm zu. Katrin schoss plötzlich das erste Mal durch den Kopf, dass die beiden tatsächlich Sex haben könnten. Sie räusperte sich, fand sie diese Vorstellung doch befremdlich. Andererseits, so wie sie manchmal herumturtelten … Sie verdrängte den Gedanken.

Frederiksen fuhr fort: »Ich suche einen Käufer, der ein Herz für diesen Hof hat, die Schafszucht weiterführt und auch die Vermietung der Fremdenzimmer. Wenn man hier mal ordentlich renoviert, kann das ganz schön was einbringen. Und vielleicht lassen die mich sogar auf dem Altenteil wohnen. Dann kann ich weiter mit den Schafen arbeiten.«

Katrin konzentrierte sich wieder darauf, dass sie hier etwas herausfinden wollten. »Hast du denn eine Idee, wer deiner Enkelin Böses wollte?«

Er trank das Glas leer, das Rudi augenblicklich wieder füllte. »Du hast Geschmack, min Deern.« Frederiksen prostete ihr zu. Seine Laune nahm nun die Kurve weg von Bitterkeit und Trauer.

»Nee, da fällt mir echt keiner ein. Sie hat mal erzählt, dass ein paar von den Fridays-for-future-Leuten es nicht so toll fanden, dass ihr Vater Windräder baut. Vor allem sie selbst fand es nicht gut, weil dadurch viele Vögel getötet würden. Ich habe manchmal den Streit zwischen Sören und ihr mitbekommen, der versucht hat, sie zu überzeugen, dass Windräder immer noch besser als AKWs sind.« Er blickte zu Rudi. »Weißt du noch, wie wir damals auf die Straße sind wegen der Dinger?« Die beiden lachten. »Ja, das mischt sich in meiner Erinnerung irgendwie mit den Demos gegen nukleare Aufrüstung und den Friedensdemos. Ich weiß schon gar nicht mehr … damals im Bonner Hofgarten, gegen was war das? Oder wofür? Ich weiß nur noch, dass wir da mit über einhunderttausend Menschen gewesen sind.«

»Kernenergie«, meinte Rudi. »Gegen Kernenergie. Mann, das war beeindruckend, so viele Menschen auf einem Haufen mit dem gleichen Ziel. Und nichts ist eskaliert. Alle waren friedlich.«

»1979 war das. Jetzt weiß ich es wieder.« Jan Frederiksen steht auf. »Ich glaub, ich habe noch Fotos von damals.«

»Heute nennen sie das saubere Energie, weil es keine Emissionen erzeugt. Pah. Lächerlich! Der größte Dreck aller Zeiten. An den Atommüll denken sie dabei nicht.« Auch Rudi redete sich in Rage.

Das läuft hier ein bisschen aus dem Ruder, dachte Katrin. Und Gertis Mutter fuhr auch gleich dazwischen. »Was haltet ihr zwei davon, wenn wir uns die Fotos mal gemeinsam ansehen, wenn Emma beerdigt ist?«

Beide Männer murmelten ein zustimmendes »Ja«.

Alle blickten vor sich auf den Tisch und schwiegen. Das Wort »beerdigt« klang so endgültig.

»Dir fällt also niemand ein, der Emma etwas angetan haben könnte?«, unterbrach Katrin die Stille.

Jan Frederiksen blieb die Antwort schuldig. Er trank sein Glas wieder leer. Diesmal goss Rudi nichts nach. Er dachte wohl auch, dass Frederiksen jetzt genug hatte. Die halbe Flasche war leer. Und Gerti Lund und Katrin hatten kaum etwas getrunken, da sie die Autofahrerinnen waren.

Rudi stand auf und legte seinem Freund die Hand auf die Schulter. »Meinst du, wir können dich jetzt allein lassen?«

Jan Frederiksen hob den Kopf, sah Rudi an und nickte schwerfällig mit dem Kopf. »Jo, geht man. Ich komm schon klar.«

Auch die beiden Frauen erhoben sich. Jede beugte sich hinunter zu Frederiksen auf seinem Stuhl und umarmte ihn zum Abschied.

Draußen im Hof meinte Gerti: »Der arme Mann. Aber jetzt wissen wir, wo wir nachhaken können. Familie. Wollen wir uns aufteilen?«

»Nun mal nicht so hopplahopp, meine Liebe.« Rudi fasste Gerti bei der Hand und stellte sich vor sie. »Wenn, dann machen wir das zusammen.«

»Du denkst wohl, ich kann das nicht allein?« Entrüstet blickte Gerti ihn an. »Ich habe mein Leben seit fast vierzig Jahren allein gemeistert!«

»So meine ich das nicht … Obwohl ich natürlich Angst hätte, wenn du dich in Gefahr begibst.« Er lächelte sie an, und Katrin sah, wie das Gesicht ihrer Mutter augenblicklich weich wurde. »Ich bin nur selbst auch neugierig. Deshalb will ich dich begleiten.«

»Ich habe übrigens übermorgen eine Verabredung mit Telse in Hamburg.« Rudi und Gerti starrten sie an. »Na ja, wo sie sich auf der Ausstellungseröffnung schon als meine Schulfreundin …«, Katrin setzte mit den Fingern das Wort in Gänsefüßchen, »… ausgegeben hat. Ich dachte, ich nutze diese neu erwachte Freundschaft.«

Die drei verteilten sich auf ihre Autos.

Katrin wählte noch von unterwegs die Nummer von Emmas Eltern. Die hatte sie wegen Tabea gespeichert.

»Hallo, Frau Thomsen, hier ist die Tante von Tabea, Sie wissen, die Freundin von Emma. Ich würde Sie gerne morgen besuchen.«

12

Harmsen berichtete Huber und Böge von seinem Besuch bei Sören Thomsen im Betrieb. »Da arbeiten weniger Leute, als ich gedacht habe. Das ist wohl heute so, da siehst du Riesenanlagen von irgendwas, und dann arbeiten da nur ein paar People. Ansonsten wird alles am Computer gemacht. Ich habe auf dem Weg zu Thomsen gleich mal ein paar Leute gefragt, ob sie den Mann an dem betreffenden Abend gesehen haben. Einer war dabei, der an diesem Abend Schicht hatte und ihn gesehen hat. Er konnte sich aber an die genaue Uhrzeit nicht erinnern. ›Der ist nicht selten spät noch mal hier‹, sagte der. Er meinte, er fliehe vor zu Hause.« Dann erzählte Harmsen von Sören Thomsens Verdacht, dass Jan Frederiksen mit Emma auch andere Absichten gehabt hätte. »Er meinte, Frederiksen und Emma hätten immer viel gekuschelt. Emma hätte die körperliche Nähe zu ihrem Großvater gesucht. Und umgekehrt sei das wohl auch so gewesen.«

»Ja, so was hat seine Frau auch angedeutet. Allerdings war das nicht ihre Wahrnehmung. Sondern sie sprach davon, dass nur ihr Mann diesen Verdacht geäußert habe.«

»Das können wir erst mal auch nur als Verdacht behandeln.« Harmsen drehte sich wieder zur Falltafel.

»Was wären denn bei Frederiksen Motiv und Gelegenheit? Das konkrete Tatwerkzeug fehlt uns sowieso noch – wir haben nur, dass es ein Rohr oder so was war.«

»Lass uns doch bei Gelegenheit und Motiv bleiben. Gelegenheit wird schwierig, weil er sicherlich die ganze betreffende Zeit auf seiner Ausstellungseröffnung gewesen ist.«

»Wir könnten die Ausstellungsgäste noch einmal befragen, ob Frederiksen zwischendurch mal verschwunden ist.«

»Das kann ich doch machen«, meldete sich Böge. »Ich meine, ich bin doch vor Ort. Und ich kenne viele von denen.«

Huber und Harmsen tauschten Blicke. »Das ist tatsächlich eine gute Idee. Warten wir nur noch ab, was der Rechtsmediziner zur genaueren Tatzeit sagen wird.«

»Okay«, sagte Harmsen zu Huber, »du mit deinem heißen Draht zu Wegener rufst ihn morgen an, ob er schon was Konkretes hat … Kommen wir nun zum Motiv.« Er blickte die beiden an.

Huber ergriff das Wort. »Ein wirklich stichhaltiges Motiv will mir nicht in den Sinn. Wenn er – sagen wir mal im schlimmsten Fall tatsächlich aus pädophilen Gründen – eifersüchtig gewesen wäre, hätte er da nicht eher Hauke Janssen oder Emmas Vater umgebracht und nicht Emma?«

»Vielleicht hat Emma irgendetwas getan oder gesagt, das ihn in Rage gebracht hat.« Harmsen schob sich wieder mal seine Haartolle aus der Stirn. »Oder sie wollte es an die Öffentlichkeit bringen.«

»Ich habe ihn ja kennengelernt. Das scheint mir nicht der Typ, der leicht in Wut gerät. Außerdem nehme ich ihm das Gefühl ab, dass er seine Enkelin geliebt hat.«

»Du immer mit deiner Intuition. Wir sollten mal bei den Fakten bleiben. Was ist denn, wenn dieses Liebhaben über das normale Maß hinausging?«

Hier mischte Böge sich wieder ein. »Jan Frederiksen lebt wirklich sehr zurückgezogen. Ist in sich gekehrt. Aber wirklich wütend hat den noch keiner erlebt.«

»Hörst du?«, sagte Huber zu Harmsen.

Böge fuhr fort: »Der Mann trägt eine große Trauer in sich. Seine erste Frau ist weg und stirbt dann. Seine Tochter Telse wirft ihm vor, dass er für den Tod ihrer Mutter verantwortlich ist. Dann heiratet er irgendwann wieder, und dann stirbt diese Frau bei einem Autounfall. Zu den beiden Töchtern aus den unterschiedlichen Ehen hat er kein gutes Verhältnis; die eine steht unter der Fuchtel ihres Mannes, und die andere kriegt ihr Leben nicht auf die Reihe. Aber dann ist da seine Enkelin, die ihn über alles liebt. Und er ist einfach nur froh darüber und genießt diese Nähe. Ich glaube, das ist alles.«

Harmsen und Huber waren einen Moment sprachlos.

»Herr Böge hat eine interessante Beobachtung gemacht, als wir bei Frau Thomsen waren.« Zu Böge gewandt sagte Huber: »Erzählen Sie mal.«

Und Böge gab seine Beobachtung weiter, die er anhand des Familienfotos gemacht hatte.

»Plietscher Kerl«, meinte Harmsen. »Wollen wir gleich mal mit Hauke Janssen weitermachen?«

Böge schaute auf die Uhr. »Wenn ich darf, verabschiede ich mich jetzt mal. Ich will meinen Zug noch bekommen.«

Auch Huber schaute auf die Uhr. »Schon nach sechs. Sie haben recht. Fahren Sie man nach Hause. Und besorgen Sie sich gleich morgen früh die Einladungsliste der Ausstellungseröffnung. Vielleicht bringt uns Ihre Befragung weiter.«

»Mach ich. Erst mal …«, sagte Böge und war schon aus der Tür, bevor die beiden anderen antworten konnten.

»Okay, dann lass uns mit Hauke weitermachen. Motiv und Gelegenheit, Harmsen. Zeig mir die Fakten.« Huber grinste Harmsen an.

»Also Fakt ist erst mal, dass er kein Alibi hat. Er will den ganzen Abend zu Hause gewesen sein.«

Huber fuhr dazwischen: »Wir müssen unbedingt noch seine Nachbarn befragen.« Er machte sich Notizen. »Und das Motiv?«

Harmsen überlegte. »Wie das manchmal so ist: Vielleicht hat sie sich ihm verweigert, wollte keinen Sex.«

Huber hob grinsend die Brauen. »Nicht dein Ernst jetzt. Sprichst du hier etwa aus eigener Erfahrung?« Er konnte nicht anders, er musste Harmsen hochnehmen.

Harmsen entgegnete: »Lass uns doch bitte einfach ein paar Gedanken durchspielen. Was denkst du denn, welches Motiv er haben könnte?«

»Ich sehe kein Motiv bei ihm, das ist ja mein Problem. Okay, Gelegenheit würde ich dir noch zustimmen – abhängig von Aussagen der Nachbarn, aber alles andere …« Huber schüttelte den Kopf. »Ich finde, wir sollten auch für heute Schluss machen. Mit schwirrt der Kopf von so viel Informationen. Die muss ich erst mal sortieren.«

»Vielleicht hast du recht«, sagte Harmsen. »Aber morgen Mittag lass uns hier bitte weitermachen. Da stehen ja noch ein paar auf der Liste. Was ist denn zum Beispiel mit Emmas Eltern?«

Katrin war nach einem Glas Wein erneut wie komatös ins Bett gefallen. Ihr Handy brummte. Sie griff danach und sah, dass es Sebastian war.

»Hallo, meine Schöne, bist du noch wach?«

»Tatsächlich war ich schon eingeschlafen. Wie spät ist es denn?«

»Es ist gerade mal halb zehn bei euch. Wir sind in unserem neuen Hotel gelandet, und ich wollte unbedingt deine Stimme hören, bevor wir uns auf den Weg machen.«

Katrin räusperte sich. »Ist ja noch gar nicht so spät.« Sie stopfte sich ihr Kopfkissen in den Rücken und setzte sich aufrecht. »Wie war dein Tag? Manchmal beneide ich dich: durch die Weltgeschichte reisen und fotografieren. Du hast wenigstens keinen Alltagstrott.«

»Ach, mein Schatz, wenn du wüsstest. Na ja, im Gegensatz zu irgendeinem Bürojob eher nicht. Aber an so einem Tag wie gestern, den ganzen Tag fotografieren, dann noch dreihundert Kilometer fahren und schon wieder in einem anderen Hotel … manchmal wünsche ich mir tatsächlich einen ruhigeren Job. Und du, was hast du heute gemacht?«

»Ich habe heute pünktlich Feierabend machen können und war mit Mama und Rudi zum Beileidsbesuch bei Jan Frederiksen.«

»Wirklich nur, um Beileid zu bekunden? Nicht auch, um ein bisschen zu schnüffeln?«

»Was du nun wieder denkst! Aber tatsächlich war es ein sehr aufschlussreiches Gespräch. Ein interessanter Mann.«

»Muss ich eifersüchtig sein?«

Katrin lachte. »Nein, eher so die Kategorie Rudi. Die beiden kennen sich auch schon eine sehr lange Zeit, schon aus der Schule.«

»Mein Schatz, bist du sehr traurig, wenn ich jetzt auflege? Sie klopfen schon an der Tür. Wir müssen los. Ich versuche dich morgen noch mal anzurufen.«

»Morgen habe ich nach der Arbeit noch ein paar Beileidsbesuche auf dem Plan. Ist eine größere Familie.«

»Wirkliche Beileidsbesuche oder ist das auch nur wieder ein Vorwand?«

»Vorwand wofür?«, fragte sie unschuldig.

»Wenn ich jetzt bei dir wäre, würde ich es dir an deiner wunderschönen Nasenspitze ansehen, dass du flunkerst. Du willst bei der Gelegenheit bestimmt ein paar Fragen stellen.«

»Du kennst mich.« Katrin lächelte in sich hinein.

»Schlaf gut, mein Liebes.«

»Du auch … ähm … frohes Schaffen.« Sie drückte ihn weg.

Von dem geplanten Abendessen mit Dirk Huber hatte sie ihm nichts erzählt. Was sollte sie auch erzählen? *Noch* gab es da nichts zu erzählen. Aber sie ahnte, dass sie sich damit selbst belog.

Dieses frühe Einschlafen beunruhigte sie nun doch. Den Tag über funktionierte sie gut, aber sobald sie zur Ruhe kam, sackte sie weg. Es war, als ob jemand den Schalter umlegte. Sie würde gleich in der folgenden

Woche zum Arzt gehen. Das war nicht normal. Sie, die sonst so trinkfest gewesen war, kippte nach einem Glas aus den Latschen.

Sie setzte sich im Bett auf – es war noch nicht einmal richtig dunkel – und sinnierte ein bisschen. Sie war vom ersten Moment in Sebastian verliebt gewesen, und vom ersten Moment an wusste sie, dass er verheiratet war. Damit hatte er nicht hinter dem Berg gehalten. Auch spürte sie, dass ihre Liebe erwidert wurde. Bedingungslos. Sie ließen sich beide alle Freiheiten, und doch war da dieses feste Band zwischen ihnen. Er war ihr Freund und Geliebter zugleich. Und für ein Gefühl, das sie zuvor noch nie erlebt hatte, nahm sie sein paralleles Leben in Kauf. Sie musste darüber schmunzeln, wie ihre Schwester und auch ihre Mutter reagiert hatten, als sie es ihnen erzählt hatte. Aber auch da hatten sich die Wogen mittlerweile geglättet. Wohl, weil sie gemerkt hatten, dass Katrin fest in ihrem Gefühl war und sich nicht hineinreden ließ.

Sie machte das Licht auf dem Nachttisch an und griff sich nach ihrem Buch, *My life in France*, eine Biografie über die Köchin Julia Child, die den Amerikanern die französische Küche nahebrachte. Leider gab es die Lektüre nur auf Englisch. Deshalb las sie schon seit Wochen an dem Buch, immer mit dem Wörterbuch daneben, denn ihr Englisch war auf dem Stand ihrer Schulzeit stehen geblieben.

Huber hatte sich seinen Wecker auf ein Uhr nachts gestellt, weil er mit seinem Sohn telefonieren wollte. Bei ihm wäre es jetzt neunzehn Uhr und eine gute Zeit, ihn zu erwischen. Beim dritten Klingeln ging zunächst seine Schwägerin ran.

»Hi Dirk, wie geht's dir?« Nach so vielen Jahren fragte sich Huber immer noch, ob diese Frage ernst gemeint oder rein rhetorisch war. Wie auch immer, er fand es schön, gefragt zu werden. Er hatte das Gefühl, dass sie wirklich Interesse an seinem Wohlbefinden hatte.

Seine Schwägerin hatte den gleichen Tonfall wie seine verstorbene Frau. Und jedes Mal war er im ersten Moment irritiert, dachte er doch, er spräche mit dem Geist seiner Frau.

»Danke, I'm fine.« Er verfiel mit ihr immer sofort in einen Mischmasch aus Deutsch und Amerikanisch. »And you, Sonja, was macht ihr gerade?«

»Wir suchen schon mal ein paar Klamotten raus für Tom's trip to Germany. Wie ist das Wetter bei euch? Was braucht er?«

»Packt nicht zu viel ein. Wir haben einen fantastischen Sommer. Er wird wahrscheinlich die ganze Zeit in Bermudas und Flipflops rumlaufen. Einige Sachen habe ich ja auch hier. Falls wir in Kultur machen, reicht ein schickeres Outfit. Hemd, Stoffhose und anständige Schuhe … Ihr macht das schon.«

»Er will gleich noch ein letztes Mal Freunde treffen. You'd like to talk to him?«

»Ja, gib ihn mir bitte.«

Er hörte sie ins Haus rufen: »Tom, it's your father on the phone.« Tom schien von weit her angelaufen zu kommen, denn lange tat sich nichts.

»Ah, finally there he is. Bye, Dirk. Please call me when Tom has landed.«

»Hi Paps.« Jedes Mal, wenn er seinen Sohn hörte, tat sein Herz einen Freudenhüpfer.

»Na, mein Sohn, bist du schon aufgeregt?«

»Eigentlich war ich ziemlich gechillt. Aber seit wir meine Sachen raussuchen … Ich weiß nicht … aufgeregt? Aber ich freu mich riesig, endlich mal wieder in Deutschland zu sein und was mit dir zu machen.«

Huber war gerührt. Das war das Höchste der Gefühle, was Tom in seinem Alter artikulieren konnte.

»Ich freu mich auch auf dich, Großer.«

»Und was geht auf der Arbeit gerade ab, Paps? Irgendwas Spannendes?«

»Allerdings. Ich habe mal wieder einen Mordfall, so wie es aussieht.«

»Wieso, wie es aussieht?«

»Na ja, es ist noch nicht so ganz klar. Einen Unfall können wir ausschließen. Denn in der Umgebung des Fundortes der Toten – also, es war ein junges Mädchen, ein bisschen jünger als du – konnten wir nichts finden, was zu einem Unfall hätte führen können. Es war irgendwas Metallenes, ein Rohr oder so. Und davon gibt es in weitem Umkreis nichts.«

»Oh geil, dann bist du also noch in Ermittlungen, wenn ich komme.«

»Na, ich hoffe nicht.«

»Wäre aber klasse, dann könnte ich dir helfen.«

Huber wollte den Enthusiasmus seines Sohnes bremsen. »Müsstest du nicht Sonja helfen zu packen?«

»Ach, da bin ich eigentlich sowieso nur im Weg. Also komm, erzähl mal.«

»Ich erzähle es dir, wenn du hier bist.«

»Nur ein kleines bisschen. Bitte!« Tom ließ nicht locker.

»Okay, nur ein kleines bisschen.«

Und dann erzählte Huber mehr, als er vorgehabt hatte. Erzählte von dem Großvater – dem Wolkensammler –, von dem Freund des Mädchens, Hauke, von den Eltern und davon, dass der Vorwurf der sexuellen Übergriffigkeit im Raum stand. Und er erzählte auch von Emmas Freundin Tabea und deren Tante Katrin Lund.

»Hattest du mit der nicht schon im letzten Jahr zusammengearbeitet?«, fragte Tom.

»Also, zusammengearbeitet ist ja wohl der falsche Ausdruck. Ich würde eher sagen, sie hat ihre Nase in meinen Fall gesteckt … und mir ein bisschen dabei geholfen. Ja.«

»Und du findest sie irgendwie super, oder?«

Huber zögerte. »Na ja … wenn sie sich nicht in meine Fälle mischen würde … Ja, schon … irgendwie.«

»Wird aber Zeit, Paps. Irgendwann weißt du nicht mehr, wie es geht.«

»Wie was geht?«

»Na, aufreißen, flirten, Sex …« Tom schwieg.

»Also, wenn du es genau wissen willst: Wir haben Freitagabend ein Date. Das heißt, wir gehen zusammen essen.«

»Das ist doch schon mal was.«

»Tom, es ist nur ein Essen! Das ist alles nicht so einfach, weißt du?«

»Was soll sein? Du magst sie, sie mag dich – sonst würde sie nicht mit dir essen gehen. Genieß es. Und ich will alles wissen, wenn ich Samstag komme.«

»Das überlege ich mir noch.«

»Paps!« Das war ein Ordnungsruf seines Sohnes. Er überspielte stets, dass er sich Sorgen um seinen Vater machte.

»Bleibt es bei deiner voraussichtlichen Ankunftszeit in Hamburg?«

»Na, wenn bis Frankfurt und ab da alles gut geht, ja.«

»Ich checke deinen Flug noch mal online direkt am Samstag.«

»Also dann, Paps, bis Samstag. Schlaf gut.«

»Dir viel Spaß mit deinen Freunden.«

Huber saß noch eine Weile nachdenklich auf der Bettkante. Seine Gedanken kreisten um den Wolkensammler.

13

Katrin erschien schon um sechs Uhr in der Küche. Zum einen war sie bereits um vier Uhr dreißig ausgeschlafen gewesen. Ihr Körper hatte in den letzten Tagen wahrscheinlich genügend Schlaf abbekommen. Zum anderen stand an diesem Tag mit den Veganern für mittags ein Drei-Gänge-Menü auf dem Plan. Denn auch Veganer konnten festlich essen. Davon wollte sie die Teilnehmerinnen und Teilnehmer überzeugen. Aber sie musste noch eine Menge vorbereiten. Sie glich die Liste der Zutaten aus den Rezepten, die sie zusammengestellt hatte, mit ihren Lebensmitteln ab. Es war alles da. Als Hauptspeise wollte sie ein Polenta-Gericht machen. Es war einfach und doch raffiniert. Sie erinnerte sich, dass es Emma sehr gut geschmeckt hatte, als sie einmal abends mit Tabea bei ihr gegessen hatte. Das war's: Sie würde das Gericht »Emmas Menü – auch für Veganer« nennen. Zu Ehren der Freundin ihrer Nichte, die aus voller Überzeugung Veganerin gewesen war.

Allmählich trudelten ihre Mitarbeiterinnen und Mitarbeiter ein.

Sie sortierte die entsprechenden Nahrungsmittel in drei unterschiedliche Kisten, entsprechend der Vorspeise, dem Hauptgericht und dem Dessert.

»Jeanette, bist du so lieb und putzt die Übungsküche noch einmal richtig durch? Vor allem die Arbeitsflächen. Da sind nachher bestimmt auch welche dabei, die unter Zöliakie leiden. Da wäre ein Stäubchen Weizenmehl eine mittelschwere Katastrophe.«

»Klar. Mach ich, Chefin.« Jeanette bewaffnete sich mit Putzmitteln aus der Kammer und stiefelte los.

Katrin rief ihr hinterher: »Und wenn du damit fertig bist, kannst du schon mal das hier rüberbringen.« Sie deutete auf die drei Kisten.

Kurze Zeit später mischte sie sich unter die Kurgäste, die jetzt größtenteils beim Frühstück saßen, hörte nach, ob sie vonseiten der Küche zufrieden waren. Und wenn nicht, was es zu verbessern gab.

Als sie die Tür zum Gastraum öffnete, schlug ihr ein Geräuschpegel von Stimmen unterschiedlichster Mundarten, das Klappern von Besteck und Geschirr und das Schieben von Stühlen auf dem gefliesten Boden entgegen. Sie atmete einmal tief ein und aus und trat an den ersten Tisch.

»Guten Morgen.« Sie blickte in die Runde. »Ist bei Ihnen alles gut?«

Die Gäste nickten, die meisten kauten gerade. Ein beleibter Herr, etwa Anfang sechzig, der mit jeder Faser seines Körpers Genussfreude ausstrahlte, sprach sie an: »Sind Sie die Dame, mit der ich nachher gemeinsam ein veganes Menü koche?«

»Ja, das bin ich. Sind Sie neu in dieser Runde?«

»Ich bin gestern angereist. Ich habe mir die Kur selbst verschrieben.« Er deutete auf seinen nicht unerheblichen Bauch. »Ich muss gesünder leben. Mein Hausarzt sagt, wenn ich die restlichen Berufsjahre noch durchhalten und danach noch was von meinem Leben haben will, sollte ich dringend gesünder leben und abnehmen.« Einige am Tisch nickten, teilten sie doch das gleiche Schicksal. »Und alleine ist es so schwer anzufangen.« Wieder nickten die meisten. »Und ich hoffe, wenn der hier«, er klatschte auf seinen Bauch »weniger wird, kann ich mich auch wieder besser bewegen. Das soll ich nämlich auch, wie mein Arzt sagt.« Er biss von seinem Brötchen ab. Eine neunmalkluge Kurgästin mit einem mürrischen Gesichtsausdruck raunte nur in sich hinein: »Na, dann fang mal mit Vollkornbrot morgens an.«

»Wie bitte?«, hakte der Mann nach.

»Ach nichts.« Die Frau war offensichtlich verbittert. Ganz im Gegensatz zu dem fülligen Mann.

»Quasi komplette Lebensumstellung. Nichts leichter als das.« Er lachte donnernd, und sein Leib geriet dabei in Wallung.

Guter Resonanzraum, dachte Katrin. Sie stellte sich neben ihn. »Was machen Sie denn beruflich? Können Sie das gut integrieren? Ich meine, Ihren neuen Lebensstil?«

»Da haben wir das Problem. Ich bin Chefredakteur. Sitze ziemlich viel herum den ganzen Tag. Und wir haben eine ausgezeichnete Kantine, die leider nicht nur supergesunde Gerichte anbietet.« Er verzog das Gesicht.

»Oh, schwierig! Na ja, dann bis später. Haben Sie noch Anwendungen vorher?«

»Ich glaube nicht. Ich habe einen Anamnesetermin beim Arzt. Mal gucken, was der so meint, was ich machen kann und soll.«

Kaum war Huber im Büro, klingelte bereits sein Telefon. Er erkannte Wegeners Nummer.

»Sprich zu mir, mein Freund.«

»Wir haben das meiste untersucht. Bis auf die Details, die länger dauern, weil wir Proben et cetera ansetzen müssen. Die KTU sagt, die Metallsplitter am Kopf stammen definitiv, wie wir schon vermutet hatten, von einem Rohr. Aber sprich am besten noch mal selbst mit denen.«

»Vielleicht sonst noch sachdienliche Hinweise?«

»Am Körper sind ein paar wenige diffuse blaue Flecken.«

»Post oder prä mortem?«

»Auf jeden Fall nach dem Todeszeitpunkt. Und sie hat noch ein paar Druckstellen unter den Armen und über der Brust.«

»Aha ...« Huber versuchte, sich ein Szenario vorzustellen.

»Ich will dir ja nicht in deine Arbeit pfuschen. Aber ich könnte mir vorstellen, dass sie jemand von hinten unter die Arme gefasst und bewegt hat. Und zwar post mortem.«

Mehr als ein erneutes »Aha« konnte Huber nicht herausbringen. In seinem Kopf arbeitete es.

»Sag mal, wie sieht's denn heute mit 'nem Bierchen aus?«

Huber war aus seinen Gedanken gerissen. »Äh ... was?«

»Na, ein Bierchen. Heute Abend. Wir hatten doch gestern gesagt, wir könnten mal, wir sollten mal ...«

»Ja. Na klar gehen wir ein Bier trinken. Soll ich nach Kiel kommen oder kommst du her nach Husum?«

»Ach, ich war schon lange nicht mehr in eurem kleinen Fischerdorf. Wenn du mir eine Herberge für die Nacht anbietest?«

»Aber sicher. Du bist mir ein willkommener Gast.«

Sie beendeten ihr Gespräch.

Sofort wählte Huber die Nummer der KTU, und der dortige Kollege bestätigte ihm die Vermutung von Wegener.

»Ist ein verzinktes Metall, und einige Teilchen sind leicht gerundet, sodass wir von einem Rohr von vier bis fünf Zentimetern Durchmesser ausgehen können.«

»Aha. Und was sagt mir das?«

»Vielleicht findet ihr so was auf einer Baustelle. Streng mal dein Gehirnschmalz an, Huber, wo vielleicht sonst noch.« Der Kollege von der KTU war immer etwas flapsig. Deswegen reagierte Huber auch nicht darauf.

»Das ist doch aber schon mal ein Hinweis. Bei dem Bauboom in St. Peter-Ording ein Leichtes, eine Baustelle mit einem passenden Rohr zu finden.«

»Vielleicht ist es auch nicht von einer Baustelle. War das, was mir als Erstes in den Sinn kam.«

»Alles klar. Danke euch erst mal.«

»Ahoi«, bekam er zur Antwort.

Huber begab sich an die Arbeit herauszufinden, ob und wo die Klimaaktivisten so eine Art Zentrale hatten. Er fragte bei Kolleginnen und Kollegen, telefonierte und recherchierte im Netz. Es gab keine konkrete Adresse, aber als Ausgangspunkt für etliche Zusammenkünfte wurde ein Standort genannt, der nicht allzu weit vom Schloss entfernt war.

Harmsen rief an. »Ich muss heute Morgen zum Arzt. Ich glaube, ich habe gestern irgendwas Falsches gegessen oder ich habe mir ein Virus eingefangen. Bin die halbe Nacht nicht vom Klo gekommen.«

»Alles klar. Keine weiteren Details bitte.« Huber nahm es gelassen. Harmsen hatte offenbar ein nicht besonders stabiles Immunsystem. Wenn in seinem Umkreis irgendein Virus oder Bakterium herumflog, konnte man sicher sein, Harmsen würde es an sich ziehen wie das Licht die Motten.

»Werd schnell gesund. Wir brauchen dich.«

»Ich bemühe mich. Was machst du gerade?«

»Ich versuche herauszufinden, ob die Klimaleute so was wie eine Zentrale haben. Wir hatten doch abgemacht, dass ich sie befrage.«

»Ruf doch den Staatsschutz an, die wissen bestimmt, ob die sich irgendwo zusammentun.«

»Da siehst du, wie dringend ich dich brauche.«

Ein weiterer Anruf, und er hatte die Adresse, ein Kleingarten.

Huber musste schmunzeln. Das Image der Kleingärtner hatte sich offenbar verändert. Eine Erinnerung an Kindertage kam in ihm hoch, wie seine Eltern und er seine Tante im Sommer oft am Wochenende im Kleingarten am Stadtrand von Flensburg besucht hatten. Ein kleines Idyll mit Obstbäumen und gepflegten Rabatten und Beeten. Im hohen Birnbaum hing eine Schaukel. Sobald der Vater die Gartenpforte geöffnet hatte, rannte der kleine Dirk zur Schaukel. Er war nur herunterzubewegen, wenn es Erdbeeren mit Milch gab. Er erinnerte sich aber auch daran, dass alle Gärten irgendwie ähnlich aussahen.

Er ging zu Fuß zur Kleingartenanlage. Wenn er dort jemanden antreffen wollte, bräuchte er vor elf Uhr nicht aufzuschlagen. Ein Spaziergang würde seinem zunehmenden Leibesumfang guttun, und er würde seine selbst auferlegten zehntausend täglichen Schritte absolvieren können. Er bog vom Polizeirevier gleich links ab in den Fußweg, der ihn ins Zentrum führte. Auf den Bänken rechts und links des Weges sah er Touristen, die auf ihrem Handy herumwischten, knutschende Schülerpärchen – schwänzten die etwa ihren Unterricht? – und Menschen, die einfach nur die Sonne genossen. Er lief direkt auf den Kirchturm der Marienkirche zu. Am Roten Tor war Wochenmarkt, der sich bis vor den Platz der Kirche hinzog. Offenbar auch ein Magnet für Touristen. Er querte den Platz, ging den Schlossgang hoch und spazierte durch die Pforte in den Schlosspark hinein, am Theodor-Storm-Denkmal vorbei und weiter Richtung Norden. Nach einer halben Stunde mit forschem Schritt betrat er die Kleingartenanlage in der Bellmannstraße. Er war gespannt darauf, was er bei den Aktivisten erfahren würde.

Katrin war lange vor Beginn des Kurses in der Übungsküche. Sie hatte sechs Personen auf ihrer Liste. Eine gute Gruppengröße, um alle beschäftigen zu können. Die Rezepte hatte sie bereits kopiert, sodass alle Teilnehmenden ihr eigenes Exemplar hatten. Wenn das Menü gelang und allen schmeckte, würde sie es auf *katrinsküstenküche* veröffentlichen.

Sie stand gerade am Schrank, um die Schürzen bereitzulegen, da kam auch schon der Mann von ihrem morgendlichen Frühstücksplausch herein.

Katrin nahm ihre Liste. »Sagen Sie mir bitte Ihren Namen?« Sie hielt ihm das Klemmbrett mit der Liste entgegen.

»Uhland.«

»Vorname Bernd?«

»Exakt.«

Er trat näher. Katrin reichte ihm eine der Schürzen mit dem beliebten Logo des Kurheims.

Bernd Uhland versuchte, diese über seinen erheblichen Bauch zu spannen, kam aber nicht an die Enden an seinem Rücken.

»Drehen Sie sich mal um«, forderte Katrin ihn auf.

»Oh Mann, das ist ja richtig peinlich«, meinte Uhland.

»Ach, wissen Sie, das muss Ihnen nicht unangenehm sein. Dazu sind Sie ja hier, damit am Ende Ihrer Kur die Schürze vielleicht ein bisschen besser passt.« Sie knotete die Schürzenbänder an den Gürtelschlaufen in seinem Hosenbund fest.

Jetzt kamen auch die anderen Teilnehmerinnen und Teilnehmer herein, die sich von den letzten Stunden bereits kannten.

Während Katrin die Lebensmittel für die Vorspeise aus der Kiste packte, stellten sich noch einmal alle vor.

»Über Glutenunverträglichkeit haben wir das letzte Mal kurz gesprochen. Das müssen wir nicht wiederholen, da unser Neuzugang Herr Uhland«, Katrin schickte einen Blick in seine Richtung, »hier nur lernen will, sich vegan zu ernähren.«

In diesem Moment öffnete sich die Tür erneut, und die Stubenrauch trat herein.

Oh nein, dachte Katrin, was will die denn hier? Mitten im Kochkurs. Sie wappnete sich innerlich und machte den Rücken gerade.

Und als ob die Stubenrauch ihre Gedanken lesen könnte, sagte sie: »Keine Sorge, Frau Lund, ich möchte nur an Ihrem Kochkurs teilnehmen. Mein Arzt hat mir empfohlen, nicht mehr so viel Fleisch zu essen – eigentlich soll ich gar kein Fleisch mehr essen«, fügte sie kleinlaut hinzu. »Und da dachte ich, bei wem kann ich das besser lernen als bei Ihnen?« Zu den anderen gewandt, sagte sie: »Guten Tag, ich bin Ingrid Stubenrauch.«

»Das ist unsere Hauswirtschaftsleiterin«, ergänzte Katrin. Ingrid Stubenrauch lächelte milde.

Katrin ging zum Schrank, nahm eine weitere Schürze heraus und hielt sie der Stubenrauch hin, die sie auch folgsam umband. Es war klar, wer hier in der Küche die Chefin war, und die Stubenrauch schien das zu akzeptieren. Sie stellte sich neben Herrn Uhland.

»Haben Sie eine Glutenunverträglichkeit, Frau Stubenrauch?«

»Nein, bei mir ist alles gut, außer dass ich weniger«, sie räusperte sich »also, kein Fleisch mehr essen soll.«

»Genau wie bei mir.« Bernd Uhland zeigte auf seinen Bauch und verzog das Gesicht.

Katrin verteilte das Rezept für die Vorspeise. »Vielleicht schauen Sie bei Herrn Uhland mit rein. Ich habe nur sechs Kopien gemacht, genau der Teilnehmerzahl entsprechend. So, wie Sie es wollten, Frau Stubenrauch.«

»Ist schon okay. Das schaffen wir, oder?« Ingrid Stubenrauch grinste Bernd Uhland an.

»Aber sischer dat«, meinte der.

»Ah, höre ich da etwas Rheinisches durch?«

»Dat kannste meinen, Mädschen.« Er zwinkerte ihr eindeutig zu. Und der, die sonst immer einen Stock im Hintern hatte, dachte Katrin, schien das sogar zu gefallen. Ja, in der Küche zeigten sich viele Menschen von einer anderen Seite. Sie musste schmunzeln.

»Sie werden merken, dass wir für ein Drei-Gänge-Menü nicht unbedingt stundenlang in der Küche stehen müssen. Für die Vorspeise habe ich einen einfachen Linsensalat herausgesucht. Als Hauptgang kochen wir etwas eher Winterliches, das schmeckt aber ebenso im Sommer, und als Dessert ein klassisches Früchtekompott. Das können Sie zu Hause jeweils saisonal anpassen. Sie erinnern sich sicher alle noch daran, dass es früher gang und gäbe war, dass unsere Großeltern nach dem Hauptgericht ein eingemachtes Früchtekompott reichten.« Die meisten der Teilnehmenden nickten. »Und Sie werden merken, da die Vor- und auch die Nachspeise leicht sind – mit reichlich Früchten –, wird Ihnen das Hauptgericht nicht so schwer vorkommen.«

Katrin erklärte die Rezepte und verteilte die Aufgaben auf drei Gruppen. In die Gruppe von Uhland und Stubenrauch steckte sie noch eine dritte Teilnehmerin.

»Ach wie schön. Ich bin nämlich auch gebürtig aus dem Rheinland, wissen Sie.« Sie sprach zwar hochdeutsch, es klang allerdings immer noch die rheinische Sprachmelodie durch, die die letzte Silbe eines Wortes anhob. Das liebte Katrin. Es erinnerte sie an Sebastian, ihren persönlichen Kölsche Jung. »Ich bin Frau Wittkowski«, stellte sie sich der Stubenrauch vor. »Sie waren ja vorhin nicht da.«

»Das klingt aber nicht gerade rheinisch«, sagte Uhland.

»Meine Vorfahren kamen aus Polen. Da sind ja damals viele als Fremdarbeiter, heute würde man sagen, als Gastarbeiter, ins Rheinland gekommen.«

Nun schnatterten alle durcheinander und gaben sich gegenseitig Tipps. Schon herrschte eine heitere Atmosphäre in der Küche. Das war Katrins schönster Moment, wenn sie spürte, dass sie ihre Leidenschaft für das Kochen weitergeben konnte.

Huber war erstaunt darüber, wie sich das Leben der Laubenpieper in den letzten Jahrzehnten verändert hatte. Kaum noch etwas erinnerte an die biedere, saubere Atmosphäre aus seiner Kindheit. Es hatte sich mittlerweile herumgesprochen, dass Wildblumen und bestimmte Stauden gut für Bienen und Insekten waren. Und dass damit einheimische Vögel angezogen wurden. Es war jedenfalls in den meisten Parzellen ein buntes, fröhliches Treiben, und abgezirkelte Beete waren kaum noch zu sehen.

Mittlerweile schienen auch viele der Pächter hier ihren Sommer zu verbringen. Es gab Strom und fließendes Wasser. Seine Tante hatte immer eine große Gasflasche unter dem Herd hinter einem geblümten Vorhang stehen gehabt, und Wasser gab es nur aus der Pumpe, und das war herrlich kühl und klar.

Noch waren Ferien, und hier und da vernahm er kindliches Kreischen und Lachen.

Ein kleines Idyll.

Und inmitten dieses Idylls nahm er den Garten der Klimaaktivisten wahr, der sich äußerlich in nichts von den anderen Gärten unterschied: ein gepflegtes Chaos hinter einer gerade erst frisch beschnittenen Ligusterhecke; der Grünschnitt lag noch auf dem Boden. Es gab keine Pforte. Ein junger Mann kam ihm mit einer Schubkarre entgegen, auf der eine Harke lag. Er machte sich an die Arbeit, den Grünschnitt zusammenzurechen. Er nahm, bis auf ein leichtes Nicken zur Begrüßung, kaum Notiz von Huber.

Als Huber allerdings die Parzelle betrat, wandten sich ihm alle Gesichter nach und nach zu.

Einer rief ins Innere der Laube: »Jens, kommst du mal?« Und heraus trat ein junger Mann, etwa Mitte zwanzig, der Huber neugierig ansah.

»Bin ich hier richtig? Ich möchte zu den Menschen, denen der Schutz unseres Klimas wichtig ist.«

»Allerdings sind Sie hier richtig.« Er musterte Huber von oben bis unten. »Was will denn die Polizei von uns?«

Es wunderte ihn mittlerweile nicht mehr, wenn man ihm seinen Beruf offensichtlich an der Nasenspitze ansah.

»Ich bin nicht von der Polizei … na ja, nur im weitesten Sinne. Ich bin von der Kriminalpolizei. Und es geht um den Tod von Emma Thomsen.« Dass es wohl Mord war, verschwieg er erst einmal. Er wollte die jungen Menschen nicht gleich verschrecken. »Haben Sie davon gehört?«

Die Blicke der anderen wandten sich ab. Jeder widmete sich wieder seiner Arbeit: Johannisbeeren, Erbsen und Bohnen ernten, Unkraut entfernen. Aus der Laube hörte er einen Drucker rattern.

»Ging ja durch die Presse. Und ja, bevor Sie fragen, wir kannten sie alle. War eine unserer aktivsten Schülerinnen.«

»Sie selbst sind wohl kein Schüler mehr.«

»Ich studiere Climate Physics am Helmholtz Zentrum in Kiel.«

»Das klingt ja sehr seriös.«

»Ist es auch. Im Gegensatz zu den Politikern und der Lobby, von der sie abhängig sind, weiß man in der Wissenschaft schon lange, wie schlecht wir unseren Planeten behandeln. Wir versuchen hier, etwas dagegen zu unternehmen.«

»Das klingt ja interessant. Was machen Sie da genau?«

»Interessiert Sie das wirklich?«

»Aber ja. Ich finde nämlich auch, dass wir unsere Welt nicht gut behandeln.«

»Wir erforschen die Verbindung von der Physik der Meere mit der Atmosphäre. Wir wissen, dass es da eine Wechselwirkung gibt. Man muss sich nur die Wolken angucken, die ja ohne die Meere und Ozeane überhaupt nicht existent wären. Aber wie genau das funktioniert, da stehen wir erst in den Startlöchern.«

»Und wie genau machen Sie das? Das Erforschen?«

»Wir nehmen dazu Beobachtungs- und Analysemethoden aus anderen, fachnahen Bereichen wie der Meteorologie, Ozeanografie, Biogeochemie und natürlich der Mathematik.«

»Was ist denn bitte Biogeochemie?« Huber fühlte sich wie ein alter Sack.

Der junge Mann namens Jens tippte auf seinem Handy, wischte ein paarmal und hielt ihm dann eine Begriffserklärung vor die Nase. Huber nahm das Handy und las laut: »… befasst sich mit den chemischen, biologischen und physikalischen Prozessen, welche dem Aufbau und den Funktionen von Ökosystemen oder auch Landschaften zugrunde liegen.«

»Das ist ja aber wohl nicht das, weshalb Sie hier sind, oder?«

Huber reichte ihm das Handy zurück. »Zunächst würde ich gern mal Ihren Namen wissen.«

»Jens Boysen.«

»Gut, Herr Boysen, wir haben erfahren, dass Emmas Mitarbeit aufgrund ihres Elternhauses wohl nicht so ganz unumstritten war.«

»Wie meinen Sie das?«

»Ich meine, dass einige sie nicht leiden konnten, weil ihr Vater die Lobby der Windraderbauer vertritt, um es mal deutlich zu sagen.«

14

»Am besten kümmern Sie sich zuerst um die Belugalinsen. Ich mag sie lieber bissfest, koche sie also nie länger als zwanzig Minuten. Aber das ist im wahrsten Sinne des Wortes Geschmackssache. Die müssen Sie zunächst abbrausen.«

Eine der Teilnehmenden öffnete die Packung und schüttete den Inhalt in ein Sieb. Sie guckte skeptisch. »Meinen Sie, dass die Menge reicht, Frau Lund?«

»Für uns acht Personen wird es ganz bestimmt reichen. Haben Sie noch nie mit Linsen gekocht?«

»Ehrlich gesagt, nein.«

»Sie verhalten sich beim Kochen ähnlich wie Reis, quellen also auf ihre doppelte Größe auf. Jegliche Art von Hülsenfrüchten ist ein prima Eiweißlieferant und damit ein guter Fleischersatz.«

Jetzt meldete sich Bernd Uhland zu Wort. »Apropos … was halten Sie denn generell von veganem Fleischersatz? Ich habe im Supermarkt geguckt. Da gibt es mittlerweile ja ganze Regale voll. Vom Sojaschnitzel bis zu veganem Hack.«

»Auch das ist jedem selbst überlassen. Ich bin keine Freundin von sogenanntem Fleischersatz. Hackfleisch können Sie getrost durch Linsen oder etwas Ähnliches ersetzen. Anderes Fleisch, wie in unserem Hauptgericht zum Beispiel, durch Pilze. Wenn ich kein Fleisch essen will, brauche ich auch keine Lebensmittel, die wie Fleisch aussehen. Und vielleicht werfen Sie mal einen Blick auf die Zutatenlisten auf den – meistens eingeschweißten – Lebensmitteln.«

Der zweite Teilnehmer aus der Vorspeisengruppe nahm die Äpfel und Avocados aus der Kiste und legte sie beiseite. Dann nahm er die grünen Chilischoten und ein Bund Minze heraus.

Katrin war in ihrem Element.

»Wissen Sie eigentlich, dass viele unserer Lebensmittel eine konkrete heilende Wirkung auf unseren Köper haben?« Sie hob die Avocado hoch. »Die hier zum Beispiel kurbelt Ihre Magensäure an, damit Sie Eiweiß besser verwerten, ist also ideal als Vorspeise. Sie fördert unsere Konzentration, und sie liefert dem Körper besonders viel Vitamin B6. Da haben Veganer und Vegetarier einen erhöhten Bedarf. Sie sollten sie allerdings nicht zu oft essen, da sie nicht gerade nachhaltig sind, weder im Anbau noch im Transport.« Sie nahm einen der Äpfel in die Hand. »Zu der Heilwirkung von Äpfeln sage ich gleich was beim Dessert.«

Sie ging weiter zur Kiste mit den Zutaten für das Hauptgericht und zog das Netz mit den Schalotten hervor. »Die hier desinfizieren unsere Schleimhäute und wirken sich positiv auf unser Herz-Kreislauf- und Immunsystem aus.«

Jetzt nahm sie alle Früchte aus der Dessertkiste heraus. »Kirschen schützen unser Bindegewebe, wirken entzündungshemmend, unterstützen uns bei der Gewichtsabnahme«, sie schaute zu den Teilnehmenden der Hauptspeisengruppe und zwinkerte ihnen zu. »Und sie wirken verjüngend. Stachelbeeren fördern Haarwuchs und die Bildung gesunder Haut. Sie reinigen den Darm und kräftigen unsere Gefäße. Und Äpfel sind ein wahres Wunderwerk der Natur. Nicht ohne Grund heißt es: An apple a day keeps the doctor away. Sie senken den Blutdruck und die Cholesterinwerte, stabilisieren den Blutzuckerspiegel, und sie kräftigen das Zahnfleisch.« Sie legte alles auf dem Küchenblock ab. »Und das sind nur ein paar der Wirkungen dieser Lebensmittel.«

Dirk Huber bemerkte die Blicke der anderen Klimaaktivisten, die für einen Moment in ihrer Arbeit innehielten.

»Na ja, Windräder sind immer noch besser als AKWs und Kohle. Oder?« Jens Boysen guckte in die Runde. »Aber ich wüsste nicht, dass deswegen jemand Emma nicht abkonnte.«

Eine junge Frau, mit einem Geschirrtuch in den Händen, trat aus der Laube. Wie sie das hier wohl mit der Geschlechterrollenverteilung handhabten, fragte sich Huber.

»Die Emma hat ihren Vater immer in Schutz genommen. Ätzend war das! Wenn wir mit ihr über das Vogelsterben, das durch die Windräder entsteht, diskutieren wollten, war ihr Totschlagargument immer genau das, was du gerade gesagt hast, Jens, AKWs und Kohle seien schlimmer. Hat sie dich da jetzt auch schon eingelullt?«, fragte sie an Boysen gewandt.

»Jetzt halt aber mal den Ball flach, Bine!«

»Pfff«, machte die, warf das Geschirrtuch über die Schulter und verschwand wieder im Häuschen.

»Geben Sie nichts drauf, Herr Kommissar.«

In Hubers Rücken hörte er eine Mädchenstimme: »Die Zicke ist doch bloß eifersüchtig.« Er drehte sich um und blickte zu dem Mädchen, das gerade in einem Beet Unkraut zupfte.

»Wie meinen Sie das?« Huber ging zu ihr hin.

»Weiß doch jeder, dass die Bine scharf auf Jens ist. Die Frau des Häuptlings und so.« Sie verdrehte die Augen. »Aber Emma war ein nachdenklicher Mensch, und wenn sie etwas sagte, hatte das meistens Hand und Fuß.« Jetzt sprach sie leise: »Und das mochte der Jens viel lieber als das Rumgezicke von Bine.« Sie blickte um sich. »Wir übrigens alle.« Einige nickten stumm.

»Ich bin hier.« Jens trat näher. »Du kannst gerne mit mir reden, wenn du mir etwas zu sagen hast.«

»Ist ja nur meine Meinung.« Das Mädchen kümmerte sich wieder um die Vogelmiere.

Das hier war Landkommune in klein, dachte Huber. Er hatte es mal während seiner Ausbildung versucht. Es war günstig als Wohnmöglichkeit, aber für ihn der Schrecken als Wohnform. Über alles gerieten sie sich in die Haare. Vor allem über den Abwasch, aber auch über sonst alles, was mit dem Sauberhalten des Hauses zu tun hatte. Er hatte für sich eine ganz einfache Maxime: Derjenige oder diejenige, die etwas stört, sorgt dafür, dass es gemacht wird. Das führte leider dazu, dass in der Hauptsache er für den Abwasch zuständig war. Das hatte er genau ein Jahr lang ausgehalten. Dann hatte er sich eine Einzimmerwohnung in der Stadt gemietet. Er war schon damals kein Freund davon gewesen, Lebensenergie und Lebenszeit zu verschwenden.

Jens fühlte sich für den Ausbruch von eben verantwortlich. »Aber abends sitzen wir dann wieder in trauter Eintracht hier zusammen und planen die nächsten Aktionen. Und da sind wir uns Gott sei Dank meistens einig.«

»Sie können sich also nicht vorstellen, dass jemand die Emma so gehasst hat, dass er sie umbringen wollte?«

Jetzt rissen alle die Augen auf.

»Ist sie denn ermordet worden?«, fragte Jens erschrocken.

»Jedenfalls ist sie eines gewaltsamen Todes gestorben.« Huber zückte Block und Schreiber.

»So oldschool?«, meinte Jens und deutete auf den Block.

»Ja, ich mag es klassisch … Wo waren Sie denn im Einzelnen am Montag am frühen Abend?« Huber blickte in die Runde. »Kann ich mich hier hinsetzen?« Er richtete seine Frage an Jens und deutete auf die einfache Holzbank vor der Laube.

Jens Boysen machte eine entsprechende Geste, und Huber setzte sich. »So, und jetzt mal einer nach dem anderen.«

»Die Haselnüsse im Hauptgericht sind zum Beispiel gut für unser Gedächtnis.«

»Das kann ich gut gebrauchen«, warf eine ältere Frau aus der Vorspeisengruppe ein.

»Möchte jemand etwas trinken?«, fragte Katrin in die Runde. »Eigentlich ist es ja Sitte, als Köchin oder Koch das sogenannte Kochachtel zu trinken. Wir sollten ja wissen, was wir unseren Gästen dann zum Menü vorsetzen.«

Bernd Uhland horchte gleich auf. »Man muss also nicht völlig auf Genuss verzichten? Es ist eine Freude, das zu hören.«

»Es kommt immer auf das Maß an, Herr Uhland.« Katrin holte Gläser aus dem Schrank. »Wer also möchte Wein? Wer möchte etwas anderes trinken?«

Bernd Uhland hob gleich den Finger bei der Frage nach dem Wein.

»Ist jemand unter Ihnen, der keinen Alkohol verträgt?« Bis auf Frau Wittkowski schüttelten alle den Kopf.

»Ich vertrage tatsächlich keinen Alkohol mehr. Früher hat es mir nichts ausgemacht, da habe ich an einem Abend eine ganze Flasche wegnuckeln können. Aber jetzt im Alter …«

Das kam Katrin bekannt vor. »Was möchten Sie stattdessen trinken?«

»Apfelsaft.«

Katrin nahm ein neues Glas und aus dem Kühlschrank eine Flasche Apfelsaft und reichte beides Frau Wittkowski.

»Beim Kauf von Apfelsaft sollten Sie darauf achten, dass Sie tatsächlich veganen Apfelsaft bekommen.«

»Was?« … »Wieso?« … »Ich dachte …«, kam es von der Gruppe.

»Oft wird Apfelsaft durch Schweinegelatine gefiltert. Manchmal sogar durch Fischtran. Das kann besonders für Meerestier-Allergiker zur Gefahr werden.« Sie stellte die Flasche mit dem Apfelsaft vor Frau Wittkowski.

Bernd Uhland fühlte sich sofort für den Wein zuständig. Katrin musste schmunzeln. Sie hatte ihn richtig eingeschätzt: ein Genussmensch durch und durch. Er schnupperte am Korken und goss je einen Schluck in die Gläser. Er stieß mit Ingrid Stubenrauch und Frau Wittkowski, die rechts und links von ihm standen, an.

»Das macht richtig Spaß. Finden Sie nicht, Frau Stubenrauch?«

»Allerdings«, teilte sie seine offensichtliche Begeisterung.

Katrin hätte nicht gedacht, dass die Stubenrauch überhaupt bei etwas Spaß empfinden könnte. Da hatte sie sich wohl mächtig getäuscht.

Sie machte für alle eine kleine Einführung in den Hauptgang.

»Als zweiten Gang werden wir etwas Raffiniertes kochen. Ein Maronen-Pilz-Ragout mit Polenta und Haselnüssen. Jetzt, nach dem leichten Sommerregen, den wir die letzten Tage hatten, sprießen auch die heimischen Pilze. Nur die Maronen bekommen wir noch nicht frisch. Da sie aber für das Rezept sowieso gegart sein sollen, können Sie auch welche im Supermarkt oder Biomarkt kaufen. Die sind ganzjährig vorrätig. Ich nenne das Gericht übrigens ›Emmas Menü‹. Ich habe es einer jungen Frau gewidmet, die kürzlich gestorben ist und die dieses von mir gekochte Gericht sehr gerne gegessen hat.«

»Was für eine Geschichte!«, meinte Uhland, der darauf sofort ansprang. »Woran ist sie denn gestorben?«

Katrin versuchte, die Stimmung aufzulockern. »Also, nicht an einer Pilzvergiftung.« Ein gelöstes Lachen von allen war die Reaktion. Zu Uhland gewandt, sagte sie mit hochgezogenen Brauen: »Und es ist keine Geschichte für ein Magazin.« Ihre Ermahnung half, er blickte zu Boden.

»Am besten ist, Sie machen sich eine eigene Gemüsebrühe auf Vorrat.« Katrin beschrieb, wie die Teilnehmerinnen und Teilnehmer aus einfachem Suppengemüse und viel Meersalz eine schnelle Instantbrühe herstellen konnten. »Und Sie haben keine Zusatzstoffe drin.« Sie nahm ein Glas ihrer Brühe aus der Kiste. »Sie können das Gemüse in Brunoise schneiden. Wem das zu aufwendig ist, kann es durch die Küchenmaschine hauen.«

»Was sind denn Brunoise?«, fragte ein Teilnehmer aus der Dessertgruppe.

»Das sind ganz feine Würfel von ein bis zwei Millimeter Seitenlänge. Das haben Sie vielleicht schon mal in einem guten Restaurant gegessen. Je kleiner das Gemüse geschnitten ist, desto aromatischer ist es. Julienne dagegen sind Streifen.«

Katrin nahm aus der Kammer ein Glas herkömmlicher Instantbrühe. »Lesen Sie doch mal, was in dieser Brühe alles drin ist. In dieser hier«, sie hielt das Glas mit ihrer selbst gemachten Brühe hoch, »sind Karotten, Lauch, Sellerie, das Übliche halt. Je nach Geschmack können Sie in Ihrer eigenen Brühe neben den genannten Gemüsesorten auch Paprika, Rote Bete, Kohlrabi oder Kohl hinzutun. Was auch immer Sie möchten. Seien Sie nicht zu sparsam mit dem Salz, das macht das Gemüse haltbar, und Sie können es roh verarbeiten.«

Die Stubenrauch las vor, was auf dem Glas mit der herkömmlichen Brühe stand: »Außer Gemüse sind hier noch Zucker, Maltodextrin, Stärke, Karamellzucker und Gewürzextrakte enthalten. Und dann steht da am Ende der Zutatenliste: Kann Spuren von Ei, Gluten und Milch enthalten.« Sie guckte Katrin entsetzt an. »Das ist ja für die glutenfreie und vegane Ernährung überhaupt nicht geeignet.«

»Es hat schon seinen Grund, dass ich so viel Wert auf gute Lebensmittel lege, Frau Stubenrauch.«

»Ja, Frau Lund, ich habe es verstanden.« Die Stubenrauch stellte kleinlaut das Glas auf den Küchenblock. Katrin unterdrückte ein Schmunzeln. Das war hier ihre Stunde, um die Stubenrauch, die immer verlangte, alles möglichst billig und in Riesenmengen einzukaufen, zu überzeugen. Das verschaffte Katrin ein Hochgefühl. Vielleicht würde ihre jahrelange Überzeugungsarbeit ja doch irgendwann fruchten.

Sie gab Frau Stubenrauch ein Paar Einmalhandschuhe. »Wenn Sie vielleicht die Pilze sauber machen und in grobe Stücke schneiden, genauso wie die Maronen.«

Frau Wittkowski wollte für die Polenta und die Schalotten zuständig sein, und Herrn Uhland teilte sie für das Karamellisieren der Haselnüsse ein.

»Das ist ja alles ziemlich einfach«, sagte Uhland. »Als ich las, dass wir ein Menü kochen, dachte ich, wir wären ein paar Stunden in der Küche beschäftigt. Was man immer so für Vorstellungen hat …«

»Wenn Sie mit Ihren Arbeiten fertig sind, könnten Sie mir zur Hand gehen. Hier braucht niemand untätig herumstehen.« Ingrid Stubenrauch lächelte Uhland verschmitzt an.

»Ist kein Virus. Habe tatsächlich nur was Falsches gegessen. Ich hatte mir gestern eine Pizza bestellt. Die Hitze und der Käse war wohl keine so gute Kombination.«

»Da bin ich ja beruhigt. Ich dachte schon, du würdest länger ausfallen.« Huber schloss gerade die Pforte der Kleingartenkolonie hinter sich und hatte Harmsen am Telefon.

»Na ja, heute soll ich mich noch ausruhen. Aber morgen bin ich in alter Frische wieder da. Haben dich denn die Befragungen bei den Klimaschützern weitergebracht?«

»Wie überall in Vereinen streitet man sich über Kleinigkeiten. Ich fühlte mich in meine Land-Wohngemeinschaft zurückversetzt.«

»Du hast mal in einer WG gelebt?«, fragte Harmsen erstaunt.

»Aber nur ein Jahr. Nicht der Rede wert. Bis auf die Erfahrungen, die ich da machen durfte.«

»Da musst du mal von erzählen.«

»Bei Gelegenheit. Jetzt erst mal zurück zu unserem Fall. Also, bis auf die Streitigkeiten und ein bisschen Eifersucht sehe ich da kein wirkliches Motiv.«

»Höre ich da das Wort Eifersucht? Das hat uns schon etliche Tote beschert, wie du dich vielleicht erinnern wirst.«

»Jaaa … aber wir haben es hier in der Hauptsache mit Teenagern zu tun. Da spielen zwar die Gefühle verrückt, aber Mord …?«

»Sonst noch was zu berichten?«

»Ja, ich habe heute Morgen noch mit Wegener telefoniert. Und mit der KTU. Die bestätigen anhand der

Metallsplitter, dass das Mädchen mit einem Rohr erschlagen worden ist. Die tippen auf ein Rohr von einer Baustelle oder so. Sind sich aber nicht sicher. Wir sollten morgen mal überlegen, wo sonst noch Rohre in dieser Stärke zu finden sind. Jetzt erhol dich und komm schnell wieder auf die Beine.«

»Nach der Infusion beim Arzt fühle ich mich schon viel besser.«

»Na dann.« Bei Harmsen wusste man nie, dachte Huber.

Katrin kümmerte sich nun um die Dessertgruppe. Auch hier lief alles wie eingespielt.

Bei Desserts waren die Teilnehmenden immer ganz Ohr. Rezepte für Kuchen oder Nachspeisen interessierten alle, das kannte sie.

Alle waren beschäftigt. Zeit, sich zu entspannen. Katrin trank von ihrem Weißwein – ein Weißburgunder aus dem Badischen. Zwischendurch machte sie ein paar Fotos von den Vorbereitungen. Die wollte sie für ihren Blog benutzen.

Nach zweieinhalb Stunden waren alle glücklich und satt und diskutierten noch darüber, wie man die Rezepte variieren könnte. Katrin war zufrieden und begann mit dem Aufräumen.

Nachdem alle aus der Küche waren, blieb Ingrid Stubenrauch vor Katrin stehen.

»Wie geht es denn Ihrer Nichte mittlerweile, Frau Lund?«

»Meine Schwester ist wieder da, und es läuft wieder alles in gewohnten Bahnen. Das tut ihr, glaube ich, gut.«

»Und wie geht's Ihnen?«

Was war los mit der Stubenrauch? Wollte sie nicht nur ihre Ernährung umstellen, sondern auch ihren Umgang mit anderen Menschen?

»Danke, Frau Stubenrauch. Mir hilft ja immer die Arbeit.«

»Ach ja … ich wollte Ihnen noch gesagt haben, dass Sie das ganz toll machen. Also ich meine, das hier mit der Gruppe und dem Kochen … und so.«

Katrin, die gerade die Reste in den Kühlschrank räumte, richtete sich auf. »Danke schön.«

War das hier eine Annäherung, ein Weg aufeinander zu, fragte sie sich.

»Und denken Sie daran, dass Sie Ihre Nase aus dem Fall mit dem toten Mädchen heraushalten. Lassen Sie die Polizei ihre Arbeit machen.« Und schon war dieser Weg aufeinander zu jäh unterbrochen.

»Ja, Frau Stubenrauch.«

Katrin schaute auf ihre Armbanduhr. In zwei Stunden könnte sie endlich Feierabend machen und die Thomsens besuchen. Sie platzte vor Neugier, was sie dort erfahren würde.

Beim Gehen sortierten sich Hubers Gedanken immer am besten. Er nahm den gleichen Weg zurück, wieder durch den Schlosspark und den Schlossgang. Er mochte die Atmosphäre in dieser kleinen Fußgängerzone. So musste der Fischerort Husum in früheren Zeiten gewirkt haben, als es noch keine Autos gab: enge Gassen, in denen sich das Leben abspielte. Jetzt waren hier kleine Läden und Cafés. Am Ende des Schlossgangs kam er auf den weitläufigen Platz vor der Marienkirche. Die Marktbeschicker räumten schon ihre Waren ein. Er verspürte leichten Hunger. Er wandte sich nach links in die Großstraße und kehrte in das Bistro Utsicht des Bekleidungshauses Schmidt ein, um dort eine Suppe zu löffeln. Hier gab es einen täglich wechselnden Mittagstisch. Er nahm die Nordfriesische Weinsuppe mit Kochschinkenbrot. Das war zwar eher ein Winterrezept, aber er hatte Lust auf diese typisch nordfriesische Mischung aus süß und herzhaft. Manchmal war das Gute so einfach. Sie hatten die Suppe in seiner Männerkochgruppe im letzten Jahr in der Adventszeit gekocht. Da er das Kochen liebte, vor allem das Kochen in Gesellschaft, hatte er vor ein paar Jahren Freunde und Kollegen gefragt, ob sie auch Lust zu solchen Kochtreffen hatten. Etliche hatten, und so gründeten sie ihre Männerkochgruppe, die sich vier- bis fünfmal im Jahr traf.

Er hatte tatsächlich einen Tisch an der Fensterfront ergattert und genoss die Aussicht auf den Hafen, um den sich die Touristen schoben.

Jeanette schnitt gerade die Kuchen, die sie am Vormittag gebacken hatten, in Stücke und verteilte sie auf die Kuchenplatten, als Katrin von ihrer Kochgruppe zurückkam. Die anderen aus ihrem Team kümmerten sich um die Vernichtung der Spuren des Mittagessens.

Katrin ging ihrer Assistentin zur Hand. Sie war froh, jetzt eine mechanische Arbeit machen zu können. So ein paar Stunden, in denen sie die gesamte Zeit mental präsent sein musste, erschöpften sie immer ein bisschen.

Nachdem der Gastraum eingedeckt war, versammelten sich alle Mitarbeiterinnen und Mitarbeiter um den Ecktisch. Wenn draußen die Gäste an ihren Plätzen saßen und Kaffee und Kuchen genossen, war auch ihre Zeit für eine Kaffeepause und die tägliche kleine Dienstbesprechung.

Katrin erzählte davon, dass die Stubenrauch sich in ihre Kochgruppe eingeschleust hatte.

Einem der Mitarbeiter rutschte ein: »Na, die hat's auch nötig«, heraus und kicherte.

»Na, Klaus, jetzt sei man nicht so despektierlich!«, ermahnte Katrin den jungen Mann. »Ich bin froh über jede und jeden, die den Weg der guten und ihnen angemessenen Ernährung finden.« Sie blickte ihn streng an. »Und da gehört der übermäßige Konsum von Zucker in Form von beispielsweise Kuchen so gar nicht dazu.«

Klaus guckte beschämt auf seinen Teller.

Katrin lenkte ein. »Aber du bist noch jung. Du kannst es noch vertragen. Lass es dir schmecken.«

Und Klaus nahm mit leuchtenden Augen ein zweites Stück.

Nach der Kaffeerunde zog Katrin sich um, schnappte sich ihren Rucksack und rief ein fröhliches »Tschüss dann« in die Runde.

»Du gehst schon?«, fragte Jeanette.

»Ja, ich will bei den Thomsens noch einen Beileidsbesuch machen.«

»Nimm doch Kuchen mit. Wir haben noch reichlich übrig.«

»Eine gute Idee.«

Schnell schob Jeanette ein paar Stücke Käsekuchen auf eine kleine Kuchenplatte und drückte sie ihrer Chefin in die Hände.

Draußen stellte Katrin die Platte vorsichtig in ihren Fahrradkorb und schloss das Rad auf.

»Hallo, Katrin. Lange nicht gesehen. Versteckst du dich in deiner Küche?«

Katrin drehte sich um. Henning Peters, Arzt in der Kurklinik, strahlte sie an.

»Nein, ich hatte eine Woche Urlaub. Na ja, Urlaub, meine Nichte war da.«

Er guckte in ihren Fahrradkorb. »Und? Kuchen geklaut?«

Katrin lachte.

»Gewissermaßen. Ich will zu den Thomsens, einen Beileidsbesuch machen. Du hast sicher schon davon gehört, dass deren Tochter Emma tot ist. Sie war eine Freundin meiner Nichte. Und auch ich kannte sie ganz gut.«

»Ich habe davon gehört. Schrecklich so was!« Er zog seinen Autoschlüssel aus der Jackentasche. »Na dann. Lass dich mal wieder sehen. Vielleicht können wir Ernährungspläne absprechen.« Er zwinkerte ihr zu.

Sie waren einmal zusammen abends auf einen Wein ausgegangen. Seitdem schäkerte er mit ihr. Aber er wurde nie aufdringlich.

»Sag mal, Henning, was anderes. Kannst du mich mal untersuchen? Ich bin in letzter Zeit häufig so schlapp. Das ist nicht normal.«

»Ja, komm doch am Wochenende mal vorbei. Ich habe Dienst. Und ich glaube nicht, dass allzu viel los sein wird.«

»Das mache ich. Ich muss am Samstag auch arbeiten.«

Katrin schwang sich auf ihr Rad. Sie fuhr die geteerte Straße entlang, wollte sie doch vermeiden, dass der Kuchen auf den Nebenstrecken durchgeschüttelt wurde.

Inken Thomsen kannte sie seit Jahren. Als Katrin anfing, in St. Peter-Ording zu arbeiten, war sie gleich der Freiwilligen Feuerwehr beigetreten. Zwar nicht als aktives Mitglied, aber sie wollte deren Arbeit unterstützen. Natürlich wurde sie auch immer zu deren Festen eingeladen. Und auf einem dieser Feste, einem sommerlichen Grillabend, hatte sie vor vielen Jahren Inken kennengelernt. Es floss, außer Bier vom Fass, auch viel Schnaps. Inken und sie hatten einen lustigen Abend, der am nächsten Tag mit einem dicken Schädel endete. Es war nicht häufig vorgekommen in ihrem Leben, dass sie eine andere Frau bei einem gemeinsamen Besäufnis kennenlernte. Sie musste schmunzeln.

Vor dem Haus schloss sie ihr Fahrrad am Laternenpfahl an. Sie hatte Inken lange Zeit nicht gesehen, hatte eigentlich damit gerechnet, sie bei der Ausstellungseröffnung ihres Vaters zu treffen.

Auf ihr Klingeln hin öffnete Inken die Tür. Sie war erstaunt, Katrin zu sehen. Die ging einen Schritt auf Inken zu und umarmte sie mit ihrem freien Arm.

»Ach Mensch, Inken. Das tut mir so sehr leid!« Katrin löste sich wieder und drückte Inken die Kuchenplatte in die Hand. »Ich hab uns was mitgebracht.«

Inken nahm die Platte entgegen und ging in die Küche vor. Katrin folgte ihr und sah sich um. »Ist dein Mann nicht zu Hause?«

»Der kann es hier nicht aushalten. Er arbeitet lieber.« Bitterkeit schwang in Inkens Worten mit.

»Hast du denn jemanden, mit dem du deine Trauer teilen kannst? Ich meine, außer Sören.« Katrin hatte Sören noch nie leiden können. Immer eine große Klappe, Leben auf großem Fuß und ein Welterklärer; er wusste immer, wo es langging. Es gab bei ihm nur Schwarz oder Weiß, keine Zwischentöne.

»Nein. Aber ich bin auf dem Golfplatz. Die Natur und die Bewegung tun mir gut.«

Katrin blickte sich in der Küche um.

»Setz dich doch.«

Und Katrin quetschte sich auf die Eckbank.

»Kaffee oder Tee?«

Katrin wusste, dass es bei Inken handgefilterten Kaffee gab. »Gerne Kaffee.«

Inken hantierte.

»Wann soll denn die Beisetzung von Emma sein?«

»Die Kommissare können noch nichts sagen. Das entscheiden sie, wenn die Untersuchung ihrer Leiche beendet ist.«

»Es war also kein Unfall?«

»Die sind sich wohl ziemlich sicher, dass jemand sie getötet hat.«

»Haben sie dir erzählt, womit?«

»Der Kommissar Huber hatte angerufen und gesagt, dass es eine Art Rohr gewesen sein muss, mit dem man ihr den Schädel eingeschlagen hat.« Inken hielt inne und starrte aus dem Fenster über der Spüle. »Wer tut so was, Katrin? Wer tut so was meiner kleinen Emma an?«

Genau das wollte Katrin herausfinden. Aber sie machte erst mal einen kleinen Umweg. »Ich hatte mich gewundert, dass ihr gar nicht auf der Ausstellungseröffnung gewesen seid.«

»Wir hatten uns solche Sorgen gemacht, weil Emma nicht zu erreichen war. Sören und sie hatten mal wieder Streit gehabt. Da war uns nicht nach der Vernissage meines Vaters.«

»Worum ging es denn bei dem Streit?«

»Ach, das Übliche. Emma war doch bei den Klimaaktivisten. Und Sören war total dagegen. Genauso, wie er gegen ihren Freund Hauke war, wie eigentlich gegen alles und jeden, der ihm seine Tochter abspenstig zu machen drohte. Natürlich auch gegen meinen Vater.«

»Tabea ist ja so alt wie Emma. Die werden langsam flügge, die Mädchen, gehen ihre eigenen Wege. Und bald sind sie …«, Katrin machte eine entsprechende Geste, »Pfff … Up, up and away. Sie fliegen davon.«

»Genau diese Vorstellung machte Sören Angst. Der war unheimlich eifersüchtig auf alle, die Emma zu nahe waren.«

»Und Emma? Wie fand die das?«

»Vor ungefähr einem Jahr fing sie an, sich uns zu entziehen. Erzählte kaum noch etwas, war viel unterwegs. Aber sie war immer noch gut in der Schule, deshalb hat Sören versucht, sich zusammenzureißen. Aber irgendwann verbrachte sie fast mehr Zeit mit meinem Vater als mit uns. Bei jedem Streit ist sie zu ihm geflüchtet. Aber jedenfalls wussten wir immer, wo sie war.«

Der Kaffee war durchgelaufen, und Inken stellte Geschirr auf den Tisch. Katrin nahm die Haube vom Kuchen und tat ihnen je ein Stück auf. Mit Käsekuchen machte sie nie einen Fehler. Inken goss den duftenden Kaffee ein. Während des ersten Bissens und des ersten Schlucks herrschte einen Moment Schweigen.

»Meine Mutter und ich waren gestern bei deinem Vater. Meine Mutter wollte ihm gern einen Besuch abstatten, da habe ich sie begleitet. Er ist auch untröstlich über Emmas Tod.«

Inken schwieg einen langen Moment.

Dann stand sie abrupt auf. »Soll ich uns nicht noch Sahne schlagen? Gehört doch irgendwie dazu, oder?«

Eindeutig ein Ablenkungsmanöver, dachte Katrin.

»Da hast du eigentlich recht.« Sie legte ihre Gabel beiseite und beobachtete Inken, die ziemlich geräuschvoll und hektisch die Küchenmaschine betätigte. Während der Mixer laut seine Kreise in der Sahne drehte, schaute Katrin sich das Familienfoto über der Anrichte genauer an.

Irgendwie komisch, dachte sie, stehen da nebeneinander wie die Zinnsoldaten. Gerade mal, dass sie sich ein Lächeln abringen.

Inken stellte die Schüssel mit Sahne auf den Tisch, und beide bedienten sich.

Aber Katrin blieb beharrlich.

»Hatte sie denn bei deinem Vater ein eigenes Zimmer, wenn sie da so oft war?«

»Irgendeins der Gästezimmer war immer mal frei. So hat er es mir jedenfalls erzählt.«

»Habt ihr sie nie gefragt?«

Inken blickte Katrin nun direkt in die Augen. »Sag mal, was willst du eigentlich von mir? Ich denke, du wolltest uns dein Beileid ausdrücken. Stattdessen wird das hier eine Fragestunde, oder was?«

Katrin griff über den Tisch nach Inkens Hand. »Ich möchte doch auch wissen, wer das getan hat, Inken.«

»Aber was fragst du da dann mich? Ich kann dir das nicht sagen!«

»Was meint denn Sören? Habt ihr darüber mal gesprochen?«

»Wir haben seit dem Streit mit Emma kein richtiges Wort mehr miteinander geredet. Er ist auch kaum noch hier. Er sagt, er hat viel Arbeit … Wer es glaubt.« Inken tippte mit dem Finger an ihre Schläfe.

Sie stand wieder auf und holte aus der Anrichte eine Flasche Wodka. Sie hielt Katrin die Flasche hin. »Auch einen?«

Katrin nickte und machte mit Daumen und Zeigefinger eine Geste, die bedeutete: nur einen Zentimeter. Inken goss beide Gläser bis zum Rand voll und stellte sie vor ihnen ab. Sie stießen an. Inken schüttete den Wodka komplett hinunter, während Katrin nur nippte.

Inken stützte die Unterarme auf den Tisch. »So, jetzt mal Tacheles: Sören unterstellt, dass mein Vater sich an unserer Tochter vergangen hat. Er fand es pervers, dass sie so viel Zeit miteinander verbracht haben und sich so nahe waren.«

Katrin trank mit einem Schluck den Rest des Wodkas. Mit so was hatte sie nicht gerechnet. »Das kann ich gar nicht glauben. Dein Vater wirkt so … so normal.«

»Ich glaube das auch nicht. Aber Sören lässt sich nicht davon abbringen. Ich hab ihn rausgeschmissen. Deshalb ist er meistens im Betrieb oder sonst wo. Ist mir auch echt egal!«

Inken goss sich noch mal ein. Katrin legte ihre Hand flach über ihr Glas. Aber die Neugierde, jetzt erst richtig entfacht, trieb sie zu weiteren Fragen.

»Habt ihr denn mit deinem Vater mal drüber gesprochen?«

»Das traut sich mein werter Gatte nicht. Er ist scharf auf das Erbe. Wie dir sicher nicht entgangen ist, leben wir weit über unsere Verhältnisse, sind total verschuldet. Immer, wenn ich ihm sage, dass wir sparsamer sein müssen, antwortet er: Dein Vater wird doch nicht ewig leben. Mit deinem Erbe können wir dann alles bezahlen … Wenn er sich da mal nicht täuscht.«

»Wieso? Wie meinst du das?«

»Mein Vater hat seit Emmas Tod jeden Tag angerufen und gefragt, wie es mir geht, ob ich etwas brauche und so. Er macht sich Sorgen. Er hat mir erzählt, dass er den größten Teil seiner Bilder dem Museum vermacht hat. Und ganz ehrlich halte ich das für eine gute Entscheidung. Er sagt, wir bekommen so viel, dass wir unsere Schulden bezahlen können.«

»Weiß das Sören schon?«

»Nein. Der soll jetzt erst mal in der Hölle schmoren. Meinem Vater so etwas zu unterstellen!«

Sie schüttete ihren Wodka wieder hinunter. Dann stand sie auf und stellte die Flasche zurück in die Anrichte.

Beide stocherten in ihrem Kuchen herum.

»Ich fahre morgen übrigens nach Hamburg, Telse besuchen.«

Inken blickte sie an. »Na, dann viel Spaß.«

»Hat sie auch eine Meinung zu dem Ganzen? Sie ist doch schließlich deine Halbschwester.«

»Sie wird schon eine Meinung haben. Aber die teilt sie eher mit Sören. Die beiden haben eine Lebenseinstellung, die sie vereint: mehr Schein als Sein.«

Katrin verkniff es sich, länger in Inken zu dringen. Sie fühlte sich erschöpft. Und sie merkte, dass es Inken wohl genauso ging.

Als sie sich an der Tür von Inken verabschiedete, versicherte Katrin ihr ihre Unterstützung. »Wenn ich dir irgendwie zur Seite stehen kann oder du etwas brauchst, scheue dich nicht, dich zu melden.«

»Du kannst mir ja mal erzählen, wie dein Gespräch mit Telse war.«

»Mach ich. Ich melde mich.«

Was für ein Familiendrama, dachte Katrin, als sie nach Hause radelte. Sie war froh über ihre eigene kleine Familie, wo sich jede auf die andere verlassen konnte.

15

Klaus Wegener gab der Kellnerin mit Zeige- und Mittelfinger ein Zeichen, noch zwei Bier zu bringen. Die trat heran und räumte die leeren Gläser ab. Der Kies knirschte unter ihren Füßen. Das Gartenlokal am Stadtrand von Husum war voller Gäste, und Huber und Wegener hörten die unterschiedlichsten Dialekte. Da mischte sich Bayrisch mit Thüringisch, Rheinisch mit Schwäbisch und Sächsisch mit Hessisch. Die Wärme des Abends verbreitete eine entspannte Stimmung unter den Gästen. Ein Teppich aus leisem und trägem Gemurmel lag über dem Garten der Gaststätte.

»Sonst noch was?«, fragte die Kellnerin.

Huber schüttelte den Kopf.

»Ich habe Hunger. Haben Sie irgendetwas Vegetarisches?« Klaus Wegener aß seit Jahren kein Fleisch mehr.

»Der Mann schnibbelt Menschen auf, wissen Sie.« Huber hatte auf den nun auch tatsächlich eintretenden Effekt der Kellnerin gehofft. Sie riss die Augen auf, war einen kurzen Moment irritiert. Huber musste lachen.

Wegener beruhigte sie. »Mein Freund hier zieht mich immer auf, weil ich kein Fleisch mehr esse. Ich bin Rechtsmediziner, da ist mir mit den Jahren der Appetit auf Fleisch vergangen.«

Die Kellnerin lächelte irgendwie … verständnisvoll. »Klar haben wir was Vegetarisches. Reichlich sogar. Soll ich Ihnen die Karte bringen?«

»Haben Sie einen Tipp?«

»Ich bin selbst auch Vegetarierin. Heute kann ich ganz besonders unseren Melonensalat mit Schafskäse empfehlen. Bei der Hitze genau das Richtige.«

»Den nehme ich.«

»Und entschuldigen Sie die kurze Irritation. War mehr an meinen Freund gerichtet als an Sie.« Huber lächelte, und die Kellnerin lächelte zurück.

Hubers Handy klingelte. Es war Böge, der einige der Ausstellungsbesucher ausfindig gemacht und befragt hatte. Und tatsächlich gab es eine Museumsmitarbeiterin, die beobachtet haben wollte, wie Frederiksen gegen neunzehn Uhr dreißig gegangen und eine Dreiviertelstunde später wiedergekommen war.

»Schreiben Sie mir doch bitte eine Mail mit Namen und Adresse der Frau. Wir benötigen dringend deren Zeugenaussage. Danke, Herr Böge. Machen Sie Feierabend.«

Huber drückte die Taste, um das Telefonat zu beenden.

»Was Wichtiges?«, fragte Wegener

»Das kann gut sein«, entgegnete Huber.

»Wie weit seid ihr denn mit euren Befragungen, Dirk? Hat sich da schon was ergeben? Mich macht es immer total fertig, wenn ein so junger Mensch gewaltsam ums Leben gekommen ist.«

»Zumal sie im ähnlichen Alter wie Tom ist. Ich mag mir gar nicht vorstellen, wenn ihm …« Huber brach ab. Er mochte es nicht in Worte fassen.

»Was macht er denn so? Ich glaube, ich habe ihn das letzte Mal gesehen, da war er noch so«, Wegener zeigte mit der Hand auf Höhe seiner Schulter.

»Du wirst ihn nicht wiedererkennen. Er ist fast größer als ich und ein richtiger Schlacks. Wenn wir nebeneinanderstehen, sehen wir aus wie Pat und Patachon, obwohl ich ja nicht gerade kleinwüchsig bin.«

Sie lachten beide.

»Am Samstag kommt er für zwei Wochen.«

»Und hast du dir Urlaub genommen?«

»Eigentlich ja, aber wir müssen natürlich erst mal den Fall klären.«

»So kennen wir dich, immer pflichtbewusst.«

Die Kellnerin stellte die beiden Biere vor ihnen ab, und an Wegener gewandt: »Der Salat kommt auch gleich.«

»Erzähl doch mal, Dirk, wen habt ihr denn so auf der Liste?«

Huber setzte sich gerade hin und nahm einen Schluck von dem Bier.

»Ich fang mal bei den Eltern an. Da läuft was zwischen den beiden … oder eher: Zwischen den beiden läuft nicht viel. Als wir sie vom Tod ihrer Tochter unterrichtet haben, waren sie noch ganz in dem Streit gefangen, der wohl am Abend zuvor zwischen ihnen geherrscht hatte. Es gab sofort Schuldzuweisungen. Zuerst habe ich mir noch nicht viel dabei gedacht. Aber wenn ich mir vorstelle, die Polizei kommt zu mir und teilt mir mit, dass mein Kind tot aufgefunden wurde, denke ich doch nicht daran, wer Schuld an dem Streit hatte, sondern eher an die letzten Worte, mit denen man auseinandergegangen ist. Man macht sich selbst Vorwürfe. Obwohl … wenn ich jetzt so nachdenke, hat der Vater von Emma eigentlich gar nicht viel gesagt. Es war Emmas Mutter, die gleich auf ihren Mann losgegangen ist. Sören Thomsen stand eher abseits, beinahe wie unbeteiligt. Oder ausgeschlossen. Und der Polizist vor Ort in St. Peter-Ording hat eine interessante Beobachtung gemacht: Auf dem Familienfoto der Thomsens gibt es keine Interaktion zwischen den dreien. Sie stehen beziehungslos nebeneinander.« Huber starrte nachdenklich in die tief stehende Sonne. Dann fuhr er fort: »Dann haben wir da noch Jan Frederiksen, Emmas Großvater. In St. Peter-Ording bekannt als der Wolkensammler.«

Wegener blickte Huber verständnislos an.

»Ist ein Schafzüchter und Vermieter von Fremdenzimmern. In ich weiß nicht wievielter Generation. In der Hauptsache mieten sich Künstlerinnen und Künstler bei ihm ein. Er hat eine beträchtliche Sammlung von Bildern, die die Eiderstedter Landschaft und vor allem die Wolken über der Landschaft darstellen. Zu dem Zeitpunkt, als seine Enkelin zu Tode kam, hatte er seine Ausstellungseröffnung. Aber wie ich gerade in dem Telefonat erfahren habe, ist er wohl eine Zeit lang fort gewesen. Das müssen wir dringend überprüfen.«

»Was sollte der denn für ein Motiv haben, seine eigene Enkelin umzubringen?«

»Wir haben Hinweise, die in Richtung Pädophilie gehen. Ich mag es nicht glauben, aber wir müssen dem nachgehen. Und es wäre ein starkes Motiv, um zu verhindern, dass es herauskommt. Das Mädchen könnte ihn erpresst haben.«

Beide schwiegen und nippten an ihrem Bier.

»Das wäre tatsächlich ein starkes Stück«, meinte Wegener.

»Das sind aber noch nicht alle. Da ist auch noch Emmas Freund. Der hat nämlich kein stichhaltiges Alibi, aber eigentlich auch kein Motiv. Alle sind sich einig, dass er sie geliebt hat. Ich will morgen noch mal seine Nachbarn befragen, ob er wirklich den ganzen Abend allein zu Hause war.«

Huber holte Block und Kugelschreiber aus der Brusttasche seines Hemdes und machte sich eine kurze Notiz.

»Und nicht zuletzt die Klimaaktivisten, bei denen ich heute Vormittag war. Trotz ihrer hehren großen Ziele, gegen die Zerstörung unserer Umwelt zu kämpfen, gibt es doch im Kleinen auch da Eifersucht und Streitereien, eben allzu Menschliches. Und Eifersucht ist immer ein starkes Motiv … Eifersucht und Gier.«

»Bei einem fünfzehnjährigen Mädchen?«, fragte Wegener. »Ernsthaft?«

»Wir müssen alle Möglichkeiten in Betracht ziehen.«

Sie tranken ihr Bier aus. Sogleich erschien die Kellnerin. »Noch eins, die Herren?«

Huber schüttelte den Kopf.

»Für mich auch nicht«, sagte Wegener. »Aber Sie können mir die Rechnung bringen.«

Huber wollte protestieren, aber Wegener hob die Hand, er wollte keine Diskussion.

»Hat Ihnen der Salat geschmeckt?« Die Kellnerin setzte den Teller samt Besteck auf ihrem Unterarm ab und nahm die zwei leeren Gläser mit.

»Ja danke, war sehr lecker«, sagte Wegener und legte seine Serviette noch oben auf die Teller.

»Wollen wir bei mir noch mit 'nem schönen Roten den Abend ausklingen lassen?«, fragte Huber. »Aber ich mache das Angebot nur, wenn wir über etwas anderes als die Arbeit sprechen.«

»Aber worüber sollten wir sonst reden?« Wegener stand auf und grinste Huber an.

»Ach, da fällt mir so einiges ein. Zum Beispiel geplante Urlaube. Ich brauche nämlich Inspiration für einen Kurztrip mit meinem Sohn. Vielleicht hast du Tipps.«

Wegener klopfte Huber auf die Schulter. »Allerdings. Also lass uns auf deinem Balkon weitertrinken. Und dann erzählst du mir, was du mit Staatsanwalt Jessen-Nissen am Laufen hast.«

»Nicht dein Ernst. Der Abend war bisher so nett. Wenn ich nur an ihn denke, kriege ich sofort schlechte Laune. Vielleicht ein anderes Mal.«

16

Tatsächlich saß Harmsen schon an seinem Schreibtisch, als Huber am Morgen das Büro betrat. Er sah noch ein bisschen kodderich aus, wie Huber fand, aber wenigstens war er nicht ansteckend.

»Moin, mein Alter, wie geht's dir?« Huber drückte die Schalter seines PCs und der Festplatte.

»Geht so. Aber zum Funktionieren reicht es. Nur beim Mittagessen heute bin ich raus.«

Huber schmunzelte. »Und dabei gibt es heute so leckeres Schweinekotelett mit Sauce Hollandaise im *Utsicht*.«

Harmsen wich augenblicklich die Farbe aus dem Gesicht, und Huber musste lachen.

»Mach dich nicht über mich lustig!«, ermahnte ihn Harmsen. Aber er musste doch mitlachen. »Ich weiß schon, wer den Schaden hat, braucht für den Spott nicht zu sorgen.«

»Du sagst es. Was isst du auch immer so ein Zeug! Da versuche ich, euch in der Kochgruppe mit einfachen, guten Rezepten zu versorgen, und du holst dir 'ne Pizza bei dem Wetter.«

»Ist ja gut. Jetzt lass uns mal über unseren Fall reden.«

»Mich hatte gestern Abend noch Herr Böge aus St. Peter-Ording angerufen. Er hat etwas Interessantes herausgefunden. Nämlich, dass laut der Aussage einer Museumsmitarbeiterin Jan Frederiksen am frühen Abend eine Zeit lang auf seiner eigenen Eröffnung abwesend war. Ich finde, wir sollten gleich mal ins Museum fahren und die gute Frau interviewen.«

Harmsen erhob sich schwerfällig. »Gute Idee. Ein bisschen frische Luft wird mir guttun.«

Huber rief die Homepage des Museums auf. »Ich melde uns eben an. Nicht, dass sie nachher nicht da ist … Und dann können wir auf dem Rückweg auch gleich noch die Nachbarn von Hauke Janssen befragen.«

Harmsen nickte.

»Ich geh schon mal runter.«

Huber liebte die Strecke nach St. Peter-Ording. Er überlegte, wie er Harmsen eine halbe Stunde loswerden konnte, um noch kurz bei Katrin Lund vorbeizusehen. Eigentlich Quatsch, weil sie sich ja abends sehen würden.

Auf dem Marktplatz konnten sie nicht parken, da Freitagvormittag dort Wochenmarkt war. Sie kurvten ein bisschen herum, und Huber parkte sein Auto dann auf dem Parkplatz am Heedweg. Um zehn Uhr standen sie vor dem Museum, als gerade aufgeschlossen wurde. Eine junge Frau öffnete die grün-weiße Eingangstür.

»Sie sind aber pünktlich.« Sie guckte die beiden belustigt an. »Kommen Sie rein. Ich muss mich nur noch kurz um die Kasse kümmern.« Sie verschwand hinter dem Eingangstresen, Huber und Harmsen folgten ihr ins Innere.

»Zwei Eintrittskarten, ja?«

Die beiden zückten synchron ihre Dienstausweise. »Wir möchten zu Frau Clausen.«

»Das bin ich. Wir hatten vorhin telefoniert.«

»Sie hatten gestern mit unserem Kollegen Herrn Böge gesprochen. Er sagte uns, Sie haben beobachtet, dass Herr Frederiksen eine Zeit lang bei seiner Ausstellungseröffnung abwesend war.«

Jetzt betraten weitere Gäste den Empfangsbereich. Huber und Harmsen traten beiseite, bis die junge Frau die Eintrittskarten verkauft hatte. Sie kam hinter ihrem Tresen hervor und erklärte der Familie, wie sie am besten den Museumsrundgang gestalteten. Dann wandte sie sich wieder den beiden Männern zu.

»Ja, ich kann mich daran erinnern, dass hier ein Anruf eingegangen war. »Die Frau konnte Herrn Frederiksen auf seinem Handy nicht erreichen, müsste ihn aber dringend sprechen.«

»Wissen Sie noch den Namen der Frau?«

»Nein, aber sie sagte, sie sei seine Tochter. Und es sei dringend. Und da seine andere Tochter hier bei der Eröffnung war, denke ich, es war Frau Thomsen.«

Huber und Harmsen guckten sich an.

»Wollen Sie vielleicht noch mit meiner Chefin sprechen? Eigentlich kommt sie heute gegen Mittag. Aber ich kann sie anrufen.«

»Nein danke, das ist nicht nötig«, sagte Harmsen. »Wenn wir noch Informationen brauchen, melden wir uns wieder.«

»Ich bin aber nur noch nächste Woche hier.«

»Sind Sie nicht hier angestellt?«

»Na ja, irgendwie schon. Ich bin hier im Freiwilligen Sozialen Jahr. Ab übernächste Woche dann studiere ich in Leipzig.«

»Und was wollen Sie studieren?«, fragte Huber.

»Museumspädagogik«, sagte die junge Frau stolz.

»Na dann, viel Erfolg.« Harmsen klopfte mit den Fingerknöcheln kurz auf den Tresen.

Draußen strömten jetzt die Touristen an ihnen vorüber.

Harmsen schob die Lippen vor. »Ich bin doch sehr gespannt, wohin der Wolkensammler an dem Abend verschwunden ist.«

Um Punkt elf Uhr, Katrin und ihr Team waren mit den letzten Vorbereitungen für das Mittagessen beschäftigt, beobachtete sie durch das Küchenfenster, wie Ingrid Stubenrauch zu ihrem Auto ging. Da schien sie jemand zu erwarten. Katrin kniff die Augen zusammen, um besser sehen zu können. Das war doch der Uhland aus der Kochgruppe. Na, Frau Stubenrauch, Sie lassen aber auch nichts anbrennen, dachte sie. Andererseits wusste sie überhaupt nichts über das Privatleben der Hauswirtschaftsleiterin.

Die beiden stiegen ins Auto und brausten davon.

Katrin sah ihre Chance gekommen, vielleicht auch früher gehen zu können, denn dann hätte sie noch die Zeit, sich vor ihrem Besuch bei Telse in Hamburg ein Stündchen über den Isemarkt treiben zu lassen.

Sie lief ins Sekretariat. Tatsächlich saß die Sekretärin noch an ihrem Platz.

Katrin fragte wie ahnungslos: »Ist Frau Stubenrauch zu sprechen?«

Die Sekretärin blickte auf. »Nein, die ist nicht mehr im Haus. Kann ich ihr Montag etwas ausrichten? Soll sie sich melden?«

»Nein danke, ich komme dann Montag wieder.«

Sie hatte die Information, die sie haben wollte, nämlich dass mit dem Erscheinen der Hauswirtschaftsleiterin an diesem Tag nicht mehr zu rechnen wäre.

Sie lief zurück in ihr Büro, wusch ihr Gesicht, trug Mascara und Lippenstift auf und rief in die Runde: »Ihr kommt alleine klar, oder?«

Alle wunderten sich über ihren überstürzten Aufbruch. Von Jeanette kam: »Aber klar, Chefin, fahr nur.«

Und schon war Katrin aus der Tür.

Es war eine günstige Uhrzeit, um nach Hamburg zu kommen. Die meisten machten erst um dreizehn Uhr Feierabend und verstopften dann die Straßen, sodass sie jetzt geschmeidig durchkommen würde.

Harmsen, offenbar froh, wieder frische Luft atmen zu können, sagte: »Dirk, würde es dir etwas ausmachen, wenn wir noch eine kleine Runde am Strand drehen? Oder auf die Seebrücke? Ich brauch noch ein bisschen Nordseewind um die Nase.«

Das passte natürlich großartig in Hubers Pläne.

»Ich fahre dich zur Seebrücke und lasse dich da raus. Ich habe noch etwas zu besorgen.«

Er ließ Harmsen an der Ecke vor der Seebrücke aussteigen. »In einer Dreiviertelstunde bin ich wieder hier.«

Er schaute ihm kurz hinterher, dann fuhr er die Straße Im Bad weiter Richtung Badallee. Hier war nur Schritttempo möglich.

Er stellte sein Fahrzeug auf dem Mitarbeiterparkplatz des Kurheims *Ebbe und Flut* ab. Er ging nach vorn zum Haupteingang, sagte der Empfangsdame, dass er eine Verabredung mit Frau Lund hatte, und stapfte weiter Richtung Speisesaal.

Er traf Katrins Assistentin an, die gerade Gläser und Getränke auf das Buffet stellte.

»Guten Tag, Frau Menzel, ist Frau Lund da?«

»Das tut mir leid, Herr Huber. Die ist gerade aus dem Haus und wird wohl auch heute nicht mehr wiederkommen.«

»Das ist aber schade.«

Huber ärgerte sich. Er hätte vielleicht vorher anrufen sollen. Aber so wäre der Überraschungseffekt verloren gewesen. Er überlegte kurz. Dann würde er die verbliebene Zeit eben nutzen, um bei Böge vorbeizuschauen.

Er ging zu Fuß. Und tatsächlich saß Polizist Böge hinter seinem Schreibtisch. Beflissen sprang er auf, als Huber die Polizeidienststelle betrat.

»Wir waren gerade bei Ihrer Zeugin. Das Gespräch war wirklich sehr aufschlussreich.«

»Freut mich, dass ich helfen konnte, Herr Huber.«

»Ja, Sie haben uns einen guten Dienst erwiesen.«

»Wollen Sie einen Kaffee, Herr Huber?«

Der blickte auf die Uhr. »Ja, eine Viertelstunde habe ich noch, dann muss ich meinen Kollegen wieder einsammeln.«

»Ich habe nämlich gerade frisch gebrüht.«

»Umso lieber.«

Böge stellte Huber den vollen Becher auf den Schreibtisch. Huber setzte sich und trank einen Schluck. »Guter Kaffee«, meinte er.

»Ich finde, am Kaffee sollte man nicht sparen.« Böge blickte Huber erwartungsvoll an. »Und? Was haben Sie herausgefunden? … Wenn ich fragen darf?«

»Aber sicher dürfen Sie! Es war wohl ein Anruf, der Herrn Frederiksen aus seiner Ausstellung geholt hat. Und zwar von seiner Tochter.«

»Welcher denn?«

»Ach, Sie wissen, dass er zwei Töchter hat?«

»Das weiß hier jeder. Die Telse, also die Tochter von seiner ersten Frau, wohnt in Hamburg.«

Die hatten sie bislang noch gar nicht wirklich auf dem Plan gehabt, dachte Huber. Er fand es auch nebensächlich, hatte sie doch mit Emma direkt gar nichts zu tun. Trotzdem würde er sie befragen müssen.

»Aber die war zur Ausstellungseröffnung hier. Das hat mir die Museumsleiterin erzählt. Wollte sich wohl einschleimen bei ihrem Vater. Die Sammlung vom Frederiksen ist ja so einiges wert.«

Huber trank seinen Kaffee aus. »Danke, Herr Böge. Ich muss dann.«

»Gucken Sie gerne wieder rein, Herr Huber. Und vielleicht halten Sie mich weiterhin auf dem Laufenden.«

Katrin schlenderte durch ein Gewimmel aus Menschen und Geräuschen, aus Gerüchen und Farben; all ihre Sinne waren angeregt. Sie probierte hier und da vom angebotenen Obst oder Käse, sog Fisch- und Fleischdüfte ein, bis irgendwann Kaffeearoma zu ihr durchdrang. Den Sinnen eine kleine Pause gönnen, dachte sie. Sie folgte dem Duft und landete an einem kleinen Kaffeemobil, das nichts weiter als eine große Kaffeemaschine beherbergte, mit der die Barista alle Arten von Kaffee zubereiten konnte. Die Schlange war lang, weil jeder Kaffee handgemacht wurde. Katrin blickte auf die Uhr: erst halb zwei, sie hatte noch Zeit. Telse wohnte ja genau hier in der Isestraße. Über ihrem Kopf ratterte die U-Bahn über die Brücke.

Der Geräuschpegel wurde lauter, weil das Markttreiben allmählich dem Ende zuging und die Marktbeschicker jetzt noch ihre letzten Waren loswerden wollten. Also priesen sie diese lauthals an. Die Barista allerdings ließ sich nicht aus der Ruhe bringen. Katrin fühlte sich glücklich.

Endlich bekam sie ihren Café Crème. Purer Kaffee in guter Qualität war das i-Tüpfelchen zu ihrem Glück.

Sie stellte sich ein bisschen beiseite und beobachtete selbstvergessen das Treiben. Ihr letzter Wochenmarktbesuch war schon eine Ewigkeit her. Und der war in St. Peter-Ording gewesen, dessen Markt sich mit dem Isemarkt nicht vergleichen konnte. Hier gab es alles im Überfluss, üppig beladene Stände, und die Verkäuferinnen und Verkäufer scherzten und feixten mit den Kunden. Eine fröhliche Stimmung.

Katrin gab ihren Becher wieder ab und machte sich auf den Weg zu Telse. Sie wohnte in der Beletage eines der Gründerzeithäuser, die die Isestraße säumten.

17

Nachdem sie bei Telse geklingelt hatte, öffnete sich die schwere Haustür mit einem Summen. Eine breite, beeindruckende Marmortreppe, die rechts und links von riesigen Spiegelflächen an der Wand gesäumt wurde, führte in das Hochparterre des Hauses. Katrin stieg in den ersten Stock hinauf. Drei Wohnungstüren gingen hier ab. Links, gleich bei der Treppe, sah sie das Schild mit dem Namen *Telse Frederiksen*. Bevor sie den Klingelknopf betätigen konnte, wurde schon die Wohnungstür aufgerissen.

Eine ein bisschen zu aufgekratzte Telse strahlte sie an. »Da bist du ja endlich! Komm rein.«

Als Katrin über die Schwelle trat, umarmte Telse sie stürmisch. »Mensch, wir haben uns so viel zu erzählen. Auf der Vernissage hatten wir ja gar keine Gelegenheit dazu.«

Katrin fühlte sich überwältigt. »Ich bin gespannt, was du so alles erlebt hast seit unserer Schulzeit.« Sie selbst hatte nicht die Absicht, viel von sich preiszugeben.

»Ich schenke uns erst mal einen Prosecco ein. Geh doch schon mal nach vorne ins Wohnzimmer.«

Katrin stützte sich an der Kommode im Flur ab, um sich die Schuhe auszuziehen, denn sie wollte den gepflegt aussehenden Parkettboden nicht mit ihren Straßenschuhen zerkratzen. Auf der anderen Seite der Kommode stand eine Golftasche. Na, das passt ja, dachte sie. Dann betrat sie das große Zimmer mit einem Balkon zur Isestraße hin. Gerade fuhr wieder eine Bahn, diesmal auf Augenhöhe, über die Brücke. Unten räumten die Marktbeschicker ihre Wagen ein. Die letzten Kunden verzogen sich vom Markt.

»Ta-daa!« Telse erschien mit zwei Gläsern in der Hand und überreichte Katrin eins. »Auf unser Wiedersehen.«

Sie stießen an. Katrin nippte nur. Sie wollte auf jeden Fall einen klaren Kopf behalten, nicht zuletzt, weil sie pünktlich mit dem Auto wieder zurückfahren wollte. Schließlich hatte sie noch ihre Verabredung mit Dirk Huber.

»Soll ich dir mal die Wohnung zeigen?«

»Ja gern.« Katrin interessierte es, wie die Reichen und Schönen hier so lebten.

Überall in der Wohnung lag Parkett aus, das hier und da mit kleineren Teppichen geschmückt war.

Ein langer Flur, von dem rechts die Küche und noch ein Raum mit geschlossener Tür abgingen, führte in den hinteren Bereich der Wohnung. Das Schlafzimmer mitsamt dem Mobiliar war in einem unschuldigen, aber auch gespenstischen Weiß gehalten. Hier war ebenfalls ein Balkon, und der Blick führte geradewegs auf den Isebekkanal.

Auf dem Weg zurück ins Wohnzimmer besichtigten sie noch die Küche.

»Dieser Raum interessiert dich wahrscheinlich am meisten.« Sie knuffte Katrin in die Seite.

»Woher weißt du denn, dass ich …«

»Ich habe ein bisschen recherchiert.« Telse zwinkerte ihr zu. »Nein, ich habe nur auf der Eröffnung einfach deine Mutter gefragt, die mir erzählt hat, dass du Chefköchin bist.« Sie grinste breit. »Und dann bin ich auf deinen Blog gestoßen. Du machst ja richtig Furore.«

»Na ja, noch steckt der Blog in den Kinderschuhen.«

Die Küche war ebenfalls riesig, wie alles in dieser Wohnung. Aber leider war sie unpraktisch eingerichtet, wie Katrin auf den ersten Blick auffiel. Der Kühlschrank auf der entgegengesetzten Seite von Spüle und Herd, Telse musste also ständig quer durch die Küche gehen, wenn sie etwas brauchte. Aber vielleicht kochte sie auch gar nicht.

Telse öffnete den Kühlschrank und goss sich nach. »Willst du auch noch einen Schluck?«

Katrin hob ihr Glas. »Ich habe noch. Danke.«

Dann gingen sie weiter.

»Und hier«, Telse öffnete die Tür zu einem kleineren Zimmer, »ist das Gästezimmer. Wenn du dir also überlegst, hier zu übernachten, kannst du das gerne.« Sie deutete auf das Bett.

Das Zimmer war gemütlich eingerichtet. Wieder weiße Wände, aber Bett, Regal, Tisch und Stuhl aus Holz. Neben der Tür das Relikt eines aufgearbeiteten antiken Garderobenschranks, von dem die Türen entfernt worden waren.

»Danke für das Angebot, aber ich habe heute Abend noch eine Verabredung und muss pünktlich wieder in St. Peter-Ording zurück sein.«

Telse zuckte nur mit den Schultern.

Sie ließen sich auf dem cremefarbenen Ledersofa im Wohnzimmer nieder. Katrin hasste diese bequemen Ledersofas mit breiter Sitzfläche, waren sie doch meistens so glatt, dass man, wenn man versuchte, sich anzulehnen, mit dem Po immer weiter nach vorne rutschte, sodass man irgendwann unelegant wie ein Schluck Wasser in der Kurve auf dem Möbel hing. Also setzte sie sich gleich auf das vordere Drittel.

Telse fläzte sich in einen Sessel.

Katrin stellte ihr Glas ab. »Sag mal, ist so eine Wohnung nicht wahnsinnig teuer? Das ist ja hier ein kleines Schloss … Also bis auf die Bahn, die man aber erstaunlicherweise kaum hört hier drinnen.«

Telse betrachtete sie. »Einer der Vorteile, wenn man eine Immobilientussi ist.« Sie grinste süffisant. »Nein, als Mama mit mir nach Hamburg kam, wohnte hier eine ältere Freundin von ihr zur Miete. Sie zog mit mir dazu, quasi eine Frauen-Wohngemeinschaft. Damals waren hier viele Wohnungen von WGs bewohnt. Irgendwann starb die Freundin, und dann starb meine Mutter. Seitdem lebe ich hier. Und als die Wohnungen in Eigentum umgewandelt wurden, habe ich mir von meinem Vater einen Teil des Erbes auszahlen lassen, und schon war sie meine. Ich zahl natürlich auch immer noch monatlich was ab.«

»War das denn klug, sich sein Erbe so früh schon auszahlen zu lassen? Ich meine, so eine Kunstsammlung steigt doch im Wert.« Telse hatte Katrin mit ihrer Bemerkung regelrecht in die Hände gespielt.

»Weißt du, ich lebe jetzt. Wer weiß, wann der Alte stirbt. Ich wollte nicht warten, bis ich alt und grau bin.« Sie kicherte. »Obwohl, grau bin ich schon ein bisschen.« Sie fuhr sich durch die Haare. »Ist Farbe. Sieht aber ziemlich natürlich aus, findest du nicht?«

Das musste Katrin bestätigen. »Grau ist das neue Blond«, sagte sie lakonisch.

»Meine Mutter hatte mir ja kaum etwas hinterlassen. Woher auch? Sie hatte ja nur das Nötigste an Unterhalt von ihm bekommen. Außerdem ging eine Menge drauf für Therapien und so. Nachdem mein Vater wieder geheiratet hatte, war sie so richtig down.« Telse hielt einen Moment inne. »Sie verlor die Kraft, mich zu schützen.«

»Hast du dich erholt, mein Alter?«, fragte Huber seinen Kollegen, als der auf den Beifahrersitz stieg.

»Ja, die Luft hat mir gutgetan. Die Salzwiesen und dann das Watt … das mache ich eigentlich viel zu selten, obwohl es vor unserer Haustür ist.« Er blickte Huber an. »Und du, hast du bekommen, was du wolltest?«

Huber war einen Moment irritiert. Dann antwortete er: »Nein, war nicht mehr da. Aber ich habe unserem Kollegen Böge noch einen kurzen Besuch abgestattet. Aber nur auf einen Kaffee.«

»Also dann, mit frischem Kopf zu den Thomsens.« Harmsen schnallte sich an.

»Ich finde, wir sollten unbedingt auch die zweite beziehungsweise die erste Tochter von Frederiksen, Telse, befragen.« Huber schüttelte den Kopf. »Dass wir die bisher noch nicht auf dem Plan hatten!«

»Aber was soll die für ein Motiv haben?«

»Wie wäre es mit Gier? Die will doch bestimmt auch einen Teil von dem Kuchen. Und wenn alles schiefläuft, wäre Emma irgendwann diejenige gewesen, der das Sahnestück zufällt.«

»Aber blickt ein Täter oder eine Täterin so weit? Gerade in diesem Fall? Ich meine, ein Rohr über den Schädel spricht doch eher für eine Affekttat. Das sieht mir nicht geplant aus.«

»Wir wissen übrigens immer noch nicht, ob es nicht vielleicht doch ein Unfall gewesen sein könnte.«

Huber stellte vor dem Haus der Thomsens den Motor aus.

Inken Thomsen öffnete schon die Tür, bevor sie klingeln konnten. »Ich sage Ihnen gleich, mein Mann ist nicht zu Hause.«

Huber und Harmsen blickten sich an.

»Wir wollten auch eigentlich zu Ihnen, Frau Thomsen«, sagte Harmsen.

»Kommen Sie rein.«

Sie bot ihnen nichts an, sondern steuerte geradewegs ins Wohnzimmer. »Wann kann ich denn meine Tochter endlich beerdigen?«

Huber registrierte, dass das eheliche »Wir« nicht mehr erwähnt wurde.

»Es wird nicht mehr lange dauern. Wir denken, Anfang der Woche ...« Harmsen setzte sich unaufgefordert.

Huber und Frau Thomsen taten es ihm gleich.

»Ist Ihr Mann wieder auf der Arbeit?« Huber wollte sichergehen, dass er nicht irgendwann hereinplatzte.

»Der wohnt nicht mehr hier. Ich habe keine Ahnung, wo er ist.«

Die dumpfe Traurigkeit von Inken Thomsen schien jetzt in die Wutphase übergegangen zu sein.

Harmsen kam zur Sache. »Frau Thomsen, warum haben Sie uns nicht erzählt, dass Sie am Abend der Ausstellungseröffnung Kontakt zu Ihrem Vater hatten?«

Er ließ es bewusst vage, ob nur telefonisch oder ob ein persönliches Treffen stattgefunden hatte.

Sie blickte ihn mit großen Augen an. »Aber wieso sollte das von Interesse sein?«

Huber grätschte dazwischen. »Es geht hierbei um die Alibis zur eventuellen Tatzeit. Bisher ist zum Beispiel Ihr Alibi verhältnismäßig mau, so allein zu Hause. Und wir wissen mittlerweile, dass Ihr Vater seine Vernissage für etwa eine Stunde verlassen hat.«

»Sie denken doch jetzt nicht, dass ich … oder mein Vater?«

Sie sprang auf. »Ja, wir hatten uns getroffen. Ich hatte nach dem Streit Angst um Emma und dachte, sie wäre bei ihm auf der Ausstellung. Ich wollte aber nicht rein. Ich war viel zu aufgebracht. Also kam er raus. Emma war nicht da, und wir hatten Streit, weil ich ihn damit konfrontierte, dass Sören meint, er würde sich …«, sie schluckte.

»Und wie hat Ihr Vater reagiert?«

»Erst war er sprachlos. Dann wurde er bitter. Er fragte mich, was *ich* denn glauben würde. Er hätte mich großgezogen. Hätte er sich einmal an mir vergangen? Er wollte Emma nur Sicherheit geben. Bei *dem* Vater, wie er sagte. Der dem armen Kind immer nur Vorwürfe mache. Sie könne sich doch gar nicht entwickeln … Ich war so durcheinander. Ich wusste nicht mehr, wem oder was ich glauben sollte.« Sie brach in Tränen aus. »Ich kann es mir auch gar nicht vorstellen, dass er …« Sie schnäuzte sich. »Ich bin dann weg und wollte sie suchen. Mein Vater meinte, dass sie entweder bei ihm zu Hause sei oder bei Hauke. Also bin ich erst zu seinem Haus gefahren, da war sie nicht. Und dann bin ich nach Tating zu Hauke gefahren, da war auch niemand.«

»Woher wussten Sie denn, wo Herr Janssen wohnt?«

»Ich bin Emma mal gefolgt, als sie mit dem Fahrrad zu ihm gefahren ist.« Inken Thomsen blickte zu Boden.

»Und warum haben Sie uns das nicht gleich erzählt?« Harmsen war unnachgiebig.

»Meinen Sie, das ist schön, wenn solche Familienstreitigkeiten öffentlich werden?« Inken Thomsen blitzte ihn an.

»Na ja, es geht immerhin um den Tod Ihrer Tochter.«

Schuldbewusst blickte sie zu Boden. Sie ließ sich zurück auf den Stuhl fallen und sank regelrecht in sich zusammen.

Harmsen stand auf. »Wir sind dann erst mal fertig, Frau Thomsen.«

Huber schob hinterher: »Vielen Dank für Ihre Offenheit.«

Sie ließen Inken Thomsen in ihrem Elend allein.

»Wieso musstest du denn geschützt werden?« Nun nahm Katrin doch noch einen Schluck vom Prosecco – einen großen.

Telse schwieg, schien nachzudenken.

»Was willst du denn damit sagen?«, insistierte Katrin.

Plötzlich änderte sich Telses Stimmung. »Bist du so naiv oder tust du nur so? Das wussten doch damals alle in der Schule, dass der mich missbraucht hat.«

»Wie bitte?« Katrin konnte nicht mehr an sich halten. »Also, ich wusste nichts davon. Allerdings habe ich davon gehört, dass er euch rausgeschmissen hat, weil deine Mutter dem Alkohol zu sehr zugesprochen hatte und du falsche Anschuldigungen in die Welt gesetzt hast.«

»Das sind doch alles Lügen. Immer schön die Augen vor der Wahrheit verschließen.«

Katrin fragte sich, wer hier wohl die Realität nicht wahrhaben wollte.

»Genauso wie bei Emma.«

»Was meinst du denn jetzt wieder damit?«

»Ich bin mir ziemlich sicher, dass der Herr Wolkensammler sich auch an ihr vergangen hat.«

»Wie kommst du denn auf so eine absurde Idee?«

»Sören meinte auch, dass es nicht normal ist, dass das Mädchen ständig bei ihm war.«

»Habt ihr zwei euch verschworen, oder was?« Katrin war erregt und trank das Glas leer. »Er sollte sich mal lieber fragen, warum sie es zu Hause nicht aushielt. Aber zur Selbstreflexion scheint der feine Herr Thomsen nicht fähig zu sein. Stattdessen andere beschuldigen: den Großvater, die Klimaleute, Emmas Freund … ich weiß nicht, wie lang die Liste noch ist.« Da haben sich wirklich zwei gefunden, dachte sie bei sich.

Das Telefon im Flur klingelte. Telse richtete sich auf. »Sorry, könnte ein Klient sein.«

Katrin versuchte sich zu beruhigen. Sie hörte ein paar Wortfetzen aus dem Flur. »… weiß ich nicht … noch Besuch … nachher …«

Telse kam wieder zurück und ging zur Tagesordnung über. »Na, wie auch immer. Ist bei mir lange her.

Schwamm drüber. Und das andere ist Sache der Familie Thomsen. Da bin ich raus … Noch ein Schluck, bevor wir uns auf den Weg ins Café machen?«

Katrin konnte tatsächlich noch Nachschub vertragen. »Aber nur ein halbes Glas.«

Telse nahm die Gläser mit in die Küche. Katrin versuchte, ihre Gedanken zu sortieren. Sie hörte Telse in der Küche hantieren. Sie wollte und konnte es nicht glauben, dass Jan Frederiksen … Plötzlich stand Telse wieder vor ihr. »Komm, auf ex. So wie früher.« Sie reichte Katrin ein volles Glas.

Katrin konnte sich nicht erinnern, jemals gemeinsam mit Telse Frederiksen getrunken zu haben. Sei es drum. Vielleicht bekam sie noch mehr raus, wenn sie es Telse zu Gefallen tat.

»Aber dann ist Schluss. Du machst mich ja betrunken.«

Telse lachte. Irgendwie künstlich, dachte Katrin.

Telse stellte das Glas mit einem lauten Klirren auf den Glastisch. »Ich zieh mich noch schnell um, dann können wir los.«

Na, das kann dauern, dachte Katrin und versuchte auf dem unbequemen Sofa eine bequeme Haltung einzunehmen.

Huber und Harmsen teilten sich für die Befragung der Nachbarn von Hauke Janssen auf, nachdem sie festgestellt hatten, dass er nicht zu Hause war.

Als Huber die direkten und unmittelbaren Anwohner zur Linken befragt hatte, ging er zum Haus gegenüber. Auf sein Klopfen – eine Klingel gab es hier nicht, und die Haustür stand sperrangelweit offen, wohl, um für Durchzug zu sorgen – wackelte ihm eine alte Frau, auf einen Stock gestützt, entgegen.

»Guten Tag, mein Name ist Dirk Huber. Ich bin von der Polizei.« Er zeigte seinen Dienstausweis. Alte Menschen waren oft misstrauisch – nicht zu Unrecht, dachte er.

Die Frau kreischte ihm ein »Was?« entgegen und hielt die Hand an ihr Ohr. Sie wackelte noch ein bisschen, aber nachdem sie sich mit der freien Hand am Türpfosten festgehalten hatte, stand sie fest.

Huber wiederholte seine Vorstellung, diesmal erheblich lauter.

Sie nickte.

Huber sprach laut weiter. »Ich würde Ihnen gern ein paar Fragen stellen.«

Sie nickte wieder.

»Kennen Sie den jungen Mann von gegenüber? Hauke Janssen?«

Und wieder nickte sie.

»Wissen Sie, ob er am Montagabend zu Hause war?«

»Was?«, schrillte ihm wieder ihre Stimme im Ohr.

»Können Sie sich daran erinnern, ob er am Montagabend zu Hause war? Haben Sie etwas mitbekommen?«

Sie nickte. »Ich bin zwar fast taub, aber meine Augen funktionieren komischerweise noch tipptopp.« Sie lachte meckernd. Dann schien sie nachzudenken, ihr Blick verlor sich im Nichts.

Huber blickte sie auffordernd an.

»Ja … jetzt erinnere ich mich. Der Hauke ist so kurz vor sieben abends noch mal mit seinem Fahrrad los. Ich saß gerade draußen auf meiner Bank, wollte rein für die Nachrichten. Er hatte noch gewunken. Wohin er ist, weiß ich natürlich nicht.«

Huber schrieb mit.

»Und dann ist er so halb neun wiedergekommen. Wissen Sie, jeden Abend kommt meine Tochter und bringt mir das Essen für den nächsten Tag. An dem Abend hatte sie Spätdienst bis um acht. Da braucht sie immer so eine halbe Stunde, bis sie hier ist.« Sie blickt wieder zu ihm hoch.

»Danke, Sie haben mir sehr geholfen.«

»Was?«

Huber wieder lauter: »Sie haben mir sehr geholfen. Vielen Dank.«

»Na, wenn es weiter nichts ist.« Sie ließ den Türpfosten los und wackelte wieder ein bisschen, bis sie ihr Gleichgewicht gefunden hatte. »Tschüss denn.« Sie schloss die Tür.

Als Huber wieder auf der Straße war, pfiff er nach seinem Kollegen, der gerade auf ein Grundstück abbiegen wollte. Huber gab ihm mit der Hand ein Zeichen. Sie trafen sich am Auto.

»Ich hab was«, meinte Huber.

Er berichtete Harmsen von der eben gehörten Aussage.

Sie setzten sich ins Auto. Huber startete den Wagen, dann blickte er seinen Kollegen an. »Was hältst du davon, da wir schon mal hier sind, noch zu Frederiksen zu fahren, ob er uns die Aussage seiner Tochter bestätigen würde?«

»Aber er wird uns doch nicht anlügen, wenn es so einfach herauszufinden ist.«

»Vielleicht geben sie sich gegenseitig ein Alibi?«

»Da hast du auch wieder recht … Also los.« Harmsen schlug kurz auf das Armaturenbrett. Er kam wieder in Fahrt, das beruhigte Huber.

Harmsen hatte ungefragt herausbekommen, dass Hauke Janssen, entgegen seinem Aussehen, ein ganz verträglicher junger Mann war, der den Nachbarn auch schon mal zur Hand ging.

Sie klopften mehrmals bei Frederiksen, aber nichts rührte sich. Sie verteilten sich auf dem Hof, schauten in Scheunen und Ställe, aber bis auf ein paar vereinzelte Schafe war niemand da. Auch Frederiksens Hund war nicht da.

»Ausgeflogen«, meinte Harmsen und zuckte mit den Schultern.

»Gut, dann lass uns nach Husum fahren und uns endlich deine Falltafel vornehmen.« Huber drückte auf den Knopf der Fernbedienung für die Autotüren.

»Wieso denn *meine* Falltafel?«, fragte Harmsen

»Weil du die am fleißigsten bestückst.«

»Wenn wir über Friedrichstadt fahren, können wir uns noch beim holländischen Imbiss eine Portion Pommes holen.«

»Echt jetzt? Du magst schon wieder etwas essen? Und dann gleich Pommes?«

»So ein bisschen Hunger habe ich schon. Ich hatte ja kein Frühstück. Und die Pommes sind da am leckersten.«

Huber stellte das Auto direkt am Marktplatz ab. Er hatte Glück, es fuhr gerade jemand aus der Parklücke heraus. Ansonsten war es zur Ferienzeit unmöglich, in der Holländerstadt einen Parkplatz zu finden.

Vor dem Imbiss stand eine Riesenschlange an. Huber verdarb es gleich die Laune.

Als sie endlich ihre Tüte in der Hand hielten, entschieden sie, sich zu Füßen der Alten Marktpumpe niederzulassen. Umgeben von der prachtvollen Architektur der Giebelhäuser aus dem siebzehnten Jahrhundert ließen sie es sich schmecken. Erst beim Essen merkte Huber, dass auch er bereits Hunger hatte.

»Ich muss zugeben, die Pommes sind wirklich sehr lecker.«

»Das hier wäre doch ein netter Kurztrip für dich und deinen Sohn.« Harmsen kaute. »Mit Bötchenfahren auf den Kanälen und so. Ist doch hübsch.«

Huber blickte ihn mit hochgezogenen Brauen an. »Mein Alter, der Junge ist sechzehn. Meinst du, der interessiert sich noch für Bötchenfahren?«

»Ach Mensch, ja, wie die Zeit vergeht. Ich habe ihn noch als Zehnjährigen vor Augen.«

»Der ist mittlerweile größer als ich.« Huber knüllte seine Tüte zusammen. »Ich dachte eher an einen Städtetrip. Irgendwas, was nicht so weit weg ist. Vielleicht Kopenhagen. Da war er noch nie. Und in Kopenhagen ist für jeden was los.«

Harmsen sprang auf. »Weiter geht's. Meine Falltafel ruft.« Er grinste Huber an, nahm dessen leere Tüte und tat den Abfall in den nächsten Müllbehälter.

Im Kommissariat ergänzten sie ihre Informationen zu Inken und Sören Thomsen, zu Hauke Janssen und zu Jan Frederiksen.

»Wir haben hier noch gar nichts von deiner Befragung gestern bei den Klimaschützern.« Harmsen drückte Huber einen Stift in die Hand. Der stand von seinem

Schreibtisch auf, malte ein großes K an die Tafel, umkreiste es und zog eine Linie zu dem Foto von Emma und eine Linie zum Foto von Hauke Janssen. Er legte den Stift ab. Beide traten ein paar Schritte zurück.

»Ich finde, solange wir nicht mit Hauke Janssen gesprochen haben, kommen wir nicht weiter. Er ist der Einzige, von dem wir jetzt eindeutig wissen, dass er zum Todeszeitpunkt nicht zu Hause war … vorausgesetzt, Inken Thomsens Aussage bezüglich des Treffens mit ihrem Vater stimmt, und Jan Frederiksen bestätigt das.«

Es klopfte, und ein Polizist trat ein.

»Draußen ist ein Herr Mäder, der Sie sprechen möchte, Herr Harmsen.«

»Mäder? Sagt mir nichts. Soll reinkommen.«

Als der Mann das Büro betrat, wusste Harmsen, wer er war: der Mann an der Pforte von Thomsens Betrieb.

»Guten Tag, Herr Harmsen. Ich müsste Sie noch mal sprechen. Es ist mir wahnsinnig peinlich.«

»Nehmen Sie doch Platz.« Huber deutete auf einen Stuhl neben seinem Schreibtisch.

»Also, gestern Abend hatte der gleiche Wachmann Dienst wie am Montag. Die haben ja jeder spezielle Routen. Und dieser, der also auch am Montag Dienst hatte, kommt immer so gegen neun Uhr bei mir vorbei, auf einen kleinen Schwatz. Und zu der Zeit, als er bei mir stand – ich hatte uns einen Espresso gemacht –, kam der Herr Thomsen. Er ging vom Eingang direkt zum Fahrstuhl. Wollte wohl in sein Büro. Es war eben eigentlich alles normal … Wie auch immer: Ich weiß jetzt, dass er ungefähr um die Uhrzeit gekommen ist. Ich weiß, ich hätte das früher sagen müssen. Aber ich habe mich eben erst gestern Abend dran erinnert. Und da ich bis jetzt arbeiten musste, konnte ich auch jetzt erst kommen.«

Er blickte zur Falltafel. »Das ist ja so schrecklich, wenn die eigene Tochter …« Harmsen stellte sich vor die Tafel, um Mäder die Sicht darauf zu versperren.

»Das ist gut, dass Sie sich noch erinnern konnten, Herr Mäder. Vielen Dank für Ihre Aussage.«

Mäder erhob sich, und Huber steuerte ihn zur Bürotür.

»Na denn«, sagte Herr Mäder und verschwand.

»Vielen Dank«, rief Huber ihm hinterher.

Als Huber die Tür geschlossen hatte, sagte er zu Harmsen: »Ich muss nachher sowieso noch mal nach St. Peter-Ording. Ich würde vorher noch mal bei Hauke Janssen vorbeifahren und ihn mit der Aussage seiner Nachbarin konfrontieren. Was hältst du davon, wenn du Sören Thomsen kontaktierst und ihn für morgen hierherbestellst? Ich bin gespannt darauf, was er zwischen neunzehn und zwanzig Uhr gemacht hat. Der hat uns angelogen.«

»Ach, du hast eine Verabredung in St. Peter-Ording? Etwa die Köchin?«

Huber grinste nur vielsagend, schwieg aber ansonsten.

»Okay, dann treffen wir uns hier morgen Früh wieder.« Harmsen griff schon zum Telefon.

»Ich muss aber gegen Mittag los, Tom abholen. Also lass uns gern gegen acht Uhr dreißig hier treffen.«

»Da werde ich am Wochenende erst wach.«

Huber versuchte, streng dreinzuschauen. Harmsen bedeutete ihm, er solle endlich verschwinden.

Huber duschte kurz, kochte sich einen Tee und versuchte, ein paar Minuten zur Ruhe zu kommen. Wenn er einen Fall hatte, trieb ihn eine beständige innere Unruhe. Er hatte vor vielen Jahren mal das Meditieren gelernt, das er viel zu selten, auf keinen Fall regelmäßig, praktizierte. Augen schließen, einatmen – ausatmen – einatmen – ausatmen. Nur den Atem beobachten, länger aus- als einatmen. Tatsächlich wurde er augenblicklich ruhiger.

Er zog sich eine frische Hose und ein neues Hemd an, schließlich hatte er ein Date. Er schmunzelte in sich hinein.

Unterwegs besorgte er sich die Telefonnummer von Hauke Janssen. Er wollte nicht vor verschlossener Tür stehen.

»Ich würde Sie gern noch einmal sprechen, Herr Janssen. Ich bin auf dem Weg nach St. Peter-Ording. Gegen halb sechs bin ich bei Ihnen. Bitte seien Sie zu Hause. Sonst muss ich Sie morgen nach Husum ins Kommissariat bestellen.«

»Ich bin zu Hause«, kam die knappe Antwort.

Zwanzig Minuten später stellte Huber das Auto vor Janssens Haus ab. Die Eingangstür stand sperrangelweit auf. Er stieg aus dem Auto und trat näher; Haustür und Fenster waren offen, alles stand auf Durchzug. Die schwüle Hitze begann unerträglich zu werden. Hauke Janssen stand mit einem Mal in der Tür.

»Hab Sie schon gehört«, sagte er.

»Sie haben aber ein gutes Gehör.«

»Braucht man als Musiker.«

Sie gingen hinein. In den Vorgarten schien die brütende Sonne.

»Was gibt's denn noch?«, fragte Janssen.

Tatsächlich war es innen kühler. Sie setzten sich an den kleinen Tisch.

»Ich sag es Ihnen gleich: Wir haben herausgefunden, dass Ihre Aussage, dass Sie den ganzen Abend zu Hause waren, nicht stimmt.«

Hauke Janssen blickte ihn direkt an. »Wer hat Ihnen denn diesen Schwachsinn erzählt?«

Huber erwiderte Janssens Blick, schwieg aber. Er wusste, wenn man nur geduldig genug war, neigten Verdächtige dazu, sich selbst zu verhören.

»Wo soll ich denn gewesen sein?«, kam auch schon prompt die erste selbst gestellte Frage.

Huber schwieg weiter. Er zückte seinen Block und seinen Stift und legte beides vor sich auf dem Tisch ab.

»Was wird das hier? Ein offizielles Verhör? Brauche ich da nicht einen Anwalt oder so?«

»Ich möchte erst einmal, dass Sie mir die Wahrheit sagen. Also, wo waren Sie in der fraglichen Zeit am Montagabend?«

»Ach, ich weiß schon, Madame von gegenüber hat wieder alles mitgekriegt. Aber die ist doch schon ziemlich tüdelig, finden Sie nicht?«

Huber schwieg wieder. Er trommelte mit dem Zeigefinger leise auf die Tischplatte.

»Wollen Sie etwas trinken?« Janssen versuchte, Zeit zu schinden.

»Nein danke. Ich möchte nur wissen, wo Sie gewesen sind.«

Hubers Beharrlichkeit zahlte sich aus.

»Also gut, ich war noch mal unterwegs.«

Huber lehnte sich zurück. Janssen setzte sich wieder.

»Ich war so unruhig, weil Emma nicht zu unserer Verabredung gekommen war. Da dachte ich, ich fahr noch mal hin. Vielleicht ist sie ohne mich auf der Ausstellung. Als ich ankam, sah ich, wie gerade Emmas Opa mit ihrer Mutter stritt. Es ging um Emma. Ich konnte nicht alles hören, weil ich mich hinter der Hausecke versteckt hatte. Aber es ging darum, wo Emma sei, und sie gaben sich gegenseitig die Schuld an ihrem Verschwinden. Irgendwann sagte Jan Frederiksen: ›Wenn hier jemand Schuld hat an ihrem Verschwinden, dann frag doch mal deinen Mann.‹«

Hauke Janssen stand auf und lief herum.

»Ich wusste auch nicht, wo ich suchen sollte. Dann dachte ich, ich fahre zu Tabea. Das ist ihre Freundin, mit der sie sich häufig trifft, wenn die bei ihrer Tante ist. Aber dann kam die mit ihrem Freund raus, und die beiden knutschten. Und dann hab ich mich nicht mehr getraut, bin noch 'ne Runde ans Wasser und dann wieder nach Hause gefahren.«

Huber blickte auf die Uhr. Er schrieb sich ein paar Stichworte auf. Dann stand er auf. »Na gut, Herr Janssen. Sie halten sich bitte zu unserer Verfügung. Heißt, Sie bleiben am Ort.«

Auch Hauke Janssen stand auf. »Was? Das war es jetzt? Sie nehmen mich nicht mit?«

»Nein. Im Moment nicht.« Huber steckte Block und Stift in die Brusttasche. »Ich frage mich nur, warum Sie uns das nicht gleich erzählt haben. Das ist eine wichtige Zeugenaussage, die zwei Menschen ein Alibi gibt.«

»Aber mir doch nicht. Mich hat doch niemand gesehen … Aber ich schwöre, dass ich der Emma nichts angetan habe.« Er klang beinahe flehend.

Es war eine gute Idee gewesen, Sören Thomsen für den nächsten Tag einzubestellen, dachte Huber. Denn Inken Thomsen konnten sie nun von der Liste der Verdächtigen streichen.

Huber fuhr weiter zum Wilhelminenkoog, zum Häuschen von Katrin Lund, um sie, wie versprochen, abzuholen. Ein kleines Paradies hatte sie sich hier geschaffen. Eine Kate mit einem Garten drum herum, in dem Rosen, Phlox und so allerlei Kräuter blühten. Im Vorgarten stand ein Apfelbaum, der schon kleine Früchte trug. Es war ein gutes Jahr für Kernobst. Sie würde eine reiche Ernte haben.

Er wunderte sich, dass ihr Auto nicht in der Einfahrt stand. Er klingelte, er klopfte, er ging ums Haus herum, aber er konnte sie nirgends entdecken. Hatte er sich in der Uhrzeit vertan? Er schaute auf seine Uhr. Er war pünktlich. Er zückte sein Handy und rief sie an. Nur der Anrufbeantworter. Vielleicht war sie in einem Funkloch.

Er wartete eine Viertelstunde, dann fuhr er zum *Roten Haubarg.* Vielleicht hatte sie ihn falsch verstanden und wartete dort bereits auf ihn.

Er wurde freundlich von einem der Kellner empfangen und zu dem von ihm reservierten Tisch geführt. Er blickte sich suchend um.

»Ich bin eigentlich hier verabredet. Ist eine Frau Lund hier gewesen oder hat eine Nachricht für mich hinterlassen?«

»Ach, die Katrin. Nein, Herr Huber, die war heute noch nicht hier.«

»Kennen Sie sie?«

»Aber ja, hilft ab und zu hier aus, wenn mal einer in der Küche krank ist.«

Gibt es eigentlich irgendjemanden in dieser Gegend, den Katrin Lund nicht kennt?, fragte er sich.

Er setzte sich.

»Mögen Sie vielleicht schon einen Aperitif, während Sie warten?«

»Ich nehme ein kleines dunkles Bier.«

»Bitte sehr. Bin gleich wieder bei Ihnen.«

Der Kellner rauschte ab.

Huber guckte auf sein Handy. Keine Nachricht von ihr. Sein Bier kam, und er nahm einen großen Schluck. Das tat gut gegen die Hitze.

Er beobachtete die anderen Gäste. Etliche Touristen, aber auch viele Einheimische, die sich am Freitagabend mal etwas gönnen wollten. Sie wurden hier behandelt wie alte Bekannte – was sie vielleicht auch waren.

Huber wartete eine Stunde, bestellte noch ein alkoholfreies Bier, schrieb Nachrichten an Katrin und versuchte noch ein paarmal, sie anzurufen. Dann orderte er die Rechnung, ohne etwas gegessen zu haben. Ihm war der Appetit vergangen. Jetzt hatte er endlich den Mut gefasst, und dann ließ sie ihn wieder hängen. Ihr Freund war bestimmt gekommen, und da hat sie ihre Verabredung einfach vergessen. Ihm schwirrte so allerlei Zeug im Kopf herum, und er kam zu der Erkenntnis, dass sie im besten Fall einfach unzuverlässig war.

Enttäuscht machte er sich auf den Heimweg.

18

Das Tageslicht drang durch Katrins geschlossene Augen. Sie fühlte sich, als ob sie die Flasche Prosecco allein ausgetrunken hätte. Hatte sie? Sie hatte einen Schädel, der gefühlt eine Tonne wog. Sie bekam kaum die Augen auf. Wo war sie? Sie blickte sich um. Telses Wohnung. Telses Sofa. Jemand hatte ihr eine Decke übergelegt. Wie spät war es? War sie so kaputt gewesen, dass sie ein Nickerchen gemacht hatte? Sie tastete nach ihrem Handy. Bildschirm schwarz, Akku leer. Sie stand vorsichtig auf. Ihr war ein bisschen schwindelig. Sie tapste im Zimmer umher, bis sie eine Uhr fand.

Sechs Uhr. Hatte sie tatsächlich drei Stunden geschlafen? Wenn sie sich beeilte, schaffte sie es, wenn auch verspätet, zu ihrer Verabredung mit Dirk Huber. Sie griff wieder zum Handy, um ihn anzurufen, bis ihr wieder einfiel, dass ihr Akku ja leer war.

»Scheiße!« Sie ließ sich wieder auf dem Sofa nieder. Sie versuchte, ihre Gedanken zu ordnen. Was war denn passiert?

In diesem Moment hörte sie die Wohnungstür. Dann lugte Telse um die Ecke.

»Ach, du bist schon wach? Seit wann denn?«

»Gerade eben.«

»Na, du bist ja ein Besuch«, zog Telse sie auf. »Kommst den weiten Weg nach Hamburg, um mit mir über alte Zeiten zu plaudern, und dann schläfst du hier einfach ein.«

»Ja … du … Entschuldige. Ich weiß gar nicht, was passiert ist.«

»Na, nichts ist passiert. Wir haben unseren Prosecco ausgetrunken, ich wollte mich kurz umziehen, komme wieder, und da lagst du da und warst nicht mehr wach zu bekommen. Aber jetzt frühstücken wir erst mal.«

»Frühstücken?« Katrin brachte nichts zusammen. »Ich denke, es ist sechs Uhr.«

»Ja, sechs Uhr morgens, meine Liebe.«

»Was?« Katrin stützte den Kopf in die Hände. »Ich begreife das nicht. Das heißt, ich habe hier fünfzehn Stunden geschlafen.«

»Ja, du scheinst es echt nötig gehabt zu haben.«

Katrin würde gleich nachher zu Henning Peters, dem Arzt der Kurklinik, gehen, um sich untersuchen zu lassen. Das war doch nicht normal.

Sie musste erst mal zum Klo. Als sie wieder zurückkam, waren ihre Gedanken ein bisschen klarer.

»Kannst du mir ein Ladekabel leihen? Mein Akku ist leer, und ich muss dringend ein paar Telefonate führen.«

Telse kramte in ihrer Schublade, steckte ein Kabel in die Steckdose neben der Tür und machte mit der Hand ein Zeichen, dass Katrin ihr das Telefon reichen sollte.

»So, und jetzt komm frühstücken, du Schlafmütze.«

Katrin lächelte schuldbewusst.

»Lässt du mich von deinem Telefon aus anrufen? Ich will mich in der Küche melden, dass ich mich verspäte.

Eigentlich wollte ich um sieben im Kurheim sein. Das kann ich jetzt knicken.«

Telse zeigte ihr das Festnetztelefon im Flur, und Katrin sagte kurz in der Küche Bescheid, dass sie gegen neun Uhr da wäre.

In Telses Küche war ein kleiner Tisch mit allem gedeckt, was man zum Frühstück brauchte. Es duftete nach Kaffee. Katrin sah mit Missbilligung, dass Telse einen dieser Kapselautomaten betätigte.

»Wie willst du deinen Kaffee? Schwarz, mit Milch, mit Zucker, mit beidem?«

»Danke, nur schwarz.« Sie sagte nichts weiter, setzte sich an den Küchentisch. Nach dem ersten Schluck Kaffee sortierten sich ganz langsam ihre Gedanken.

Selbst wenn der Alkohol ausnahmsweise eine dermaßen starke Wirkung auf sie gehabt haben sollte, war es doch nicht normal, fünfzehn Stunden durchzuschlafen ... und dann wie im Koma. Sie erinnerte sich an nichts.

Sie schüttelte den Kopf. »Ich habe tatsächlich so lange durchgeschlafen?« Sie blickte Telse fragend an.

»Na ja, so gegen Mitternacht bist du unruhig geworden, hast irgendetwas gemurmelt. Ich habe dich angesprochen, aber du hast nicht reagiert. Vielleicht hast du geträumt. Jedenfalls war mir klar, du brauchst deine Ruhe, und dann habe ich dich zugedeckt. Das Gästebett wäre sicherlich bequemer gewesen.«

Katrin nahm ein halbes Brötchen.

»Es tut mir leid, dass ich dir solche Umstände gemacht habe.« Sie strich sich Honig drauf. »Wieso bist du eigentlich schon so früh wach? Und das am Samstag?«

»Gerade am Samstagvormittag wollen viele Interessenten Wohnungen besichtigen. Arbeiten ja die Woche über. Und um acht habe ich den ersten Termin, und den nicht gerade um die Ecke. In Lurup.«

»Aha.« Katrin hatte das Bedürfnis, schnellstens von hier zu verschwinden. Die Situation war ihr wahnsinnig peinlich. Nach dem, was sie sich hier geleistet hatte, mochte sie auch keine weiteren Fragen mehr zu Emma oder zu Frederiksen stellen.

Sie stand auf. »Du, ich will dann auch los. Du musst dich sicher auch noch vorbereiten.«

»Reisende soll man nicht aufhalten.«

Katrin ging ins Wohnzimmer. Sie tippte den Code in ihr Handy, und tatsächlich war es schon so weit geladen, dass etliche Nachrichten aufpoppten: Mailbox, eingegangene Anrufe, WhatsApps, SMS; sie identifizierte hauptsächlich Nachrichten von Dirk Huber, der bestimmt stinksauer auf sie war, einen Anruf von ihrer Schwester, zweimal hatte Inken Thomsen versucht, sie anzurufen, aber keine Nachricht hinterlassen. Katrin zog den Stecker. Sie fühlte sich überfordert.

Telse wartete bereits an der Wohnungstür. Sie umarmten sich flüchtig. »Bis bald mal wieder«, sagte Katrin.

Telse antwortete nur: »Ja«, und lächelte schmal. Kaum hatte Katrin die erste Stufe hinab genommen, schloss sich die Tür hinter ihr.

Über Nacht hatte es etwas abgekühlt. Gegen die Schwüle der letzten Tage war die Luft dieser frühen Stunde geradezu erfrischend. Katrin hatte noch immer Kopfschmerzen. Sie kramte in ihrer Tasche nach Schmerztabletten. Für den Fall der Fälle hatte sie immer welche zum Kauen dabei. Sie brauchte sie nicht oft, und wenn, dann hauptsächlich wegen der Rückenschmerzen vom langen Stehen in der Küche.

Als sie nach etwa zehn Minuten ihr Auto erreicht hatte, setzte auch die Wirkung der Tabletten ein.

Sie hielt noch an einer Tankstelle, um sich eine Flasche Wasser zu kaufen. Gegen das Katergefühl.

Als sie auf der Autobahn war und sinnierte, wurde ihr klar, was sie so komisch an der morgendlichen Situation bei Telse gefunden hatte. Wenn sie sich vorstellte, dass sie an Telses Stelle gewesen wäre, wäre sie besorgt um den Zustand ihres Gastes gewesen. Denn wie auch immer: Fünfzehn Stunden schlafen war nicht normal. Aber von Telse war diesbezüglich gar nichts gekommen. Kein Nachfragen, kein Angebot von Unterstützung, im Gegenteil, Katrin hatte das Gefühl, Telse wollte sie so schnell wie möglich loswerden. Andererseits: Sie hatte sich als Gast auch unmöglich benommen. Vielleicht fühlte sich Telse beleidigt. Wer weiß, was sie für Erwartungen an ihr Treffen gehabt hatte?

Katrins Gedanken drehten sich im Kreis. Sobald sie in der Küche war, wollte sie Huber anrufen. Dann war er sicherlich schon wach.

Um Punkt neun Uhr fuhr sie auf den Parkplatz des Kurheims.

Als Huber im Büro eintraf, war sein Kollege noch nicht da. Also gut, er stellte sich vor die Falltafel, in der Hoffnung auf eine Eingebung.

Da hingen sie, die Fotos von Emma, von Inken und Sören Thomsen, von Jan Frederiksen, von den Klimaschützern, von Hauke Janssen ... und sie sagten ihm nichts. Sein Gehirn war wie blockiert.

Die Bürotür öffnete sich.

»Moin, Dirk.« Harmsen sah wieder aus wie immer, und wie immer trug er ein kariertes Hemd und eine Jeans. Er stellte sich neben Huber. »Vielleicht sollten wir noch mal von vorne anfangen. Alles runter und zu jeder Person alles zusammentragen, was wir bis jetzt haben.«

Huber nickte und ging auf die Tafel zu.

»Moment mal, ich mach erst mal ein Foto davon.« Harmsen zückte sein Handy und fotografierte den derzeitigen Stand auf der Falltafel.

Ein Polizist betrat, ohne anzuklopfen, das Büro.

»Entschuldigung, aber gerade ist die Meldung über eine Leiche reingekommen. In St. Peter-Ording. Nordsee-Golfclub.«

Huber und Harmsen blickten sich an. Sie ließen die Falltafel Falltafel sein und schnappten sich ihre Sachen.

»Die Staatsanwaltschaft rufen wir von unterwegs aus an«, meinte Huber.

»Dein persönlicher Freund Jessen-Nissen freut sich bestimmt, wenn du ihn aus seinem Wochenende holst.«

Huber grinste schief.

»Eigentlich könnten wir uns ein Zimmer in SPO nehmen, so oft, wie wir dahin gurken.« Harmsen grinste ebenfalls.

Als sie eine Dreiviertelstunde später auf den Parkplatz des Golfclubs einbogen, sahen sie schon das Aufgebot der Rechtsmedizin, Kriminaltechnik und Spurensicherung. Der Zugang zum Golfplatz war mit Flatterband abgesperrt. Die Polizei hatte Mühe, Touristen und Golfspieler fernzuhalten.

Böge stand am Flatterband und hob es an, als er Huber und Harmsen sah. Sie schlüpften hindurch.

»Wissen wir, wer die Leiche ist?«, fragte Harmsen.

»Wir waren als Erste vor Ort.« Böge deutete auf seinen Kollegen. »Wir haben außer der Leiche, im Übrigen weiblich, nichts weiter angerührt. Sie lag in einem der Gewässer auf dem Bauch, und wir haben sie nur herausgezogen, um zu prüfen, ob sie tatsächlich tot ist. Aber der Rechtsmediziner hat sicherlich schon neuere Erkenntnisse.«

Der kniete an der Leiche. »Moin, Klaus. Du selbst vor Ort?« Huber legte Wegener die Hand auf die Schulter.

»Moin. Ja, ich bin auf einer Fahrradtour um Eiderstedt. Und als ich von der Leiche hörte«, er deutete auf sein Notrufgerät am Handgelenk, »… dachte ich, ich schau mal selbst.« Er stemmte sich hoch und trat beiseite. »Wie ihr seht, ist das Inken Thomsen. Die Mutter des Mädchens.«

»Na, da habe ich doch schon eine Idee«, meinte Harmsen.

»Nun mal nicht so schnell mit den jungen Pferden, Harm. Jetzt lass es uns mal nüchtern betrachten.«

»Nüchtern betrachtet ist doch Sören jetzt der Nutznießer des Vermögens von Frederiksen. Emma tot. Seine Frau tot.«

»Man könnte es auch so sehen: Er hat nun alles verloren, was er liebte.« Huber wandte sich wieder an Wegener. »Wann war denn der Todeszeitpunkt? Und die viel wichtigere Frage: War es Fremdeinwirkung?«

»Zum Todeszeitpunkt kann ich so konkret noch nicht

werden. Die Leiche lag im Wasser. Ich vermute, gestern Abend. Aber Fremdeinwirkung war es in jedem Fall.« Wegener rollte die Leiche auf die Seite und deutete auf eine Kopfwunde. »Stammt ziemlich eindeutig von einem Golfschläger.«

»Habt ihr den schon gefunden?«, fragte Huber in die Runde.

Allgemeines Kopfschütteln.

»Es fehlt ein Sandeisen. Das braucht jeder Golfspieler. Und das ist das einzige Eisen, das in der Golftasche von Inken Thomsen fehlt.«

»Ach, der Herr Rechtsmediziner spielt Golf?« Harmsen grinste Huber an. »Wir haben eindeutig den falschen Beruf.«

Wegener zog die Brauen hoch. »Gut, dass du frei von Vorurteilen bist, Harm.«

Harmsen blickte sich um. »Ist aber unbestritten ein schönes Gelände. Das muss ich zugeben.«

Huber folgte Harmsens Blick. Eine weitläufige Anlage mit Teichen und Büschen, die sich direkt an den Deich schmiegte. Kleine Hügel, bewachsen mit Heide, und ein paar kleine Gewässer lockerten die Anlage auf, sorgten aber auch dafür, dass man selten den gesamten Platz einsehen konnte. So ein Golfplatz strahlt immer Frieden aus, dachte er.

Und dann ein Mord.

»Im Teich, in dem die Tote lag, habt ihr wahrscheinlich auch schon nach dem Schläger gesucht.« Huber guckte wieder in die Runde.

»Ist ja nicht so tief. Da war nichts.« Wegener zog seine Handschuhe aus.

»Aber das Schilf am Ufer ist ja ziemlich unübersichtlich.« Harmsen reckte den Hals.

»Das haben wir alles abgesucht«, sagte ein Kollege von der KTU mit Nachdruck.

»Für mich gibt es hier erst mal nichts weiter zu tun. Alles Weitere muss ich im Institut machen.« Wegener schälte sich aus dem Overall. »Ich radle jetzt meine Runde weiter. Wir sehen uns morgen.« Er marschierte zur Absperrung.

»Na, dann wollen wir mal Zeugen befragen.« Huber griff in seine Hemdtasche und holte Block und Stift hervor. Er setzte sich in Bewegung.

Das Vereinslokal im ersten Stock bot genügend Platz, um die Befragungen durchzuführen. Sie setzten sich jeder an einen der Tische und baten Böge, die Angestellten und wer sich sonst noch auf dem Gelände aufgehalten hatte, einen nach dem anderen zu ihnen hochzuführen.

Der Kellner fragte, ob sie einen Kaffee wollten. Huber und Harmsen antworteten wie aus einem Mund: »Ja.«

Huber nahm sich kurz die Zeit, seinem Sohn eine Nachricht zu schreiben, dass er ihn wegen eines neuen Mordes nicht abholen könne und er sich ein Taxi nach Hause nehmen solle. Bargeld dafür liege im Flur in der oberen Schublade der Kommode. Tom würde die Nachricht hoffentlich gleich sehen, wenn er gelandet war.

Der erste Zeuge war der Clubpräsident Rolf Mergenthaler.

Nachdem Huber die Personalien aufgenommen hatte, stellte der Kellner den noch dampfenden Café Crème vor ihm ab. Huber nahm den ersten Schluck mit

Genuss. Sein Mobiltelefon brummte. Ein kurzer Blick verriet ihm, dass eine Nachricht von Katrin Lund eingegangen war. Ein kurzer Anflug von Groll stieg in ihm auf, dann fokussierte er sich wieder auf sein Gegenüber.

»Waren Sie gestern Abend auf dem Platz?«

»Nein, ich bin Rentner. Da genieße ich das Privileg, während der Woche spielen zu können.«

»Gibt es eine Überwachungskamera für den Platz?«

»Nein. Natürlich nicht! Nur unten bei den Spinden mit den Caddys. Sonst müssten wir wer weiß wie viele Masten mit Kameras aufstellen. Sie sehen ja selbst, dass das Gelände an manchen Stellen recht unübersichtlich ist. Und das hat seinen Grund.«

»Wissen Sie, ob gestern viel los war?«

»Ich glaube, tagsüber in jedem Fall nicht. Es ist einfach zu warm im Moment. Da mag sich doch niemand bewegen. Und abends war ein großes Konzert im Dünen-Hus. Da sind bestimmt etliche von uns gewesen.«

Nachdem Huber einige weitere Personen befragt hatte, brummte sein Telefon erneut. Diesmal war es die Dienststelle in Husum. Zu der Zeugin gewandt: »Einen kleinen Moment bitte.« Dann ging er ans Telefon.

»Hier wartet schon seit einer halben Stunde ein Herr Thomsen mit seiner Anwältin. Kommissar Harmsen hätte ihn herbestellt. Aber der geht nicht ans Telefon.«

»Alles klar. Danke für die Info. Ich kümmere mich.« Huber drückte das Gespräch weg.

»Entschuldigen Sie«, sagte er zu der Zeugin, »wir sind so weit fertig. Wenn ich noch Fragen habe, melde ich mich bei Ihnen.«

Er ging zu Harmsen. »Wir müssen los. Der Thomsen sitzt bei uns. Mit seiner Anwältin.«

Harmsen blickte ihn erstaunt an. »Mit einer Anwältin? Na, das verspricht ja spannend zu werden.«

Als sie die Treppe hinuntergegangen waren, stellte sich Mergenthaler ihnen in den Weg. »Wann können wir denn den Platz wieder öffnen?«

»Heute auf keinen Fall mehr. Ich sage Ihnen Bescheid, sobald wir die Untersuchung vor Ort beenden können.«

Katrin räumte die Spülmaschine ein.

»Lassen Sie mich das doch machen, Chefin.« Klaus, den sie gestern noch gerügt hatte, stand neben ihr. »Ihnen geht's doch nicht gut. Das sehe ich.« Katrin war dankbar für das Angebot und überließ ihm wortlos das Geschirr. Sie fühlte sich tatsächlich noch nicht besser. Das Gehirn arbeitete auf Sparflamme. Was Huber wohl über sie denken würde? Nun hatten sie endlich eine Verabredung, und dann das … Er glaubt bestimmt, ich veräppele ihn, dachte sie.

Sie ging in ihr Büro und machte sich einen starken Espresso. Während die Maschine auf Temperatur kam, blickte sie versonnen aus dem Fenster. Sie versuchte krampfhaft, sich an irgendetwas aus der letzten Nacht zu erinnern.

Die Maschine war so weit, wie sie an dem grünen Leuchten erkennen konnte. Sie presste den Espresso aus dem Siebträger, tat ein Stück braunen Zucker hinein und setzte sich mit dem rettenden Gebräu zurück an den Schreibtisch. Dann griff sie zum Hörer und rief Henning Peters an. Er hatte ihr schließlich angeboten, dass sie ihn am Wochenende konsultieren könne.

»Ja, komm rüber. Am besten jetzt gleich. Ist gerade tote Hose hier.«

Katrin stürzte ihren Espresso hinunter und machte sich auf den Weg. Sie rief in die Runde: »Wenn etwas ist, ich bin bei Doktor Peters.«

»Alles klar, Chefin«, antwortete Klaus.

Die Ärzte waren in einem anderen Haus untergebracht, und so musste sie das Gelände queren. Sie traf ein paar Kurgäste, alle grüßten sie freundlich, niemand verwickelte sie in ein Gespräch. Man kann auch mal Glück haben, dachte sie.

Sie klopfte an die Tür des Arztzimmers von Peters.

»Komm rein«, rief er von innen. »Du siehst ja schrecklich aus«, sagte er bei ihrem Anblick.

»Danke für die herzliche Begrüßung.« Katrin rang sich ein Lächeln ab. »Aber im Ernst, ich habe ja einen Grund, dass ich zu dir komme.«

»Und der wäre?« Er stand auf und umarmte sie kurz. »Setz dich doch.«

»Ich weiß nicht, was mit mir los ist. Ich fühle mich in letzter Zeit so schlapp. So kenne ich mich gar nicht. Wenn ich abends mein Glas Wein trinke, falle ich sofort wie ins Koma. Irgendwie ist meine Energie raus.«

»Na, das wundert mich nicht, so viel, wie du ackerst. Du hast dein Häuschen renoviert, dann die Verantwortung für deine Mutter im letzten Jahr. Du bist doch diejenige, die die Fahne der Familie hochhält … Das summiert sich. Und irgendwann meldet sich eben der Körper.«

»Aber ich hatte jetzt gerade eine Woche frei. Gestern war ich zum Beispiel bei einer alten Schulfreundin in Hamburg. Okay, wir hatten schon am Nachmittag einen, nein, zwei Prosecco. Aber ich bin da einfach bei der auf dem Sofa eingeschlafen und heute Morgen erst wieder wach geworden. Das ist doch nicht normal.«

Peters schaute sie eindringlich an. »Nein, das ist tatsächlich nicht normal.«

Er rollte mit seinem Stuhl hinter dem Schreibtisch hervor.

»Ich würde gern einen Check mit dir machen. Also Abhören, Abtasten, EKG, Blutdruck, Urin und Blutuntersuchung. Hast du Zeit?«

»Ja, meine Leute wissen, wo ich bin, falls was ist.«

»Na, dann mach dich mal frei.« Er deutete auf einen Paravent in der Ecke des Sprechzimmers. »Deinen BH und Slip kannst du anbehalten.«

Katrin war erleichtert. Sie hatte doch Scheu, sich ihm völlig nackt zu präsentieren. Sie waren schließlich mal zusammen aus gewesen.

Sie entkleidete sich noch, als er sie fragte: »Nimmst du irgendwelche Medikamente? Oder Nahrungsergänzungsmittel?«

»Nein, außer eben mal ein Glas Wein. Das gilt für mich als Nahrungsergänzungsmittel … zum Abendessen.«

Sie lugte hinter dem Paravent hervor und grinste ihn an. Er erwiderte ihre Bemerkung mit einem Lachen. »So kennen wir dich, immer einen flotten Spruch auf den Lippen.«

»Das ist die Weisheit des Alters.« Sie trat hervor.

Peters bedeutete ihr, sich auf die Liege zu setzen. Er ließ sich neben ihr nieder.

»Na, nun mach aber mal halblang. Du hast doch noch kein Alter!«

»Ich gehe mit Riesenschritten auf die fünfzig zu.«

»Jetzt mal nicht sprechen.« Er klemmte sich sein Stethoskop in die Ohren. »Atme bitte ein paarmal tief ein und aus.« Er zog die Stöpsel wieder heraus. »Machst du Sport?«

»Nichts weiter, außer meistens mit dem Fahrrad zur Arbeit und wieder nach Hause.«

»Das ist doch schon mal was.« Peters rutschte von der Liege, ging zu seinem Schreibtisch und tippte etwas in seinen Computer ein.

»Das heißt, deine Ausdauer ist gut, oder?«

»Ich habe nichts bemerkt. Allerdings schwindet allmählich meine morgendliche Motivation, aufs Rad zu steigen.«

Er tippte wieder etwas ein.

»Du weißt aber schon, dass regelmäßiger Alkoholkonsum ein Energieräuber ist?«

»Echt jetzt, Henning? *Ein* Glas Wein abends? Na ja, auch mal zwei …«

»Die Regelmäßigkeit ist ausschlaggebend. Versteh es als Mahnruf.«

»Aber das kann es doch nicht sein, das dazu führt, dass ich nach zwei Gläsern Prosecco fünfzehn Stunden durchschlafe.«

»Da hast du recht. Fünfzehn Stunden …«, wiederholte er. »Das kann eigentlich nicht sein.«

Er ließ ihr Wasser in ein Glas ein und reichte es ihr. »Hier. Damit du nachher genügend Urin hast, um zu pinkeln.«

Katrin schluckte gierig das Wasser hinunter. »Ich glaube, der Espresso eben musste verdünnt werden. Ich habe tatsächlich Durst. Andererseits, wenn ich mir vorstelle, ich habe so lange Zeit nichts getrunken, auch kein Wunder.«

Wieder machte sich Peters Notizen. »Hast du häufiger Durst?«

… Und so ging es weiter

»Wie wollen wir bei Thomsen vorgehen? Was vermutest du, Dirk? Weiß er schon vom Tod seiner Frau? Konfrontieren wir ihn gleich damit – wenn er es nicht eh schon weiß? Oder bleiben wir erst mal bei seiner Tochter?« Harmsen brannte, das merkte Huber. Sein Kollege trommelte vor Ungeduld mit den Fingern aufs Lenkrad.

»Soll ich lieber fahren?« Huber blickte mit gerunzelter Stirn auf Harmsens Hände.

»Wieso?« Harmsen bemerkte Hubers Blick. »Ach so … nee, lass mal. Du weißt ja, wenn es mich in den Fingern juckt …« Er grinste breit und hielt die Finger still. Huber entspannte sich wieder.

»Lass uns doch einfach abwarten. Wir kriegen schon mit, worauf er hinauswill. Und da greifen wir dann ein. Einbestellt haben wir ihn ja wegen Emma. Da fangen wir erst mal an, und dann schauen wir weiter. Wir halten es so vage wie möglich. Durch Verunsicherung sind wir ja schon so mancher Straftat auf die Schliche gekommen. Obwohl das Motiv, seine Frau umzubringen, stärker ist als das, die eigene Tochter ermordet zu haben.«

»Aber um Gier geht es in jedem Fall. So oder so.«

Sie konnten sich aufeinander verlassen, waren ein eingespieltes Team, die Rollen bei der Befragung waren klar.

Als die den Flur zu ihrem Büro entlanggingen, sahen sie schon die Anwältin Lena Kerr und ihren Mandanten Sören Thomsen, die gemeinsam vor ihrem Büro saßen und sich an ihren Kaffeebechern festhielten.

»Guten Morgen, Herr Huber.« Dann an Harmsen gerichtet: »Guten Morgen, Herr Harmsen.« Lena Kerr richtete sich auf.

»Kommen Sie doch gleich mit rein, Frau Kerr, Herr Thomsen.« Harmsen hielt ihnen die Tür auf. Huber folgte als Letzter.

Huber bedeutete Kerr und Thomsen, Platz zu nehmen, und Harmsen schaltete ihre beiden PCs ein.

Er begann sogleich mit der Befragung. »Herr Thomsen, haben Sie uns nicht noch etwas zu sagen?«

Thomsen rückte auf seinem Stuhl zurück und guckte Harmsen erstaunt an. »Was meinen Sie?«

»Ich meine die Aussage Ihr Alibi betreffend.« Harmsen tat beiläufig. Er tippte auf seiner Tastatur herum.

»Wieso? Was ist denn mit meinem Alibi?« Thomsen konterte jede Frage mit einer Gegenfrage. Es war eindeutig, dass er versuchte herauszufinden, was hier lief.

Harmsen zog die Brauen hoch, stützte die Unterarme auf seinem Schreibtisch ab und wurde lauter: »Wie lange, meinen Sie, sollen wir das hier noch spielen?«

Thomsen erschrak und blickte seine Anwältin an. Die nickte beinahe unmerklich und schloss kurz die Augen.

Huber kannte diese Geste von ihr als Aufforderung, die Wahrheit zu sagen. Augenblicklich grätschte er hier wieder auf seine sanfte Tour ein. »Sie machen es uns allen und, glauben Sie mir, auch sich selbst leichter, wenn Sie die Wahrheit sagen. Zumal jetzt noch der Tod Ihrer Frau hinzukommt und wir Sie für zwei Morde verdächtig halten.«

»Was?«, schrie Thomsen. Seine Augen traten hervor, er wurde blass. Dann trat Schweiß auf seine Stirn. Auch Lena Kerr wurde unruhig.

»Meine Frau ist tot?«, schrie Thomsen wieder. »Was soll denn das?« Ungläubig blickte er von Harmsen zu Huber und dann wieder zu Lena Kerr.

Huber und Harmsen warteten ab.

Und wie erwartet machte Thomsen weiter. »Ich hab doch meine Frau nicht umgebracht! Wir haben doch gestern noch telefoniert und uns für eine Aussprache verabredet.«

»Wann war denn das?«

»Das muss um sechs rum gewesen sein.«

Lena Kerr mischte sich ein: »Herr Huber, Herr Harmsen, ich muss Sie dringend bitten, mir die Möglichkeit zu geben, mich mit meinem Mandanten zu besprechen. Das sind völlig neue Bedingungen.«

Thomsens Hände zitterten. »Kann ich bitte ein Glas Wasser haben?«

Huber stand auf, nahm ein Glas aus dem Sideboard und goss Thomsen Mineralwasser ein. Der trank mit gierigen Schlucken das Glas leer.

Er sackte auf seinem Stuhl zusammen. Er schlug die Hände vors Gesicht und schluchzte. Er stammelte: »… alles verloren« … »kann doch nicht sein«. Dann blickte er auf und schrie wieder: »NEIN! Ich habe niemanden umgebracht. Und das mit meiner Tochter …«

»Ich unterbreche das jetzt hier!« Lena Kerr sprang auf, sodass ihr Stuhl hinten wegkippte. Zu ihrem Klienten: »Herr Thomsen, Sie müssen sich beruhigen.« An Huber gewandt: »Ich möchte fünf Minuten, um mich mit meinem Mandanten zu besprechen.«

Harmsen blickte Huber an, zuckte mit den Schultern, und die beiden verließen ihr Büro.

»Hier verlässt keiner das Büro, bis wir wieder zurück sind«, sagte Harmsen zu dem Wachhabenden, der neben der Bürotür saß.

»Alles klar«, antwortete der nur.

Im Gleichschritt marschierten Huber und Harmsen zum Kaffeeautomaten und ließen sich jeder einen Becher volllaufen.

»Was meinst du?« Huber nahm einen Schluck und verzog das Gesicht. »Die Nachricht vom Tod seiner Frau hat ihn doch ziemlich überrascht.«

Allmählich hatte Katrin sich wieder im Griff. Arbeit half. Arbeit half gegen vieles: gegen Traurigkeit, gegen schlechte Laune – es sei denn, die Arbeit war die Ursache für schlechte Laune, gegen Liebeskummer, gegen Kater und vor allem gegen Grübeln. Und so hatte sie denn auch bald die Gedanken an ihren merkwürdigen Aufenthalt bei Telse beiseitegeschoben.

Aus dem Speisesaal drang ein immer lauter werdendes Gemurmel zu ihr in die Küche hinüber, begleitet vom Gescharre der Stühle und vom Klirren des Bestecks und Klappern des Geschirrs. Sie wartete noch einen kurzen Moment ab und begann dann ihre übliche Runde unter den Kurgästen.

Bernd Uhland winkte sie zu seinem Tisch heran.

»Ich muss sagen, das hat mir richtig gut gefallen vorgestern. Ich freue mich schon auf unser nächstes Kochtreffen.«

»Haben Sie denn alles gut vertragen?«

»Sehr gut. Sogar mein Gerumpel in der Plauze«, er klopfte sich wieder auf seinen Bauch, »ist weniger geworden.«

Seine missmutige Tischnachbarin verzog das Gesicht und drehte sich weg.

Bernd Uhland reagierte sofort. »Was ist?«, fragte er sie.

»Daran brauchen Sie uns hier am Essenstisch nicht alle teilhaben zu lassen.« Die Tischnachbarin schüttelte pikiert den Kopf.

»Ich komme aus dem Journalismus. Da benennt man die Dinge beim Namen.«

Er wandte sich wieder Katrin zu. »Ich habe im Plan gesehen, dass wir am Dienstag gleich weitermachen. Wunderbar!« Er strahlte sie an. »Sie können einen so richtig motivieren.«

Katrin ging das Herz auf. Wenn nur einer aus einer Gruppe so begeistert war wie dieser Mann, dann hatte sie ihren Job gut gemacht. Jeden Kurgast mit guter und gesunder Ernährung zu missionieren hatte sie vor Jahren schon aufgegeben. Sie war schließlich keine Zauberin.

»Ich bleibe ja vier Wochen«, sagte Bernd Uhland, »und da habe ich mich gleich gestern hier zum Golfen angemeldet. Die haben so eine Probemitgliedschaft. Und ich dachte mir, ich fange mal nicht so streng an. Sanfte Bewegungen an der frischen Luft sind bestimmt gut für mich.« Er lockte sie mit seinem Zeigefinger näher zu sich heran. »Wissen Sie schon, dass da auf dem Golfplatz heute Morgen eine Leiche gefunden wurde? Ich dachte, ich lege gleich heute los. Ich kam gar nicht auf den Platz, weil alles abgesperrt war. Da waren Polizei und Arzt und das ganze große Aufgebot, das den Platz okkupierte.«

»Was? Schon wieder eine Leiche?«, entfuhr es Katrin.

»Wieso schon wieder?«, fragte Bernd Uhland.

Jetzt schaltete sich Madame Hochnäsig wieder ein. »Na, wissen Sie es denn noch nicht? Am Montag wurde hier quasi bei uns vor der Tür die Leiche eines Mädchens gefunden.«

»Na, da muss man sich ja überlegen, ob man hier in St. Peter-Ording als Kurgast noch sicher ist.« Entweder war es Uhlands Frohnatur oder er schien das alles nicht sonderlich ernst zu nehmen.

»Das ist leider überhaupt nicht witzig!« Die Stimme der Tischnachbarin erhob sich schrill.

Uhland räusperte sich.

Katrin wollte eine Eskalation vermeiden. »Die Leiche war eine Freundin meiner Nichte. Kein Kurgast. Da scheint es andere Gründe zu geben, als dass es jemand auf Kurgäste abgesehen hat.«

Die Frau wandte sich wieder ihrem Essen zu.

»Trotz der schlimmen Nachricht: Lassen Sie es sich schmecken.«

»Da brauchen Sie bei mir keine Angst zu haben. Bevor mir der Appetit vergeht, muss Schlimmeres passieren.« Bernd Uhland versuchte ein Lachen.

Katrin sparte sich die restlichen Tische. Sie hatte so eine Ahnung, dass die neue Leiche mit Emmas Tod zusammenhängen könnte. Sie ging in ihr Büro und versuchte, Huber zu erreichen. Der ging nicht ran. Wahrscheinlich war er schon in Untersuchungen involviert, dachte sie, oder er hasst mich, weil ich ihn versetzt habe. Sie wollte ihn nicht nerven, wollte aber doch wissen, um wen es sich bei der Leiche handelte.

Sie überlegte. Rudi. Wenn jemand die neuesten Nachrichten aus St. Peter-Ording wusste, war es Rudi.

Sie wählte seine Nummer, und er nahm sofort ab. »Ich habe schon mit deinem Anruf gerechnet, mein Mädchen. Du hast es also schon gehört?«

»Ja, gerade eben. Weißt du Genaueres?«

»Herr Thomsen hat Ihnen etwas zu sagen.« Lena Kerr schaute auf Sören Thomsen, der an seinem Becher herumknetete.

Huber und Harmsen wechselten einen Blick.

Dann hob Thomsen seinen Kopf. »Ich möchte Ihnen sagen, dass ich für den Tod von Emma verantwortlich bin.«

Huber war fest davon ausgegangen, dass Thomsens Aussage den Mord an seiner Frau betraf. Aber der Mord an seiner eigenen Tochter …! Er war sprachlos, blickte Harmsen an. Dem schien es ebenso zu gehen. Ratlosigkeit. Überraschung. Beide brauchten einen Moment, um ihre Gedanken zu sortieren.

»Dann erzählen Sie doch mal.«

»Sie können jederzeit eingreifen, Frau Kerr, wenn Sie es für nötig halten«, sagte Huber zu Katrins Schwester.

Harmsen war kurz irritiert, wandte sich dann wieder Thomsen zu. »Wollen wir dann?«

Thomsen setzte sich gerade hin.

Er strahlte mit einem Mal eine innere Ruhe aus. Das hatte Huber schon häufiger bei Tätern erlebt, die sich entschlossen, endlich eine Tat zu gestehen. Als ob eine Bürde von ihnen abfiel.

»An dem besagten Abend hatten wir wieder unseren üblichen Streit über ihre Klimaschützer und meine Arbeit. Sie hielt mich persönlich dafür verantwortlich, dass jährlich einhunderttausend Vögel durch Windräder sterben, darunter natürlich auch seltene Arten, wie Schreiadler und so. Auch Fledermäuse werden zuhauf Opfer von Windrädern. Das wissen wir, und wir arbeiten daran, das zu berücksichtigen. Es gibt Ideen, die Windkraftanlagen so zu programmieren, dass sie sich automatisch ausschalten, wenn Vögel oder Fledermäuse den Rotorblättern zu nahe kommen. Aber das ist noch nicht ausgereift.«

»Sie müssen sich vor uns nicht rechtfertigen. Kommen Sie bitte zurück zum fraglichen Abend.« Huber wollte hier keine Diskussion über Sinn und Unsinn von Windrädern führen. Das war nicht der richtige Moment und nicht der richtige Ort.

Huber kamen die Bilder in Erinnerung, wie Thomsen sich abgewandt hatte: bei den Eheleuten zu Hause, als Harmsen und er sie über den Tod ihrer Tochter informierten; in der Gerichtsmedizin, als sie ihre Tochter identifizieren mussten.

»Aber ich will, dass Sie mich verstehen!« Thomsen klang verzweifelt. »Jedenfalls lief sie weg. Wie immer.

Sie wollte es einfach nicht begreifen. Das ist mein Beruf, damit ernähre ich die Familie … Ich dachte, sie will entweder wieder zu meinem Schwiegervater oder zu ihrem Freund, diesem Hauke Janssen, oder zu diesen Fortschrittsverweigerern. Die haben sie doch erst zu diesen Ansichten gebracht, diese scheiß Klimaschützer.« Er spuckte das Wort mit Verachtung aus. »Ich bin ihr also hinterher – mit dem Auto. Es fing an zu nieseln. Das war mein Glück. Denn ich sah sie an der überdachten Bushaltestelle am Gymnasium. Sie saß da ganz allein und wischte auf ihrem Handy rum. Als ich mich ihr näherte, sprang sie auf. Sie war immer noch wütend. Ich übrigens auch. Sie hörte nicht auf, mir Vorwürfe zu machen. Sie griff sich ihren Rucksack und wollte aufs Rad steigen und wieder flüchten. Ich bekam das Rad am Gepäckträger zu fassen. Dann kippte sie damit um und schlug mit dem Kopf auf das Rohr am Abfalleimer neben der Haltestelle.« Thomsen vergrub sein Gesicht in den Händen. »Es war so furchtbar, wie sie da draufknallte, abrutschte und dann auf dem Boden lag. Und sich nicht mehr bewegte. Ich schüttelte sie, ich schrie auf sie ein. Es war niemand da, der helfen konnte. Ich hockte da, mit ihrem Kopf in meinem Schoß, und überlegte, was ich tun sollte. Und dann funktionierte ich in meiner Panik wie automatisch. Ich trug sie in den Kofferraum, klemmte ihr Rad am Fahrradhalter des Autos hinten fest. Es waren Ferien, da lasse ich den immer dran, weil wir öfter mal mit dem Rad unterwegs sind. Und dann bin ich wie ferngesteuert zum Wäldchen Im Bad gefahren und hab sie dort abgelegt und zugedeckt. Wie durch ein Wunder ist mir niemand begegnet.«

Hier hörte Sören Thomsen auf.

Huber war erschlagen von diesem Geständnis.

»Wie Sie sehen, meine Herren, handelt es sich um einen Unfall. Es ist zwar eine schreckliche Tragödie, aber es ist in keinem Fall eine absichtliche Tötung.« Lena Kerr hatte ebenfalls alles mitgeschrieben.

Huber und Harmsen wechselten wieder Blicke, konnten ihre Verblüffung kaum verbergen, waren sie doch beide davon ausgegangen, er würde den Mord an seiner Frau gestehen.

Vielleicht schiebt er diesen Unfall vor, um von der viel schwereren Tat abzulenken, dachte Huber.

»Wir werden die Kriminaltechnik beauftragen, die Bushaltestelle und den Mülleimer auf Blutspuren zu untersuchen.« Huber griff zum Telefon.

Harmsen schaltete sich ein. »Was haben Sie denn mit dem Fahrrad gemacht? Haben Sie das auch verschwinden lassen?«

»Nein, das habe ich beim Bahnhof abgestellt. Da stehen immer so viele Fahrräder, auch nachts. Ich dachte mir, dass Emmas Rad nicht auffällt. Bis ich weiß, was ich damit machen soll.«

»Das heißt, es steht immer noch dort?«

Thomsen nickte.

Harmsen gab Huber ein Zeichen, das Telefonat kurz zu unterbrechen. Der blickte auf. »Sag denen doch gleich, dass sie Emmas Fahrrad beim Bahnhof abholen und untersuchen sollen.«An Thomsen gewandt: »Gibt es ein Erkennungsmerkmal an Emmas Fahrrad?«

»Ja, sie hat den Lenker mit regenbogenfarbenem Tape umwickelt.«

Huber gab die Information gleich weiter an die KTU.

Harmsen druckte Thomsens Aussage aus und legte sie ihm zur Unterschrift vor.

Nachdem Thomsen unterschrieben hatte, fragte er: »Was geschieht denn nun?«

Huber übernahm den nächsten Schritt. »Herr Thomsen, wir sind leider noch nicht fertig.«

Sören Thomsen blickte ihn verwirrt an. »Aber ich habe Ihnen doch alles gesagt.«

»Wir müssen noch über den Mord an Ihrer Frau sprechen.«

»Wir werden hier jetzt über gar nichts mehr sprechen, meine Herren.« Lena Kerr stand auf und packte ihre Unterlagen in ihren Aktenkoffer. »Wir sind hier erst mal fertig.« An die Kommissare gewandt: »Sie haben sicherlich noch keinerlei Beweise, um meinen Mandanten weiterhin festzuhalten. Den Unfallhergang hat er Ihnen geschildert, und eine Anklage wegen Mordes an Inken Thomsen liegt nicht vor. Also werden wir jetzt in meine Kanzlei gehen, und ich werde in Ruhe«, dabei blickte sie zu Harmsen, »mit Herrn Thomsen beraten, wie wir weiter verfahren werden. Er wird sicherlich ein Alibi für die Tatzeit haben.«

Auch Sören Thomsen stemmte sich vom Tisch hoch.

Lena Kerr legte nach. »Und Sie beide wissen ja sicher noch nichts zum konkreten Todeszeitpunkt.«

Sie drehte sich um, packte ihren Mandanten bei der Schulter, und sie verließen das Büro.

»Die Tote ist offenbar Emmas Mutter Inken.« Rudi räusperte sich. »Das wird dem Jan den Boden unter den

Füßen wegziehen. Erst das Desaster seiner ersten Tochter und nun das.«

»Was meinst du mit dem Desaster seiner ersten Tochter?«

»Na, dass sie ihn beschuldigt hat, sich an ihr vergangen zu haben. Bis heute hat er immer wieder versucht, einen Weg zu ihr zu finden, um diesen Vorwurf zu klären.«

»Ich war gestern bei ihr. Da hat sie mir auch so was erzählt.«

»Du warst bei Telse?«

»Wir sind ja zusammen zur Schule gegangen. Auf der Ausstellungseröffnung hat sie mich doch angehauen. Sie wollte sich mit mir treffen. Da dachte ich, vielleicht finde ich etwas heraus.«

»Und? Hast du was herausgefunden?«

»Allerdings. Von diesen Vorwürfen gegen ihren Vater hat sie mir auch erzählt. Auch dass Sören sich mit ihr gegen deinen Freund Jan verbündet hat.«

»Hat sie also auch bei dir ihr Gift versprüht.«

»Kann man so sagen. Was ich im Nachhinein merkwürdig finde, ist, dass sie auf der Eröffnung so vertraut mit Jan Frederiksen tat.«

»Das kann ich dir sagen. Sie ist scharf auf sein Erbe. Und sie weiß, wie sie ihren Vater um den Finger wickeln kann. Er ist immer fast dankbar, wenn sie nett zu ihm ist. Das ist etwas, was ich nicht begreifen kann, dass er immer wieder auf sie reinfällt.«

»Er ist schließlich ihr Vater.«

»Ja, genau. Er möchte, dass sie ihm verzeiht. Aber was soll sie verzeihen, frage ich dich? Sie ist doch diejenige, die solche Gerüchte über ihn in die Welt gesetzt hat. Ich lege meine Hand für diesen Mann ins Feuer. Eigentlich müsste sie ihn um Vergebung bitten.«

Katrin hörte, wie am anderen Ende der Leitung ein Feuerzeug angeschnipst wurde. Und sie hörte die Zigarette knistern, als Rudi lange daran zog.

»Ich reg mich allein schon beim Gedanken daran auf. Der Mann ist nicht zur Vernunft zu bringen. Er liebt Telse, nur weil sie seine Tochter ist. Er ist total blind für die Falschheit, die in dieser Frau steckt.«

Sie hörte es wieder knistern. »Kiffst du gerade?«

Als Antwort hörte sie nur sein tiefes Lachen.

»Sag mal, mein Mädchen …« Ihr ging immer das Herz auf, wenn er sie so nannte. »Sollen wir uns nicht alle zusammen zu einem Kriegsrat treffen und beratschlagen, was wir machen können?«

»Was sollen wir denn machen können?«, fragte Katrin.

»Na, wie wir den Mörder finden können. Und wie wir meinen Freund unterstützen können, der da jetzt ganz allein mit seinen Schafen auf seinem Hof hockt.«

»Eine gute Idee, Rudi. Was hältst du von morgen? Ich backe uns einen Kuchen. Treffen bei Mama?«

»Ich rufe sie an, dass wir uns um drei bei ihr treffen.«

Katrin hörte ein Klopfen in ihrer Telefonleitung. Ihre Schwester. »Ich muss auflegen, Rudi.«

»Bis morgen also.«

Sie drückte Rudi weg.

»Hallo, Schwesterchen«, begrüßt sie Lena.

»Ebenfalls«, entgegnete ihre Schwester. »Hast du schon gehört, dass Inken Thomsen ermordet wurde?«

»Allerdings. Das hat sich bereits wie ein Lauffeuer herumgesprochen.« Katrin stellte nebenbei die Espressomaschine an. »Also bis eben wusste ich nicht, wer die Leiche ist. Aber dann habe ich mit Rudi telefoniert. Unsere wandelnde Zeitung.«

»Ja, deswegen rufe ich an.«

»Ich denke, du hast noch Urlaub.«

»Eigentlich ja. Aber heute in der Früh rief Sören Thomsen mich an, dass er anwaltlichen Beistand bräuchte. Und somit habe ich ihn nun als Klienten. Er hat seine Verantwortung für den Tod an Emma gestanden.«

»Was, der eigene Vater hat das arme Mädchen ermordet?« Katrin war fassungslos. Sie ließ den Dampf in der Maschine ab.

»Es ist wohl ein Unfall gewesen. Allerdings war er für diesen Unfall verantwortlich.«

Und nun hörte Katrin von ihrer Schwester die ganze Geschichte.

»Und was ist mit Inken, wer ist für ihren Tod verantwortlich? Haben sie da schon Ergebnisse?«

»Nein. Aber Sören ist natürlich schwer verdächtig. Allerdings muss ich mich zunächst mit ihm beraten. Ich habe ihn erst mal mit zu mir in die Kanzlei genommen, damit er sich beruhigt. Er sitzt nebenan.«

»Dann pass mal gut auf dich auf, Schwesterlein … Und auf ihn.«

»Ach, der ist so von der Rolle, dass er gar nicht weiß, wie ihm geschieht. So sehr kann mich meine Menschenkenntnis nicht trügen, dass ich Angst vor ihm haben müsste.«

»Na, wenn du das sagst.«

Es herrschte einen Moment lang Stille. »Moment mal, Katrin. Bin gleich wieder dran.«

Katrin hörte ihre Schwester: »Herr Thomsen?«, nach kurzer Zeit etwas lauter: »Herr Thomsen?« Dann hörte sie Türenknallen.

Nach etwa einer Minute war Lena wieder am Telefon. »Der Mistkerl ist abgehauen. Das fass ich jetzt nicht.«

»Schöne Scheiße! So viel zu deiner Menschenkenntnis.«

»Ja, mach dich noch lustig. Das begreife ich nicht. Der Mann ist total von der Rolle gewesen.«

»Vielleicht gerade deshalb. Nicht, dass der jetzt was Unüberlegtes anstellt.«

»Ich rufe sofort Huber an.«

»Alles klar, melde dich, sobald du was Neues weißt.«

Da hatte Katrin beim Familientreffen am nächsten Tag so einiges zu erzählen.

19

Die beiden Kommissare betraten gerade den Imbiss um die Ecke des Kommissariats, als Hubers Telefon klingelte. Er sah Lena Kerrs Nummer. »Na, Frau Kerr, gibt es etwas Neues?«

»Mein Mandant ist geflohen!« Sie war hörbar aufgeregt.

Huber sparte sich jeglichen Vorwurf. »Haben Sie eine Idee, wo er hin sein könnte? Hat er was gesagt?«, fragte er sie.

»Ich habe wirklich keine Ahnung. Er war total aufgelöst, als wir hier ankamen. Ich habe im Nebenraum kurz ein Telefonat getätigt«, dass es ein Telefonat mit ihrer Schwester war, verschwieg sie lieber, »und dann hörte ich plötzlich die Tür. Bis ich da war, war er schon über alle Berge.«

»Wir treffen uns im Kommissariat.« Huber gab Harmsen ein Zeichen umzukehren. Dann sagte er zu Katrins Schwester: »Ich mache mich sofort auf den Weg.«

Auf dem Weg zurück setzte Huber seinen Kollegen ins Benehmen. Der reagierte wütend. »Und ich hab der Frau vertraut. Wie kann man nur so blöd sein!« Er schlug sich gegen die Stirn.

»Das nützt ja nun nichts. Der Drops ist gelutscht. Wir müssen jetzt gucken, wie wir den Mann wiederkriegen.«

Sie warteten vor dem Kommissariat und schwiegen sich an. Nach ein paar Augenblicken kam auch schon Lena Kerr um die Ecke. Sie war total aufgelöst. Die Knöpfe ihres Jacketts waren verkehrt geknöpft. Huber fasste sie am Arm. »Das kriegen wir schon wieder hin.«

Sie versuchten, sich zu dritt durch die Tür zu zwängen. Huber und Harmsen ließen Lena Kerr schließlich den Vortritt.

Im Büro stellten sie sich gemeinsam vor die Falltafel.

»Wenn wir uns angucken, wen er alles beschuldigt hat, dann haben wir natürlich seinen Schwiegervater Jan Frederiksen, Emmas Freund Hauke Janssen und die Klimaschützer.« Huber strich sich übers Kinn.

Harmsen griff zum Telefonhörer und schickte je einen Trupp zu den von Sören Verdächtigten.

»Wieso denn die Klimaschützer?«, fragte Lena Kerr.

»Thomsen gibt denen ja die Schuld an der ganzen Misere. Er denkt, dass sie seine Tochter infiltriert hätten. Und glaubt allen Ernstes, wenn es die nicht gäbe, hätte er noch ein heiles Familienleben.«

Hubers Handy brummte. Eine Nachricht von Tom. »Entschuldigung«, sagte er »mein Sohn ist heute aus Amerika gekommen.« Er öffnete die Nachricht. *Bin zu Hause.* Huber lächelte. Dass sein Sohn die Wohnung in Husum als sein Zuhause bezeichnete, rührte ihn. *Ich hau mich hin. Weck mich, wenn du kommst.*

Huber wandte sich wieder Lena Kerr zu, die sich die Tafel anguckte. Sie sah auch das Foto ihrer Tochter Tabea.

»Was hat denn Tabea hier zu suchen?«, fragte sie entsetzt. »Halten Sie sie etwa für verdächtig?« Sie stemmte die Hände in die Hüften, als ob sie gleich zum Donnerwetter loslegen wollte.

Huber beschwichtigte. »Ihre Tochter ist eine Zeugin. Emma und sie waren für die Vernissage bei Frederiksen verabredet. Und sie waren befreundet.«

Lena Kerr entspannte sich. Im Hintergrund hörten sie Harmsen immer noch telefonieren. »… Absolut, Herr Jessen-Nissen.« … »Ja, machen wir.« … »Es wäre schön, Sie schicken es uns aufs Handy.« … »Danke. Wiederhören.«

Huber war froh, dass sein Kollege das Telefonat mit dem Staatsanwalt übernommen hatte.

»Hier fehlt jemand«, kam es von Lena Kerr. Sie deutete mit dem Kinn auf die Tafel.

»Und wer sollte das sein?« Jetzt mischte die sich auch noch ein! Das scheint eine Familienkrankheit zu sein, dachte Huber.

»Was ist denn mit Telse? Frederiksens erster Tochter?«

»Die haben wir schon auf dem Schirm. Wir werden uns Montag darum kümmern.«

»Dann ist ja gut«, erwiderte Lena Kerr ein bisschen schnippisch.

Harmsen trat wieder hinzu und wandte sich an Huber. »Wir sollten trotzdem zu Frederiksen fahren. Er sollte es aus unserem Mund hören, dass seine Tochter ermordet wurde. Ich will seine Reaktion sehen.«

»Ich will mit«, forderte Lena Kerr.

»Auf gar keinen Fall!«, entgegnete Huber. »Sie bleiben schön hier in Husum und warten auf unseren Anruf. Das verpatzen Sie uns nicht noch mal.« Er wurde weicher. »Ich verspreche Ihnen: Sobald wir Thomsen haben, rufe ich Sie an.«

Sie nickte mit niedergeschlagenen Augen.

Huber fasste sie am Arm. »Kann passieren, so was.«

Sie schüttelte nur den Kopf. »Ich will aber als Erste mit ihm sprechen.«

»Versprochen«, sagte Huber im Weggehen.

Katrin hatte ihre Mutter am Telefon und berichtete ihr die Neuigkeiten.

»Ich weiß schon, mein Liebes. Rudi hat mich gerade angerufen und erzählt, dass Inken tot ist. Und auch, dass wir uns morgen treffen wollen.«

»Wir müssen herausfinden, was da los war. Erst Emma, dann ihre Mutter? Ich sehe da keinen Zusammenhang, obwohl einer da sein muss. Aber vielleicht habe ich auch ein Brett vor dem Kopf.«

»Sicher nicht, Töchterlein. Vielleicht gibt es gar keinen Zusammenhang.«

Katrin schwieg.

Dann meinte Gerti Lund: »Ob wir auch Lena dazuholen?«

»Das halte ich für keine gute Idee. Sie hat den Thomsen als Mandant.«

»Was? Ich denke, sie hat noch Urlaub.«

»Dachte ich auch. Aber er hat sie heute Morgen angerufen. Er war zur Polizei bestellt worden. Da ahnte er wohl, dass sie ihm wegen Emma an den Kragen wollen … Aber das erzähle ich morgen.«

»Ausgerechnet den Thomsen als Mandanten. Das arme Mädchen.«

»Mama!« Manchmal musste ein Ordnungsruf sein. »Das arme Mädchen ist vierundvierzig. Und sie kann sich ihre Mandanten nicht immer aussuchen.«

»Ist ja gut. Schimpf nicht mit deiner alten Mutter.«

Katrin musste grinsen. »Ich höre erst dann auf zu schimpfen, wenn du begreifst, dass wir erwachsene Frauen sind und eigenverantwortlich unser Leben führen.«

»Ach, dann bin ich also überflüssig?« Ihre Mutter wollte lustig klingen, aber so richtig gelang ihr das nicht.

»Jetzt ist es gut. Wir treffen uns mit Rudi morgen um drei bei dir. Ich backe einen Kuchen.«

»Kuchen kann ich altes Klappergestell gut gebrauchen.«

Katrin lachte. Ihre Mutter kokettierte gern mit ihrem Alter. Gerade, weil es ihr nicht anzumerken war.

»Tschüss, du altes Klappergestell.«

»Tschüss, Töchterlein.«

Katrin ging in die Küche. Als sie sah, dass alles seinen Lauf nahm, zog sie sich wieder zurück. Das war nicht ihr Tag heute. Sie würde die Zeit bis zum Feierabend noch abreißen und einfach in ihrem Büro hocken bleiben und überlegen, wie sie die Sache angehen könnte, den Mörder von Inken ausfindig zu machen. Sie malte sich aus, wie sie Huber den Täter auf dem Silbertablett präsentieren würde. Dieser Gedanke verschaffte ihr Befriedigung. Dann würden sie sich endlich zu einem Abendessen verabreden. Und dann würde man weitersehen.

Ein lautes Scheppern holte sie aus ihren Träumereien. Sie stürzte in die Küche.

»Es ist nur der Topf runtergefallen. Entschuldigung.« Klaus bekam einen hochroten Kopf, als er Katrin sah.

»Kann ich denn nicht mal in Ruhe meinen Mittagsschlaf halten?« Sie zog die Brauen zusammen. Der Junge wusste nicht, wie er reagieren sollte, bis eine der Köchinnen zu lachen anhob. Alle stimmten ein, schließlich auch der Junge.

Wieder in ihrem Büro, spürte sie, dass ihr Körper erneut von einer bleiernen Schwere ergriffen wurde. Zeit, Feierabend zu machen. Bis auf die Tatsache, dass ihre Mitarbeiter das Kochgeschirr durch die Gegend warfen, lief eigentlich alles wie am Schnürchen.

Sie musste sich dringend hinlegen. Und das nach einer Nacht, in der sie fünfzehn Stunden durchgeschlafen hatte. Sie konnte es immer noch nicht fassen.

Ausruhen und dann an etwas anderes denken. Mit Sebastian telefonieren. Die Idee daran gab ihr eine tiefe innere Ruhe. Und sie würde an ihrem Blog basteln, etwas Persönliches über Emmas Menü, überhaupt über Emma schreiben, bevor sie die Rezepte einstellte.

Als Huber aus dem Auto stieg, hörte er schon von Weitem ein lautes Wortgefecht. Während sie auf das Haus zuliefen, konnten sie eindeutig das Geschrei von Thomsen und von Frederiksen vernehmen. Harmsen forderte schnell Verstärkung über Funk an. Sie stürmten ins Haus, hindurch in die Küche, in der die beiden in eine Rangelei verwickelt waren. Jeder der beiden Kommissare griff sich einen der Streithähne, sie zerrten sie auseinander und befahlen ihnen lauthals Ruhe. Augenblicklich verstummten die aufgeregten Männer.

»Sie setzen sich jetzt hier an den Küchentisch!«, befahl Harmsen. »Einer hier, einer da!« Für den natürlichen Respekt, den sein Kollege ausstrahlte, bewunderte ihn Huber manchmal. Deshalb klappte das »good cop, bad cop«-Spiel zwischen ihnen auch gut – wenn sie es denn mal anwenden mussten. »Und jetzt mal Butter bei die Fische«, machte Harmsen weiter.

Huber hatte seine Hand auf Frederiksens Schulter gelegt. Zum einen wollte er ihn am Aufspringen hindern, zum anderen wollte er ihm Beistand spenden. Er hatte das Gefühl, dass der alte Mann hier völlig zu Unrecht angegriffen worden war. Und seine Intuition ließ ihn eigentlich selten im Stich.

Harmsen machte weiter. »Herr Thomsen, Ihnen ist sicherlich klar, dass Sie sich mit Ihrem Verschwinden und dem hier«, er deutete auf Frederiksen, »noch verdächtiger machen?«

Thomsen blickte vor sich auf den Tisch. Dann sah Huber, dass wieder eine Welle der Wut in ihm hochstieg. Feindselig blickte er erst Frederiksen an, dann Harmsen.

»Er! Er ist derjenige, der unsere Familie auseinandergebracht hat.« Er zeigte mit dem Finger auf Frederiksen. »Bis Emma anfing, seinen kruden Erinnerungen aus seiner politischen Vergangenheit Gehör zu schenken, waren wir eine glückliche Familie.« Nun wandte er sich direkt an seinen Schwiegervater. »Du wolltest uns das uns zustehende Erbe vorenthalten! Du Scheißkerl, du!«

Huber mischte sich ein. »Herr Thomsen, ich würde Ihnen raten, sich endlich mit Ihrer Anwältin zu verständigen. Denn Sie sind dringend des Mordes an Ihrer Frau verdächtig.«

Thomsen schluckte.

Aus dem Flur hörten sie Geräusche, dann betraten Böge und sein Kollege die Küche. Als sie Huber und Harmsen sahen, hielten sie augenblicklich inne.

»Gut, dass Sie da sind, meine Herren«, reagierte Harmsen. »Wir fahren jetzt mit Herrn Thomsen zurück nach Husum. Ich werde Sie begleiten.« An Huber gewandt: »Damit er uns nicht noch mal entwischt.« Er legte Thomsen Handschellen an und übergab ihn den Polizisten.

Harmsen funktionierte wie eine Maschine. Er wandte sich an Huber. »Du kümmerst dich um Herrn Frederiksen. Ich pfeife von unterwegs die anderen Einheiten ab. Und du rufst bitte Frau Kerr an, damit sie da ist, wenn wir in Husum ankommen. Ich werde erst mal die Vernehmung unseres Verdächtigen übernehmen, nachdem die beiden sich beraten haben. Und wenn du hier fertig bist, fährst du zu deinem Sohn.«

Er rauschte mit der Truppe ab.

Huber setzte sich zu Frederiksen an den Tisch. »Wie geht es Ihnen?« Er deutete mit dem Finger auf Frederiksens Wange, die langsam anschwoll.

Der Wolkensammler fasste sich überrascht mit der Hand an die Wange. »Ach das.« Er stand auf, ließ kaltes Wasser über den Spüllappen laufen und hielt ihn sich an die Wange. Mit der freien Hand stützte er sich an der Spüle ab. Es war, als ob ihm die Beine ihren Dienst versagten.

Huber sprang auf und hielt den Mann aufrecht. Er fasste ihn unter und führte ihn wieder zum Stuhl. Jetzt begann Frederiksen jämmerlich zu weinen. Huber fühlte sich hilflos, dachte aber, dass Reden vielleicht helfen könnte.

»Hat Ihr Schwiegersohn Ihnen erzählt, dass Ihre Tochter ermordet wurde?«

»Nein, ein alter Freund hat mich heute Vormittag angerufen.«

Huber hatte so eine Ahnung. »War es der Gärtner aus dem *Ebbe und Flut?*«

»Ja, genau. Kennen Sie ihn?« Jetzt richtete der Wolkensammler seinen Blick wieder auf Huber.

»Das kann man sagen. Wir hatten bei einem vorherigen Fall schon mal miteinander zu tun.«

Jetzt ließ Huber kaltes Wasser über den Lappen laufen und reichte ihn Frederiksen.

»Dass ich in meinem Alter noch mal in eine Schlägerei verwickelt werde, hätte ich mir auch nicht träumen lassen.« Frederiksen hielt sich den Lappen an die Wange. »Ja, damals haben wir uns nichts geschenkt, mit der Polizei. Aber jetzt bin ich einfach nur noch müde. Ich will nicht mehr kämpfen. Vor allem, wenn es um nichts geht.«

Jetzt kam der Kommissar in Huber durch. »Ach, Sie meinen, hier geht es um nichts? Das sieht aber anders aus, Herr Frederiksen. Vielleicht geht es hier nicht um etwas Politisches oder Gesellschaftliches, aber mir scheint, dass es hier für alle Beteiligten schon um etwas geht.«

»Es geht nur um Geld. Um mein Geld. Und ich bin noch nicht mal unter der Erde.« Frederiksen stützte den Kopf in die Hände. »Ich will doch nur die Sammlung schützen. Meine Vorfahren, die ich nicht mal mehr kennengelernt habe, haben immer auf die Bilder aufgepasst, haben sie geschätzt und geliebt, weil es dabei um ihre und unsere Heimat geht. Die jungen Leute sehen nur das Geld, das Bilder einbringen. Außer Emma. Die war anders.«

»Bereuen Sie, dass Sie den Großteil der Sammlung dem Museum vermachen?«

»Wie ich schon sagte: Egal, was ich mache, ich werde es bereuen. Die beiden Menschen, denen die Bilder nicht egal waren, sind jetzt tot.« Er blickte Huber an. »Also nein, so wie es jetzt ist, ist es gut. Nein, natürlich ist nichts gut. Sören und Telse werden mich hassen. Sei's drum.«

Katrin war froh, dass sie das Auto dabeihatte. Mit dem Fahrrad hätte sie den Heimweg nicht geschafft. Als sie im Auto saß, checkte sie noch mal ihr Mobiltelefon. Ihre Schwester hatte angerufen, aber keine Nachricht hinterlassen, Huber hatte angerufen, aber ebenfalls keine Nachricht hinterlassen. Na, dann kann es nicht so wichtig sein, dachte sie und startete den Motor.

Frederiksen und Huber schwiegen einen Moment.

»Ich möchte Inken noch einmal sehen. Ist das möglich?«

»Aber ja, Herr Frederiksen. Morgen, spätestens Montag, können Sie sie sehen.«

»Herr Huber, würden Sie mir einen Gefallen tun? Haben Sie noch Zeit, mich auf einen Spaziergang zum Leuchtturm zu begleiten? Ich möchte ihn noch einmal sehen.«

»Wieso noch einmal sehen? Ich werde Sie nicht festnehmen.«

Frederiksen schwieg. Er atmete tief durch und stand auf. Er wirkte schwach, aber entschlossen.

»Wollen wir nicht mit meinem Auto an den Deich fahren und von dort aus loslaufen?« Huber machte sich Sorgen um den Mann.

»Das ist vielleicht eine gute Idee.«

Huber stellte das Auto am Süderdeich ab. Kaum waren sie auf dem Deich angelangt, blickten sie auf den prachtvollen Leuchtturm in der Ferne, mit seinen charakteristischen rot gedeckten Häusern, die sich rechts und links an den Fuß des Leuchtturms schmiegten. Es wehte eine leichte Brise – nach der drückenden Hitze der letzten Tage eine wahre Labsal. Der Leuchtturm auf seiner Warft lockte viele Touristen an, war er doch das Wahrzeichen der Halbinsel Eiderstedt.

Etliche Radfahrer zogen an ihnen vorbei, als sie schweigend nebeneinanderher gingen. Ein paar Wölkchen waren am Himmel. Eine schob sich gerade vor die Nachmittagssonne. Sie sahen nur ihre Strahlen auf die Erde fallen. Wie in einem Renaissance-Gemälde.

»Es ist, als ob Gott Leuchtschwerter auf die Erde fallen ließe.« Jan Frederiksen blieb stehen und richtete seine Augen auf das Himmelsspektakel. »Sehen Sie«, er deutete mit dem Zeigefinger zum Himmel, »wenn die Sonne hinter der Wolke ist, ist sie ganz dunkel, umso heller wirken die Strahlen. Ein Motiv, das Maler von jeher fasziniert hat. Wir haben einerseits das abgründige, geheimnisvolle Dunkle, und daraus hervor tritt das strahlende Licht.«

Der Mann war in seinem Element.

Sie schwiegen wieder, bis sie am Leuchtturm angelangt waren.

»Ich kenne den Leuchtturm aus meiner Kindheit«, sagte Huber. »Meine Eltern sind ab und zu mit mir am Sonntag hierhergefahren. Ich bin in Flensburg aufgewachsen. Es ist ja nicht so, dass wir dort keine Leuchttürme hätten. Aber dieser hier ist schon etwas Besonderes. Weil er quasi mitten im Meer steht.«

»Leben Ihre Eltern noch?«

Huber nickte.

»Haben Sie noch Geschwister?«

Huber schüttelte den Kopf.

»Seien Sie froh.«

»Manchmal habe ich es bedauert, keine zu haben.«

»Wenn sich Geschwister gut verstehen, mag es schön sein. Aber wenn sie sich nicht verstehen, wenn Neid und Argwohn zwischen ihnen herrschen, kann es unerträglich sein.«

Huber war ganz Ohr.

»Ich habe mich bemüht, die beiden Mädchen gleichermaßen zu lieben. Aber Inken …« Frederiksen schluckte den Rest des Satzes hinunter.

»Was ist mit Ihrer Tochter Inken?« Huber hatte das Gefühl, nahe dran zu sein.

»Eigentlich ist sie ja …« Frederiksen hielt inne. Er schüttelte den Kopf, als ob er etwas abschütteln wollte.

Der Moment war vorüber. Frederiksen blickte ihn direkt an. »Lassen Sie uns die Runde über den Stockenstieg machen.« Er ließ Huber vorangehen, denn für sie beide nebeneinander war der Stieg zu schmal. »Den Weg hier darf man nur im Sommer benutzen. Im Winter gehört er ganz den Salzwiesen und den Tieren hier im Wattenschutzgebiet.« Frederiksen blieb stehen. Huber tat es ihm gleich und blickte sich um.

»Eine einzigartige Natur«, fuhr Frederiksen fort. »Dafür lohnt es sich zu kämpfen, finden Sie nicht? Jetzt stellen Sie sich hier mal einen Windpark vor. Nichts mehr wäre davon übrig, von der Ruhe, von dem weiten Blick, von der Natur.« Er breitete die Arme aus, um Luft an seinen Körper zu lassen. »Manchmal bin ich froh, dass ich nicht mehr lange lebe und mit ansehen muss, was wir mit unserer Erde machen. Ich hoffe nur auf die nächste Generation, die sich ja leider jetzt schon ›Letzte Generation‹ nennt. Für Emma hätte ich mir etwas anderes, etwas Zukunftsweisenderes gewünscht.« Er setzte sich wieder in Bewegung.

Diesmal ging Huber hinterher.

Frederiksens Worte klangen nach Abschied, nach großer Trauer.

Die Brise war so leicht, dass einzelne Vogelstimmen an Hubers Ohr drangen.

Frieden.

Er hatte das Gefühl von innerem Frieden.

Und mit einem Mal konnte er wirklich verstehen und fühlen, was Emma, ihren Freund Hauke, die Klimaschützer, aber auch den Mann vor ihm antrieb, für diese Natur zu kämpfen.

Sanft nahm der leichte Wind die Wolken über ihnen mit hinweg.

Katrin hatte schon die Flasche Weißwein entkorkt – ein Ritual, mit dem sie meistens ihren Feierabend einläutete. Sie hielt kurz inne, erinnerte sich an den Mahnruf des Arztes, stopfte den Korken wieder in den Flaschenhals zurück und ließ sich Leitungswasser ins Glas laufen.

Sie setzte sich an den Küchenblock, der ihr gleichzeitig als Schreibtisch diente, und rief ihren Blog auf dem Laptop auf. Sie ging ins Menü und schrieb die Headline: *Emmas Menü*. Sie dockte ihr Mobiltelefon an und lud die Fotos von den Ergebnissen der Kochgruppe herunter.

Neben jeden Gang stellte sie ein entsprechendes Foto ein. Trotz ihres breiigen Gefühls im Kopf hatte sie Freude daran, diesen Beitrag zu schreiben. Bisher hatte sie sechs Follower. Sie war zuversichtlich, dass es sich herumsprechen würde, so kochbegeistert, wie die Menschen in ihrem Umfeld waren. Auch wenn sie selbst immer weniger kochten, liebten sie Kochsendungen und Kochblogs – oder vielleicht gerade, weil sie selbst immer weniger kochten.

Das Handy brummte. Sebastian. Noch immer, auch nach so vielen Jahren, schlug ihr Herz höher, wenn er anrief.

»Hallo, mein Liebster.«

»Liebelein, wie schön, dich zu hören.« Manchmal kam seine rheinländische Herkunft durch. Sie lächelte. Sie liebte es, es klang so gemütlich.

»Wie war dein Tag?«, fragte er.

»Ich weiß gar nicht, wo ich anfangen soll …«

Sie erzählte von ihrem Besuch bei Telse, davon, wie lange sie geschlafen hatte, von ihrem merkwürdigen Frühstück in Hamburg, von der Arbeit, davon, dass sie morgens beim Arzt gewesen war, davon, dass Inken ermordet wurde, davon, dass Lena Sören Thomsen verteidigte, dass der aus deren Kanzlei weggelaufen war, dass sie sich morgen mit Gerti und Rudi traf und – ach je – dass sie auch noch einen Kuchen für morgen backen wollte und davon, dass sie gerade an ihrem Blog saß.

»Ich würde sagen, du hattest einen erfüllten Tag, mein Schatz. Woher nimmst du nur die Energie?«

»Leider habe ich das Gefühl, dass es mir genau daran gerade mangelt.«

»Liebste, du gehst langsam auf die fünfzig zu, da darf man schon mal erschöpft sein, zumal nach so einem anstrengenden Tag.«

»Erwähne ja nicht mein Alter, mein Alter.«

»Ich bin nicht dein Alter. Wenn, dann bin ich dein Oller.«

»Also, mein Oller, noch eine traurige Nachricht. Der Arzt sagt, ich soll meinen Alkoholkonsum einschränken. Bring also bitte keinen Wein mehr mit, wenn du das nächste Mal kommst.«

»Aber gegen Süßes sagte er nichts, oder?«

»Nicht direkt.«

»Sie haben nämlich da, wo wir fotografieren, ganz furchtbar leckere Backwaren. Ich hoffe, das Paket damit kommt nächste Woche bei dir an. Habe ich gestern auf den Weg geschickt.«

»Ich ahne es: Du willst mich mästen. Hast du absonderliche Vorlieben entwickelt?«

»Du weißt, ich mag es, dass ich etwas spüre, wenn ich dich berühre«, Sebastian räusperte sich. »Oje, was für ein schlimmer Reim.« Sie lachten beide.

»Schlaf gut, mein Reimhase. Ich setze mich noch ein bisschen vor die Tür und werde die Abendsonne genießen. Hier weht jetzt eine leichte Brise. Angenehm.«

»Dann genieße deinen Abend. Ich umarme dich.«

Sie drückte das Gespräch weg.

Noch ein paar Klicks, und dann war ihr Beitrag veröffentlicht. Kurze Zeit später kam von Sebastian eine WhatsApp mit dem Daumen-hoch-Icon. Sie grinste.

Das Wasser verlängerte sie jetzt mit Apfelsaft. Eigentlich genau das Richtige bei diesem Wetter.

Sie setzte sich vor dem Haus auf ihre Klönschnackbank und hielt das Gesicht in die Abendsonne. Um diese Uhrzeit wurde es still um sie herum. Sie streckte die Füße von sich und versuchte, das Nichtstun zu genießen. Eine Viertelstunde nur, dann würde sie sich um den Kuchen kümmern.

Als Huber die Wohnungstür aufschloss, hörte er leise Musik aus dem Wohnzimmer. Tom war also schon wieder wach.

Als er seinen Vater sah, sprang er vom Sofa auf und umarmte ihn. Huber weinte fast vor Glück, seinen Sohn endlich in den Armen halten zu können. Schnell machte Tom sich wieder los. Schließlich war er ein großer Junge, dem zu viel Gefühl zu uncool war.

»Wie schön, dich endlich mal wieder bei mir zu haben. Es tut mir so leid, dass ich dich nicht abholen konnte. Ausgerechnet heute Morgen gab es einen neuen Leichenfund.« Huber und Tom ließen sich nebeneinander aufs Sofa plumpsen.

Huber drehte sich zu seinem Sohn. »Erzähl mal, wie war dein Flug?«

»Schon anstrengend. Aber ich konnte ja hier ein bisschen schlafen. Und eigentlich bin ich jetzt fit. Wollen wir was machen?«

»Worauf hast du denn Lust?«

»Eine Runde Baden wäre schön.«

»Da habe ich eine Idee. Wir müssen aber ein bisschen fahren.«

Huber hob seinen Arm und hielt die Nase an seine Achsel. Für das, was er vorhatte, musste er sich unbedingt noch ein bisschen frisch machen.

»Ich verschwinde kurz im Bad. Du kannst schon mal unsere Badesachen packen.«

Tom nahm sein Handy und tippte eine Nachricht.

»Grüß schön«, sagte Huber. Er stand im Türrahmen.

Tom guckte wie ertappt. »Woher weißt du, mit wem ich grad chatte?«

»Weiß ich nicht. Du kannst ja trotzdem grüßen.«

Tom schmunzelte.

Huber wusch sich und zog ein neues Leinenhemd an. Er ließ es locker über die Hose hängen. Er wollte ein bisschen lässiger aussehen als sonst.

Beide trafen sich im Wohnzimmer. Tom hatte einen Rucksack geschultert. »Alles drin«, sagte er und zeigte auf seinen Rücken.

»Wir fahren vorher noch kurz jemanden besuchen.«

Tom riss erstaunt die Augen auf.

»Lass dich überraschen.«

20

Katrin guckte in ihren Kühlschrank und entschied sich für einen sommerlichen Buttermilchkuchen mit Früchten. Was sie zu Hause hatte, waren eine Ananas und Himbeeren, eine gute Kombination zu Buttermilch. In der Abseite fand sie noch ein Glas Marillenmarmelade.

Der Kuchen war in zwanzig Minuten backfertig.

Sie schob die Form in den Ofen und stellte die Uhr auf dreißig Minuten.

Sie setzte sich wieder auf die Bank vor dem Haus und ließ die Haustür offen, damit sie das Klingeln des Weckers hören konnte. Kaum saß sie, hörte sie die Gartenpforte quietschen.

Sie blickte auf und sah Dirk Huber, an seiner Seite ein junger Mann.

»Na, wenn das keine Überraschung ist!«, sagte sie, blieb aber sitzen.

»Dann ist es uns ja geglückt.« Huber deutete auf den Jungen. »Darf ich vorstellen? Mein Sohn Tom. Heute aus Amerika eingeflogen.«

Nun meint er es ernst, dachte Katrin, wenn er mir schon seinen Sohn vorstellt. Einen Moment waren ihre Gedanken wie gelähmt. Aber das Gefühl verschwand sofort wieder.

Sie reichte ihm die Hand. »Katrin Lund.« Sie zwinkerte Huber zu. »Ich bin quasi die Assistentin Ihres Vaters.«

Huber grinste breit.

»Immer, wenn hier in St. Peter-Ording ein Mord passiert, bin ich dabei.«

Huber lachte jetzt. »Ja. Eigentlich ist es schon merkwürdig. Sie scheinen Tötungsdelikte geradezu anzuziehen.«

»Nein, mal im Ernst: Eigentlich bin ich Köchin hier in einer Kurklinik.« Sie stand auf. »Ich hole mal zwei Stühle.«

Huber knuffte seinem Sohn in die Seite. Der reagierte sofort. »Ich helfe Ihnen.« Er lief hinter Katrin her.

»Da im Schuppen sind die Stühle. Dann hole ich derweil etwas zu trinken.«

Vater und Sohn saßen schon, als Katrin mit einer Karaffe Wasser und Gläsern hinzutrat. Sie hatte das Wasser mit Zitronenscheiben aufgefüllt. Die Schale der Zitrone hatte sie eben für den Kuchen gebraucht.

»Wir wollten baden gehen. Das hat Tom sich gewünscht. Er hat da, wo er in Amerika wohnt, leider nur einen See vor der Tür.«

Huber machte eine Geste für Anführungsstriche, um ihr deutlich zu machen, dass es nicht die schlechteste Gegend war, in der sein Sohn lebte.

»Mein Vater hat mir auf der Fahrt hierher ein bisschen was von seinem Fall erzählt. Ein totes Mädchen, und heute dann deren Mutter, die tot aufgefunden wurde.«

»Das hat sich doch sicher schon bis zu Ihnen herumgesprochen«, sagte Huber an Katrin gewandt.

»Allerdings. Aber ich hätte mich gefreut, ich hätte es von Ihnen erfahren. Ich habe, wie Sie ja vielleicht auf Ihrem Handy gesehen haben, mehrmals versucht, Sie anzurufen. Auch um Ihnen zu erklären, warum ich nicht kommen konnte.«

Diesen Hieb musste sie ihm versetzen. Ob nun sein Sohn dabei war oder nicht.

»Ich gebe das mal zurück: Wie *Sie* sicher auf Ihrem Handy gesehen haben, habe auch ich versucht, Sie anzurufen.«

Tom lachte lauthals. »Das ist ja wie bei Teenies.«

Katrin biss sich auf die Lippen, musste dann aber auch lachen. Huber fiel ebenfalls in das Lachen ein.

»Mein weiser Sohn. Hat recht, wie immer.«

»Pa hat mir erzählt, dass Sie entfernt mit dem toten Mädchen zu tun hatten.«

»Ja, sie war eine Freundin meiner Nichte, die gerade ein paar Tage bei mir war, als es passiert ist. Und deren Mutter kannte ich auch.« Katrin blickte Huber an. »Unter anderem wollte ich Sie deshalb anrufen.«

»Um mir was zu erzählen?«, fragte Huber.

»Dass der Vater sich merkwürdig benimmt. Also, der Vater von dem Mädchen.« Sie versuchte, keine Namen zu nennen.

»Den haben wir schon in Gewahrsam.«

Von drinnen klingelte der Wecker. Katrin erhob sich.

»Ich habe einen Kuchen im Ofen. Morgen ist Familientreffen.«

Sie lief ins Haus, um fünfzehn Sekunden später wieder auf der Bank zu sitzen.

»Ist er denn verdächtig?«

Sie musste sich zusammenreißen, um nicht zu viel zu fragen. Sie hatte keine Ahnung, was Hubers Sohn erfahren durfte.

Huber nickte nur.

»Was war eigentlich die Tatwaffe?«

»Ich dachte schon, Sie fragen nie.« Huber grinste.

»Ich trau mich ja gar nicht. Sonst bekomme ich wieder einen Anranzer, dass ich mich in Ihre Ermittlungen einmische.«

»Da haben Sie auch ganz recht. Aber da es Montag eh in der Zeitung stehen wird, kann ich es Ihnen auch sagen. Der Kopfwunde nach zu urteilen, war es ein Golfschläger.«

»Das ist ja auf einem Golfplatz nicht gerade ungewöhnlich.«

Plötzlich wurde Huber etwas klar. »Es sei denn, der Mörder hatte die Tat geplant, dann hätte er vielleicht sein eigenes Mordwerkzeug mitgebracht. Aber er scheint einen Schläger von Frau Thomsen benutzt zu haben. Von daher könnte man von einer Tat im Affekt ausgehen.«

»Und das soll Sören Thomsen gewesen sein?«

»Das geht jetzt ein bisschen zu weit.«

Katrin schwenkte um. »Okay, was ist denn mit den Anschuldigungen gegen Jan Frederiksen?«

»Woher wissen Sie das nun wieder?« Huber rückte auf seinem Stuhl vor.

»Das ist ein offenes Geheimnis. Jede und jeder, mit dem ich bislang gesprochen habe, lässt diese Unterstellung mitschwingen. Und ich sage absichtlich: Unterstellung!«

Huber schwieg, dachte nach. »Und wer ist dieser jeder oder jede?«

»Na, alle. Und dieses Gerücht scheinen Thomsen und seine Schwägerin Telse befeuert zu haben. Und nicht zuletzt weiß ich es von Frederiksen selbst.«

Huber machte große Augen.

Katrin legte nach. »Können Sie sich den armen Mann als Vergewaltiger und Pädophilen vorstellen, der seine eigene Enkeltochter …?«

Sie blickte zu Tom. »Entschuldige, Tom.« Dann wieder zu Huber. »Aber ich könnte aus der Haut fahren!«

Tatsächlich meldete Tom sich nun zu Wort. »Wir hatten neulich so einen Fall in der High School.«

Katrin und Huber blickten ihn neugierig an.

»Da hat eine Schülerin ein Jahrgang über mir ihren Vater beschuldigt, sie missbraucht zu haben. Und das natürlich auch gleich in den Social Media gepostet. Wie sich dann herausgestellt hat, stimmte das gar nicht. Das war 'ne verwöhnte Ziege, die nicht bekommen hat, was sie wollte – nämlich ein Auto. Stellt euch das mal vor! Die hat einfach ein *dickpic* – also, das sind Fotos von Penissen …«

»Ich weiß, was *dickpics* sind.« Aber Huber fand es befremdlich, dass sein Sohn von so was wusste. Und er wusste nicht, ob Katrin Lund wusste, was das ist. Er blickte zu ihr. Sie schien keineswegs irritiert zu sein. Sie nickte Tom zu, dass er weitersprechen sollte.

»Da gibt es bei Insta und so genug. Also, sie hat so ein Foto genommen und druntergeschrieben: *The dick of pa. Not first time, he'll come to me. Please help me.* … Das war so was von eklig!«

»Und wie kam es raus, dass es eine Falschbeschuldigung war?«

»Die Eltern waren um die Zeit, als das Foto gepostet wurde, im Ausland. Und dann fand die Police heraus, dass das Foto aus dem Internet gezogen worden war. Echt … wie blöd kann man sein?«

Huber müsste mit seinem Sohn beizeiten mal ein ausführlicheres Gespräch führen. Denn leider trauten sich die meisten Mädchen nicht, es öffentlich zu machen, wenn ihnen tatsächlich so etwas widerfahren war. Das musste er ins rechte Licht rücken. Aber jetzt war nicht der richtige Zeitpunkt.

Katrin guckte Huber an. »Na, sehen Sie. Ich hatte mir doch gleich so was gedacht.«

Huber brach das hier ab. »So, mein Sohn, wenn wir noch baden wollen, sollten wir jetzt los.«

»Wollen Sie nicht mit?«, fragte Tom.

»Wirklich, Tom, sonst gern. Aber ich bin so dermaßen kaputt heute. Ich bin seit sechs Uhr auf den Beinen und muss dringend schlafen.« Obwohl ich die letzte Nacht fünfzehn Stunden geschlafen habe, dachte sie bei sich. Eigentlich hatte sie Huber richtig viel zu erzählen. Aber sie war nun endgültig erschöpft, und ihre Worte für diesen Tag waren verbraucht.

»Schade«, sagte Tom und reichte ihr die Hand. »Wir sehen uns bestimmt noch mal.«

»Würde mich freuen.«

»Dann gute Nacht, Frau Lund.« Huber deutete eine leichte Verbeugung an.

»Haben Sie noch eine Minute, Herr Huber?« Katrin schaute ihn eindringlich an.

»Geh doch schon mal vor, Tom.« Huber warf seinem Sohn die Autoschlüssel zu.

»Ich war gestern bei Frederiksens erster Tochter eingeladen. Sie ist so voller Hass ihrem Vater gegenüber, dass ich fast Angst habe, dass sie Frederiksen etwas antut.«

»Woher kennen Sie denn nun schon wieder die erste Tochter von Frederiksen?«

»Wir sind zusammen zur Schule gegangen. Auf der Ausstellungseröffnung sind wir uns nach Jahrzehnten wiederbegegnet. Da hat sie mich eingeladen. Und Sie kennen mich«, sie zwinkerte Huber zu, »wenn ich neugierig werde, dann hält mich nichts mehr.«

»Allerdings! Und deshalb sage ich Ihnen jetzt: Sie müssen Ihre neugierige Nase da raushalten. Ich will nicht schon wieder Angst um Sie haben müssen.« Huber wurde augenblicklich rot, hatte er doch mehr Gefühle preisgegeben, als er eigentlich wollte.

Katrin rettete die Situation. »Jawoll, Herr Hauptkommissar.« Sie lachte, war aber in ihrem Innern zutiefst gerührt.

»Und entschuldigen Sie, dass ich Sie versetzt habe. Ich bin leider auf dem Sofa von Telse Frederiksen eingeschlafen.«

»Einen Versuch haben wir noch. Ich melde mich, wenn der Fall abgeschlossen ist. Und ganz ehrlich: Bis dahin möchte ich Sie weder sehen noch hören.« Er grinste breit.

Ohne ein weiteres Wort verschwand er.

Katrin nahm die Karaffe und die Gläser und verdrückte sich ins Haus. Während sie die Sachen in den Geschirrspüler stellte, huschte vor ihrem inneren Auge das Bild des Flurs von Telse vorbei. Sie sah die Kommode, die Lampe darauf … dann war das Bild wieder weg.

Sie holte den Kuchen aus dem Ofen, ging ins Bad, putzte sich die Zähne und fiel ins Bett.

»Da ist doch was zwischen euch.«

Huber blickte seinen Sohn so erstaunt, wie er konnte, an.

»Echt jetzt, Pa, das sieht ein Blinder.«

Huber zuckte nur mit den Schultern. Sie waren in der Nähe der Badestelle angekommen. Die Sonne stand schon sehr tief und tauchte die Salzwiesen und das Watt in ein kräftiges Orange, fast Glutrot. Alle Wölkchen am Himmel hatten sich verzogen. In der Ferne machten sie die Stelzenhäuser aus, eins der Wahrzeichen von St. Peter-Ording.

»Willst du sie nicht mal einladen?«

»Mein Sohn, das habe ich schon mal versucht. Wie du ja gehört hast, ist sie nicht gekommen.«

»Ja … Sie wird schon ihre Gründe gehabt haben.«

Schweigen.

Tom legte nach: »Und das war es jetzt, oder was?«

Er stapfte voran. Huber konnte kaum Schritt halten. Er merkte, dass sein Sohn ein Sportfreak war – und aufgebracht.

»Du bist manchmal so stur!« Tom drehte sich zu ihm um.

»Ach Tom, wir wollen doch jetzt nicht gleich an deinem ersten Abend streiten, oder?« Huber wollte das Beisammensein genießen, aber die üblichen Vater-Sohn-Geschichten ließen sich nicht vermeiden.

Sie waren an der Badestelle angekommen. Tom ließ den Rucksack fallen, kramte die Badesachen heraus und reichte seinem Vater ein Handtuch. Im Nullkommanichts waren sie ausgezogen. Niemand war mehr am Strand, und so liefen sie nackt ins Wasser.

Es dauerte ein bisschen, bis sie untertauchen konnten. Das kühle Wasser machte sie glücklich, und schon bald klatschten sie mit den Händen auf die Wasseroberfläche, um sich gegenseitig zu bespritzen. Sie lachten und juchzten. Dann schwammen sie ein paar Züge.

»Es ist fast so still wie an unserem See, wenn kein Wind ist und keine Leute mehr am Wasser.«

Auch Huber genoss die Stille. Nachdem er ein paar Meter hinausgeschwommen war, legte er sich auf den Rücken und ließ sich treiben. Er hörte nur das Atmen seines Sohnes. Er paddelte leicht mit den Armen und Beinen und genoss die Schwerelosigkeit. Dann machte auch er noch ein paar kräftige Züge und kehrte um zum Strand. Gleichzeitig wateten Vater und Sohn dann aus dem Wasser und ließen sich auf ihre Handtücher fallen.

Sie blickten eine Zeit lang in den dramatischen Sonnenuntergang direkt vor ihnen. Dann wurde ihnen kühl.

21

»Wir können dir bestätigen, dass das Blut am Metallrohr der Bushaltestelle von Emma Thomsen ist. Das würde auch mit dem merkwürdigen Aufprallwinkel in der Wunde übereinstimmen. Hilft dir das weiter, Dirk?«

»Auf jeden Fall passt das zu der Aussage des Verdächtigen.«

Das lässt tatsächlich eher auf einen Unfall schließen, dachte Huber. Tom schlich schlaftrunken aus seinem Zimmer.

»Und habt ihr schon etwas zu der Leiche von Inken Thomsen?«, hakte Huber nach.

»Tatsächlich ist es, wie Wegener schon vermutet hatte, ein Golfschläger gewesen, der den Kopf der Frau zertrümmert hat.«

»Aber gefunden wurde der noch nicht, oder?«

»Leider nicht. Wir haben die Wasserstellen auf dem Golfplatz abgesucht und auch die Umgebung, aber nichts gefunden.«

»Hattet ihr schon mit Wegener Kontakt aufgenommen wegen der Obduktion?«

»Nein, der ist wahrscheinlich gerade bei der inneren Leichenschau, wenn er überhaupt schon aufgestanden ist.«

»Danke euch. Dann einen schönen Sonntag noch.« Huber drückte das Gespräch weg.

»Hat das Telefon dich geweckt?«

Tom rieb sich die Augen. »Nee, ich bin schon eine Weile wach. Ist wohl der Jetlag. Gibt es schon Kaffee?«

Huber deutete auf die Thermoskanne. »Frisch aufgebrüht.«

»Kannst du nicht, wie jeder normale Mensch, einen Kaffeeautomaten hinstellen? Bei Sonja haben wir so ein Ding, das den Kaffee sogar vorher mahlt, bevor eine Tasse voll rauskommt.«

»Und das findest du nachhaltig?«

»Wieso nachhaltig? Was meinst du?«

»Ich meine erst mal die Anschaffungskosten von so einem Gerät, das kostet ein paar Hundert Euro. Und dann der Strom, der dabei verbraucht wird. Wenn fünf Personen kurz nacheinander sich so eine Tasse ziehen, muss die Maschine immer wieder hochheizen.«

»Haste auch wieder recht.« Tom goss sich einen Becher voll und setzte sich an den Küchentisch.

»Und? Gibt es Neuigkeiten?« Tom deutete mit dem Kinn in Richtung von Hubers Handy.

»Eigentlich nicht. Es waren nur Bestätigungen von Vermutungen.«

»Aha.«

Tom schwieg.

Huber schwieg.

»Was hältst du von Frühstück?«

»Jetzt schon? Ich wollte eigentlich erst mal eine Runde laufen. Willst du nicht mit?«

Huber überlegte.

»Würde deinem Bauch guttun.« Toms Grinsen zog sich über das ganze Gesicht. Huber blickte an sich herunter und sah, dass sein Pyjamaoberteil über dem Bauch spannte.

»Aber du bist trainiert. Ich würde wie ein nasser Sack hinter dir her rollen.« Huber lachte.

»Macht nix. Ich wäre gnädig und würde mich dir anpassen. Ich bin heute selbst nicht so fit.«

»Na gut, dann ziehe ich mir mal was anderes an und gucke, ob ich meine Sportschuhe noch irgendwo finde.« Huber verzog sich in sein Schlafzimmer.

Kurze Zeit später trafen sie sich wieder in der Küche.

»Laufen wir von hier aus los oder fahren wir raus an den Deich?«, fragte Huber.

»Und du erzählst mir was von Nachhaltigkeit! Die paar Meter bis ans Wasser laufen wir natürlich.«

Es war so früh, dass noch kaum Touristen unterwegs waren.

»Sag mal, Paps, hast du denn einen Verdacht, wer die Frau umgebracht haben könnte?«, fragte Tom während des Laufens.

Huber japste nach Luft. »Wenn wir langsamer laufen, kann ich auch sprechen.«

Augenblicklich wurde Tom langsamer.

»Danke, mein Sohn. Also, verdächtig ist der Ehemann. Aber glauben kann ich das nicht so richtig, und wir haben null Beweise dafür. Dann sind da natürlich noch der Großvater, um den es Gerüchte wegen Pädophilie gibt. Der natürlich auch ein Motiv hätte, um das Gerücht zu unterbinden. Vielleicht wollte ihn jemand offiziell outen. Aber auch da sagen meine Intuition und die Beweislage eher Nein. Morgen werde ich zu seiner ersten Tochter fahren. Die wohnt in Hamburg. Da der Tod des Mädchens offenbar ein Unfall war, ist fraglich, ob die beiden Todesfälle zusammenhängen, sprich, ob das gleiche Motiv dahintersteckt. Und wenn, welches?«

»Was könnte das denn sein?«

»Der Großvater hat eine beachtliche Kunstsammlung, die er zum großen Teil dem Museum in St. Peter-Ording vermacht. Da gibt es bestimmt Befindlichkeiten.«

»Du meinst Habgier?«

Huber nickte wieder. »Also, entweder ich laufe mit dir oder ich rede mit dir. Beides zusammen kann ich grad nicht.«

Tom lachte. »Okay, dann laufen. Ich kriege dich schon fit in der Zeit, in der ich hier bin.«

»Oh, Gott bewahre«, stöhnte Huber. »Ich hätte nicht gedacht, dass sich mein Sohn zu einem Fitnesspapst entwickelt.«

Sie trabten gemeinsam weiter.

Nach einem Kilometer hatte Huber seinen Schritt gefunden. Der Sauerstoff, den er in seine Lungen pumpte, und die Natur um ihn herum und das alles mit seinem Sohn erleben zu können, machten ihn glücklich.

Katrin sah das Leuchten in den Augen ihrer Mutter, als sie die Haube von dem Kuchen nahm. Auch über Rudis Gesicht ging ein Lächeln. Mit Kuchen und überhaupt mit allem Süßen konnte sie ältere Menschen zu ein bisschen Glück verhelfen. Von allen Geschmackspapillen waren die, die Süßes schmeckten, diejenigen, die die längste Lebensdauer hatten.

Und während sie selbst ein bisschen fülliger wurde, waren ihre Mutter und Rudi vorzeigbar schlank.

Sie tat sich selbst nur ein halbes Stück von dem Joghurtkuchen mit Aprikosen auf.

Rudi guckte belustigt. »Magst du deinen eigenen Kuchen nicht? Aber uns setzt du den vor?«, feixte er.

»Ich habe leider einen Ordnungsruf vom Arzt bekommen.«

Gerti Lund guckte erschrocken. »Bist du etwa krank, mein Kind?«

Katrin beschwichtigte. »Nein. Ich bin nur manchmal etwas müde. Deshalb bin ich hin. Kein Grund zur Besorgnis, Mamilein.«

Gerti Lund lehnte sich zurück. »Na, Gott sei Dank!«

Katrin schmeckte ihr Kuchen. Auch ihre Mutter und Rudi mümmelten genussvoll. Fast gleichzeitig hielten sie ihr ihre Teller hin, um noch ein Stück zu bekommen.

Katrin schmunzelte. Sie blieb tapfer bei ihrem halben Stück.

»Rudi, du kennst doch Jan Frederiksen schon so lange. Erzähl doch mal ein bisschen was von Telse und ihrer Mutter. Ich bin vorgestern bei Telse gewesen. Das war alles sehr merkwürdig. Mal ist sie himmelhochjauchzend, dann wieder wie ein eiskalter Engel.«

»Ach, du bist bei ihr gewesen?«

»Ja, sie hat mich doch bei der Ausstellungseröffnung eingeladen. Und ich konnte nicht widerstehen, sie auszuquetschen.«

»Was hat sie dir denn erzählt?«, fragte Gerti Lund.

»So allerlei. Wie sie mit ihrer Mutter nach Hamburg kam, über ihre Wohnung … bla, bla, bla. Irgendwann kam sie auf das Thema, dass Frederiksen die Schuld am Tod ihrer Mutter haben sollte. Und dass er sie, also Telse, vergewaltigt haben soll und ihre Mutter abgehauen sei, um Telse vor Frederiksen zu schützen. Alles ziemlich wirres Zeug. Angeblich hätte damals jeder in der Schule davon gewusst, aber keiner hätte sie ernst genommen. Und dann beschuldigte sie ihren Vater, sich auch an Emma vergangen zu haben. Sie benutzte das Wort Pädophilie nicht, aber alles, was sie an Vorwürfen brachte, lief darauf hinaus.«

Rudi schlug auf den Tisch, dass das Geschirr klapperte. »Diese falsche Ziege. Die war als Kind schon gerissen und wusste, wie sie Aufmerksamkeit kriegt. Dabei ging sie auch früher schon über Leichen. Aber einen Teil ihres Erbes konnte sie sich von ihm schon auszahlen lassen. Die ist so gierig. Dabei ist sie gar nicht seine Tochter.«

Schweigen.

Katrin und Gerti Lund blickten Rudi mit großen Augen an.

»Was?«, kam es endlich von der Mutter. »Telse ist nicht Jans Tochter?«

»Nein, ist sie nicht. Das weiß aber kaum jemand. Jan wollte nicht, dass es herauskommt und der Ruf von Telses Mutter beschmutzt wird. Er hat das Kind ohne weitere Fragen als seins angenommen.«

»Wusste Telse das?«, fragte Katrin.

»Ich glaube nicht. Er wollte es ja geheim halten. Da machte es keinen Sinn, es ihr zu erzählen. Er wollte sie auch nicht verwirren oder die Liebe ihrer Mutter infrage stellen. Die Mutter war schon lange alkoholkrank. Er wollte Telse immer besonders beschützen. Hielt sie immer dicht bei sich, holte sie von der Schule ab, brachte sie hin. Er versuchte, sie nicht ohne Aufsicht bei ihrer Mutter zu lassen, denn der rutschte gerne die Hand aus – Jan gegenüber. Er hatte öfter mal blaue Flecken.«

Katrin schluckte. Es ist alles genau andersherum, als Telse es ihr erzählt hat, als sie es vielleicht selbst glaubt, ging es ihr durch den Kopf.

»Irgendwann hat Jan es nicht mehr ausgehalten und den Umzug der Mutter mit ihr gemeinsam organisiert. Er konnte das Kind nicht behalten. Damals war es bei einer Scheidung eher selbstverständlich, dass ein Kind bei der Mutter bleibt. Und er wollte nicht, dass all die schmutzige Wäsche ans Tageslicht kommt. Zu Telse war die Mutter friedlich. Soff auch nur, wenn die Tochter es nicht mitbekam. Das arme Mädchen ist mit einer Riesenlüge aufgewachsen. Und ich glaube, jetzt bricht gerade ihre Welt zusammen.«

»Wieso jetzt, was hat das mit Inkens Tod zu tun?«

»Jan regelt doch gerade seinen Nachlass. Und er sagte mir, dass er es Telse erzählen wollte, dass sie nicht seine leibliche Tochter ist. Ich weiß nicht, ob er es schon getan hat.«

»Vielleicht war es Eifersucht?«, warf Gerti Lund ein.

»Aber Telse kann Inken nicht umgebracht haben, ich bin sogar ihr Alibi. Ich war nämlich die ganze Nacht bei ihr in Hamburg.«

»Aber wer soll es denn dann gewesen sein?« Gerti Lund zog die Tischdecke zurecht. »Da bleiben nicht mehr viel übrig.« Sie überlegte einen Moment. »Eigentlich fällt mir niemand mehr ein. Außer eben Frederiksen.«

Rudi blickte sie erschrocken an. »Willst du damit etwas andeuten, dass der seine eigene Tochter umgebracht haben soll?« Seine Augen funkelten Gerti Lund an. »Da ist ja wohl genauso absurd wie dass er seine Enkelin umgebracht hat!«

Gerti Lund schluckte.

»Hast du hier irgendwo Schnaps?«, fragte Rudi. »Ich brauch jetzt einen.«

Gerti, offensichtlich froh über die Unterbrechung, sprang auf und holte eine Flasche und Gläser aus dem Schrank. Sie goss Rudi das Glas voll. Er trank es in einem Zug leer. Er machte »Ah« und stellte das Glas mit einem Klirren auf den Tisch zurück.

»Dann sag doch mal, an wen du denkst. Wer könnte Inken umgebracht haben?«, fragte Katrin.

Die Nasenlöcher von Rudi blähten sich auf, als er tief einatmete.

»Das ist ja der Mist! Ich habe überhaupt keine Ahnung und auch keine Idee. Es ist nicht gerade so, als ob sie Feinde gehabt hätte. Jedenfalls nicht, dass ich wüsste.«

Er zog sich einen Joint aus der Brusttasche seines Hemdes. Gerti Lund legte ihm eine Schachtel Streichhölzer hin, die sie immer in der Schale auf dem Tisch aufbewahrte. »Also was sollen wir denn nun tun?«, fragte sie dann.

»Eigentlich können wir nur abwarten«, Rudi guckte auf seinen Joint, »… und Gras rauchen.« Er grinste breit.

»Oder Kekse essen«, konterte Katrin, und alle lachten. Gerti Lund stand wieder auf und zog eine Blechdose aus der Anrichte.

»Von Rudi. Die besten Arthrose-Kekse.« Sie blickte ihre Tochter an. »Sind aber auch schön, wenn man keine Arthritis hat.« Sie schob Katrin die Schachtel hin.

Nach kurzer Zeit war die Stimmung in Gerti Lunds Wohnzimmer mehr als ausgelassen. Und sie bedienten sich erneut am Kuchen, denn Joint und Kekse machten sie hungrig.

22

Katrin hatte eine gute Nacht hinter sich und fühlte sich nach langer Zeit endlich mal wieder ausgeschlafen. Kurz nach neun Uhr, sie saß gerade mit einem Kaffee am Küchenblock und blätterte in einer Zeitschrift, ging ihr Mobiltelefon.

»Guten Morgen, Doktor«, begrüßte sie den Arzt gut gelaunt.

Einen Moment Schweigen am anderen Ende. Katrin bekam einen Schreck.

»Ist was los?«, fragte sie. »Hast du schlechte Nachrichten für mich?«

»Allerdings ist was los«, antwortete er ihr. »Du hast mir leider nicht die Wahrheit gesagt.«

»Was meinst du denn?« In Katrin machte sich ein mulmiges Gefühl breit. Sie stand auf und ging ein paar Schritte.

»Ich habe dich gefragt, ob du irgendwelche Medikamente nimmst. Und du hast Nein gesagt.«

»Aber das stimmt ja auch. Ich verstehe nicht, was du meinst.«

»Ich habe Rückstände von Beruhigungsmitteln in deinem Urin gefunden.« Er schwieg wieder einen Moment. »Du musst schon ehrlich mit mir sein, wenn ich herausfinden soll, was dir fehlt. Ich bin wirklich enttäuscht von dir.«

»Aber das stimmt nicht. Ich nehme keine Tabletten. Gar nichts.«

Peters schwieg erneut.

»Kann es nicht sein, dass du meinen Urin vertauscht hast?«

»Also ehrlich, Katrin! Da ist nichts vertauscht worden. Du warst meine einzige Patientin am Samstag.«

»Wirklich … ich schwöre dir, ich habe nichts genommen.« Katrin war verzweifelt. Wie konnte sie ihn nur überzeugen?

»Wie auch immer«, sagte er kühl. »Du hast einen ziemlichen Vitamin-B-Mangel. Ich habe dir ein Rezept ausgeschrieben. Das kannst du dir abholen.«

»Danke«, sagte sie kleinlaut.

Peters legte auf.

Sie überlegte. Sie wollte die Freundschaft zu Henning nicht aufs Spiel setzen. Sie musste mit ihm reden. Es musste irgendeinen Grund geben, warum er Beruhigungsmittel in ihrem Urin nachgewiesen hatte. Vielleicht hatte die Probe herumgestanden, und jemand hatte sich einen Scherz erlaubt und da etwas hineingerührt. In so einer Kur wurden manche Patienten zu Kindern – wie in einem Ferienlager.

Mit einem Mal wurde Katrin hektisch. Sie räumte schnell ihre Sachen zusammen und stürmte aus dem Haus. Diesen Vorwurf musste sie richtigstellen.

Sie schwang sich aufs Fahrrad und radelte los. Die frische Morgenluft würde ihr einen klaren Kopf bescheren. Darin kreiselten gerade alle Gedanken durcheinander.

Sie trat kräftig in die Pedale und kam ins Schwitzen, aber sie wurde innerlich ruhiger.

Als sie kurz vor dem Böhler Leuchtturm ankam, stieg sie ab. Sie schob das Fahrrad den Deich hoch und blickte über die Salzwiesen zum Meer hinüber. Wie friedlich es hier war. Diesen kurzen Moment wollte sie sich nehmen, um ihre Gedanken zu sortieren.

Sie dachte an das Gespräch mit ihrer Mutter und Rudi vom Tag zuvor. Eigentlich war Telse ein armes Mädchen, dachte sie. Die ganze Familie war eine einzige Katastrophe, in der jede und jeder aus seiner Sicht versuchte, das Richtige zu tun, und damit alles noch schlimmer machte.

Nach ein paar Minuten schwang sie sich wieder aufs Rad und radelte zur Klinik *Ebbe und Flut*. Sie parkte das Fahrrad versteckt, damit niemand sie an ihrem freien Montag bemerkte.

»Guten Morgen, Frau Kovalenko«, begrüßte sie die Arzthelferin hinter ihrem Pult.

»Ich wünsche Ihnen auch«, antwortete die Ukrainerin mit einem breiten Lächeln. Sie hatte innerhalb kurzer Zeit Deutsch gelernt und arbeitete nun seit ein paar Wochen bei ihnen in der Klinik. Die beiden hatten sich schon öfter über Kochrezepte ausgetauscht. Auch sie aß gern – das sah man.

»Ist Doktor Peters da?«

»Ja, ist. Aber gerade Patient drin.«

»Okay, kann ich warten?«

Frau Kovalenko bedeutete ihr, sich auf den Stuhl an der Wand zu setzen. Die Frau kümmerte sich wieder um ihre Arbeit hinter dem Pult.

Die Tür zum Behandlungszimmer öffnete sich. Herr Uhland und Henning kamen heraus.

»Sie sind auf einem guten Weg«, sagte der Arzt zu seinem Patienten.

»Super.« Uhland erblickte Katrin. »Diese Frau hat etliches dazu beigetragen, Herr Doktor.« Er zeigte auf Katrin.

Henning blickte sie ohne Regung an.

Uhland verschwand.

»Henning, kann ich dich einen kleinen Moment sprechen?«

Er hielt ihr die Tür auf, und Katrin schlüpfte durch.

»Ich kann wirklich nicht verstehen, wie das Zeug in meinen Urin gekommen ist. Das musst du mir glauben. Ich bin eine Gegnerin von jeglicher Chemie. Jeden Tag sind wir doch hier konfrontiert mit Menschen, die das missbräuchlich nehmen. Meinst du, ich habe Lust auf so ein Leben?«

Katrin merkte, wie ihr Gesicht vor Aufregung rot wurde.

»Jetzt setz dich erst mal hin.« Peters drückte sie auf den Stuhl vor dem Schreibvisch.

Sie blickte ihn an, und plötzlich schossen ihr Tränen in die Augen. »Ich weiß nicht, wie ich dich überzeugen kann. Weil ich auch nicht die leiseste Idee habe, wie das in meinen Körper kommt oder in meinen Urin. Ich habe eben schon gedacht, dass jemand sich einen Streich erlaubt hat. Patienten oder Mitarbeiter.« Sie wischte sich mit dem Handrücken die Augen trocken und schaute ihn an.

»Okay«, sagte er. »Dann rollen wir das Ganze mal auf. Was hast du denn an den Tagen, bevor du zu mir gekommen bist, zu dir genommen?«

Er nahm sie ernst. Katrin war erleichtert und zählte ihm alles auf – bis zu dem Moment, wo sie bei Telse eingeschlafen war.

Plötzlich ergab alles Sinn.

Sie sprang auf. »Entschuldige. Ich muss weg.«

»Aber dein Rezept!« Peters hielt es ihr über den Tisch.

Katrin riss es ihm aus der Hand und stürzte hinaus.

»Dirk, du glaubst nicht, wer im Vernehmungsraum sitzt«, begrüßte Harmsen seinen Kollegen Huber, als er das Büro betrat.

»Ich kann es ja erst dann nicht glauben, wenn du mir erzählst, wer da sitzt.«

»Ich habe gerade gar keinen Sinn für deine Spitzfindigkeiten.«

»Na, dann sag es halt.«

»Frederiksen«, platzte es aus Harmsen heraus.

»Und wieso das?«

»Er sagt, er hat den Mord an seiner Tochter Inken begangen.«

»Was?«, fragte Huber, wirklich überrascht. Seine Unmutsfalte zwischen den Brauen trat deutlich hervor. »Was soll denn jetzt der Scheiß? ... Entschuldige. Aber das wird hier ja nun alles völlig absurd.«

»Ist doch aber gut. So wissen wir endlich, wer es getan hat.«

»Und das glaubst du ihm?«

»Also, ich bin froh, wenn wir diesen Fall endlich abschließen können. Ich habe keinen Bock mehr auf dieses Familiendrama, in dem sie alle wie die Fliegen sterben.«

Huber lehnte sich gegen seinen Schreibtisch und verschränkte die Arme vor der Brust. Er mochte sich nicht hinsetzen, da sein Muskelkater in Oberschenkeln und Po ihn ordentlich quälte.

»Hat er schon etwas zu Motiv und so erzählt?«

»Ich wollte mit der Vernehmung auf dich warten.«

»Okay, dann lass uns rübergehen.«

»Guten Morgen, Herr Frederiksen«, sagte Huber freundlich zu dem Mann, als sie den Raum betraten. »Mein Kollege sagte mir gerade, dass Sie den Mord an Inken Thomsen, Ihrer Tochter, gestanden haben?«

Frederiksen nickte bloß.

Huber und Harmsen setzten sich ihm gegenüber. Harmsen schaltete das Aufnahmegerät an und sagte sein Sprüchlein zu Ort, Zeit und den Anwesenden.

Huber räusperte sich. Er hatte Mühe, sich zusammenzureißen. Am liebsten hätte er den alten Mann geschüttelt und zur Vernunft gebracht, denn nie im Leben würde er glauben, was er gleich zu hören bekäme.

»Ja, ich habe meine Tochter umgebracht.« Mehr kam nicht von Frederiksen.

»Na gut«, meinte Huber. »Und wann soll das gewesen sein?«

»Freitagabend … auf dem Golfplatz.«

»Und womit?«, fragte Huber, schon fast gelangweilt.

»Na, mit einem Golfschläger.«

»Können Sie sagen, welcher Schläger das war?«

»Nein, das kann ich nicht. Ich spiele kein Golf.«

»Und wo haben Sie die Tatwaffe nach der Tat gelassen?«

Frederiksen zögerte. »Ich hab sie in den Teich geworfen.«

Huber biss sich auf die Lippen, um seine Wut zu unterdrücken. Er fühlte sich veräppelt. »Welchen Teich meinen Sie?«

»Na, den auf dem Golfplatz.«

»Und in welches der Gewässer dort genau?«

Frederiksen schwieg.

»Sie müssen antworten, Herr Frederiksen.« Huber deutete auf das Aufnahmegerät.

»Na, in den größeren Teich eben«, kam es von Frederiksen.

»Die Wasserstellen auf dem Golfplatz sind gründlich abgesucht worden. Da war kein Schläger.«

Frederiksen wurde nervös. »Dann ist der eben weggesackt. Oder jemand hat ihn da rausgeholt. Die Plätze werden ja immer gereinigt und gepflegt. Da hat ihn jemand gefunden.«

Huber blickte ihn an und schüttelte den Kopf. »Also gut. Wir werden uns darum noch einmal kümmern. Und Sie bleiben so lange in Gewahrsam.«

Er räumte die Akten zusammen und erhob sich. Harmsen tat es ihm gleich.

»Ich merke, du glaubst ihm nicht«, sagte Harmsen, als sie auf dem Flur standen.

»Nein, ich glaube ihm nicht. Aber trotzdem müssen wir wohl oder übel seiner Aussage nachgehen.«

»Und? Willst du ihn nicht weiter vernehmen?«

»Nein, ich finde, wir sollten ihn schmoren lassen. Damit er zur Besinnung kommt.«

Hubers Handy gab einen Laut von sich.

Eine Nachricht von Katrin Lund per SMS: *Ich fahre jetzt zu Telse Frederiksen. Kommen Sie dahin. Schnell!* Dann las er die Adresse in Hamburg in der Isestraße.

Der Besuch von Telse Frederiksen stand heute sowieso auf seiner Liste. Umso mehr freute er sich, dass er nun einen weiteren Grund hatte.

Er schaute seinen Kollegen an. »Könntest du dich um die Sache auf dem Golfplatz kümmern? Mit dem Schläger und so. Es ist ja bestätigt, dass es ein Sandeisen ist. Das grenzt unsere Suche ein. Da brauchen wir nicht zu zweit aufzutauchen.«

»Und was machst du?«

»Ich werde mal die erste Tochter von Frederiksen in Hamburg aufsuchen.«

»Ja, mach das. Ich kümmere mich um den Golfschläger.«

Harmsen und Huber trennten sich.

Die anfängliche Freude über die Nachricht von Katrin wurde plötzlich von einer Sorge um sie überschattet. Was, wenn sie wieder …?

Er rief sie an. Natürlich nur die Mailbox.

»Frau Lund, bitte machen Sie keine unüberlegten Sachen. Warten Sie am besten vor dem Haus von Frau Frederiksen auf mich. Ich bin auf dem Weg. Gehen Sie da nicht alleine in die Wohnung.«

Er beschleunigte seine Schritte.

Telse schien begeistert gewesen zu sein, als Katrin sie angerufen hatte. Katrin sei beruflich in Hamburg und würde gern auf einen Kaffee vorbeikommen wollen – diesmal wirklich nur Kaffee. Sie tat ganz harmlos, und Telse ging darauf ein.

Katrin spielte in ihrem Kopf mehrere Varianten durch: Sie würde Telse so lange hinhalten, bis Dirk Huber erschien. Sollte der nicht auftauchen, weil er wieder mal ihre Nachricht nicht gelesen hatte, brauchte sie einen Plan B. Der würde sein, dass sie tatsächlich nur einen Kaffee trinken würde und dann wieder verschwinden. Sie wollte sich nicht in Gefahr begeben.

Ihr Gehirn arbeitete noch, als Telse Katrin die Tür mit der gleichen Euphorie öffnete, die sie auch beim letzten Mal an den Tag gelegt hatte.

»Katrin, wie schön, dich zu sehen. Komm rein.«

Katrin hielt ihr eine Schachtel Pralinen hin, die sie zu Hause noch eingesteckt hatte. »Hier, damit der Kaffee nicht so trocken ist.« Sie trat ein.

»Komm mit in die Küche.«

Katrin folgte Telse. Diesmal behielt sie die Schuhe an. Für den Fall, dass sie fliehen musste.

Auf dem Weg in die Küche sah sie die Golftasche an der gleichen Stelle stehen wie beim letzten Mal. Ihr fiel auf, dass zwei gleich aussehende Schläger darin steckten.

Ihr lag die Frage auf der Zunge, wo Telse denn in Hamburg Golf spiele, verbiss sich aber die Frage, weil sie Telse noch nicht misstrauisch machen wollte. Die bot ihr einen Platz am Küchentisch an. Sie stellte den Kaffeeautomaten an.

Katrin blickte sich noch einmal in der Küche um. Dieses Mal fiel ihr auf, dass Telse für alles Mögliche Maschinen hier stehen hatte: eine KitchenAid, natürlich die rote, einen Thermomix, einen Mixer für Smoothies und so allerlei mehr. Alles sah blitzblank aus, so als ob es noch nie benutzt worden wäre. Bloß nicht die Hände schmutzig machen, dachte Katrin, außer vielleicht mit Blut.

»Kochst du eigentlich viel?«, fragte sie und zeigte auf all die Gerätschaften.

Telse lachte. »Eigentlich nicht. Ich nehme es mir immer vor. Dann kaufe ich eine dieser Maschinen. Und dann stehen sie rum.« Sie drehte sich zu Telse. »Das Einzige, was ich regelmäßig benutze, ist der Kaffeeautomat.« Sie stellte zwei Tassen unter die Auslauftüllen, drückte auf ein paar Anzeigen, und der Kaffee lief heraus.

»Du hast sicher schon vom Tod deiner Schwester gehört?« Es wäre unglaubwürdig gewesen, wenn Katrin es nicht angesprochen hätte.

»Ja, mein Vater hat mich angerufen und es mir erzählt.« Telse zuckte nur mit den Achseln. »Wir hatten ja nicht viel miteinander zu tun.« Sie holte Untertassen aus dem Schrank.

Katrin tat unschuldig. »Weiß man denn schon, wie sie zu Tode gekommen ist?«

Telse hob wieder die Schultern. »Nee, keine Ahnung.« Sie blickte Katrin eindringlich an. Diese spürte, dass Telses Stimmung wieder umschlug. »Interessiert mich auch nicht, ehrlich gesagt.« Sie stellte die vollen Tassen auf die Untertassen und setzte sich zu Katrin an den Tisch. »Was hast du denn beruflich in Hamburg zu tun?«

Katrin winkte ab. »Ach, ich musste in den Großmarkt. Bestimmte Lebensmittel werden allmählich knapp. Aber das weißt du ja selbst. Merkt man im Moment bei jedem Supermarktbesuch. Ich habe gerade frei, und da wollte ich nach Alternativen gucken. Und ich dachte, wenn ich schon mal hier bin …« Sie nahm einen

Schluck. »Und diesmal bin ich auch ausgeschlafen.« Sie versuchte zu grinsen.

Telse hingegen verzog keine Miene.

Endlich klingelte es an der Tür. Katrin konnte ihre innere Spannung kaum noch aushalten.

Telse stand auf. »Entschuldige. Bleib ruhig hier sitzen.«

Katrin hörte Hubers Stimme und war zutiefst erleichtert. Sie stand auf, zog ihre Schuhe aus, schlich an die Tür und versuchte zu verstehen, was die beiden im Flur sagten. Sie linste um die Ecke und konnte sehen, dass Telse Huber den Weg versperrte.

»Ich habe gerade Besuch«, hörte sie Telse sagen. »Können Sie nicht ein anderes Mal wiederkommen?«

Katrin schlich sich weiter in den Flur, sodass Huber sie sehen konnte. Er versuchte, sein Entsetzen, das sie für den Bruchteil einer Sekunde wahrnahm, unter Kontrolle zu bringen.

»Ich müsste Sie eigentlich jetzt sprechen, Frau Frederiksen. Denn Ihr Vater sitzt bei uns und hat den Mord an Ihrer Halbschwester Inken Thomsen gestanden.«

Katrin bemerkte von hinten, wie ein Schreck Telses Körper durchfuhr.

»Mein Vater?«, fragte sie ungläubig.

Katrin schlich weiter, bis sie an der Golftasche angekommen war.

»Ja, Ihr Vater.«

Katrin deutete hektisch mit dem Zeigefinger auf die Golftasche neben der Kommode. Huber hatte sie im Blick und blinzelte kurz. Katrin schlich wieder, von Telse unbemerkt, zurück.

»… obwohl ich ihm nicht glaube«, hörte sie Huber.

»Kommen Sie doch ins Wohnzimmer, Herr Huber«, sagte Telse. »Das finde ich ja interessant.«

Huber folgte Telse, und Katrin ging den beiden bis vor die Wohnzimmertür hinterher. Huber schaffte es, sich mit Anstand und Würde in die Wohnlandschaft sinken zu lassen. Katrin stand im Türrahmen, noch immer von Telse unbemerkt.

»Wer soll es denn gewesen sein?« Telse wiegte sich in Sicherheit.

Huber blickte kurz zu Katrin. »Viele Personen bleiben nicht mehr übrig.«

»Ach, sagen Sie. Wie ist sie denn überhaupt gestorben?«

»Spielen Sie eigentlich Golf, Frau Frederiksen? Ich habe im Flur eine Golftasche gesehen.«

Telse rückte in ihrem Sessel nach vorne. »Aber ich verstehe nicht, was das mit dem Tod meiner Halbschwester zu tun haben soll.«

»Sie ist mit einem Golfschläger ermordet worden. Sie haben doch sicher nichts dagegen, wenn ich Ihre Golftasche untersuche?«

»Wenn Sie mir denn einen Durchsuchungsbeschluss vorlegen können, Herr Huber. Ansonsten vergessen Sie das mal schön wieder. Und übrigens kann ich es nicht gewesen sein. Ich habe ein Alibi«, sagte sie schnippisch. Dann rief sie: »Katrin, kommst du mal bitte?«

Telse drehte sich zur Wohnzimmertür.

»Da bin ich. Was ist denn?« Sie tat so unbefangen, als ob sie Huber nicht kannte.

»Du kannst doch bestätigen, dass du in der Nacht von Freitag auf Samstag hier übernachtet hast.«

»Das kann ich bestätigen.« Katrin gesellte sich zu ihnen, blieb aber stehen. »Was ich allerdings nicht bestätigen kann, ist, ob du hier gewesen bist. Denn ich bin mir sicher, dass du mir etwas in den Prosecco getan hast, um mich auszuknocken.«

Plötzlich sprang Telse auf und stürzte auf Katrin zu. Huber konnte gerade noch eingreifen, bevor Telse handgreiflich wurde. Katrin machte einen Satz zurück.

Huber hielt Telse von hinten umklammert; diese kreischte und schrie, wand sich in seiner Umklammerung und trat nach ihm. Er überwältigte sie und drückte sie auf den Boden. Seine Handschellen klickten in Telses Rücken um ihre Handgelenke. Mit dem Gesicht auf dem Boden schrie sie noch immer. »Du bescheuerte Kuh« … »Verräterin« … »Schlampe« … »Kackbratze« … Dann ging das hysterische Gekreische allmählich in ein verzweifeltes Schluchzen über.

Katrin ließ sich erschöpft in den Sessel sinken und beobachtete regungslos ihre ehemalige Schulkameradin. Sie horchte in sich hinein. Sie empfand keine Wut, obwohl die angebracht gewesen wäre. Sie empfand keine Zuneigung, keine Angst, nichts, außer vielleicht Mitleid.

Huber kam wieder zu ihr zurück. »Geht es Ihnen gut, Frau Lund?«

Katrin nickte nur.

»Sie machen vielleicht Sachen!« Richtig böse konnte er ihr nicht sein. Wieder einmal war sie es, die den richtigen Riecher gehabt hatte.

Die polizeiliche Verstärkung, die Huber von unterwegs angefordert hatte, stand mit einem Mal im Wohnzimmer. Huber hatte offenbar die Tür offen gelassen.

»Seien Sie so freundlich und führen diese Person hier ab.« Er deutete mit dem Kinn in Telses Richtung. Die beiden Beamten schnappten sich Telse, zogen sie vom Fußboden hoch und beförderten sie hinaus.

»Ich kläre noch, wer hier zuständig ist«, rief er ihnen hinterher. »Halten Sie sie erst mal nur in Gewahrsam.«

Er wandte sich wieder Katrin zu. »Wie sind Sie denn überhaupt auf Telse Frederiksen gekommen?«

»Sie haben ja schon gehört, dass ich hier am Freitag übernachtet habe. Übernachten musste. Deshalb konnte ich auch unsere Verabredung nicht wahrnehmen. Aber ich war beunruhigt, weil ich fünfzehn Stunden durchgeschlafen hatte. Also bin ich zu einem unserer Ärzte. Als der mir heute Morgen sagte, dass er Beruhigungsmittel in meinem Urin nachgewiesen hatte, wurde mir plötzlich alles klar. Telse hat mich als Alibi benutzt. Ich bin mir sicher, dass an einem ihrer Golfschläger Inkens Blut zu finden ist.«

Und wie auf Bestellung klingelte es an der Tür. Huber stand auf und ließ zwei Kollegen von der Kriminaltechnik herein. Katrin lehnte am Türrahmen.

»Frau Lund, sind Sie in der Lage, nach Hause zu fahren? Oder soll Sie jemand bringen? Ich werde hier noch eine ganze Weile beschäftigt sein.«

Katrin drückte sich ab und ging in die Küche. Mit ihrer Tasche über der Schulter trat sie vor Huber. »Ich kann fahren. Mir ist ja nichts passiert … zum Glück.«

Huber fasste sie am Arm. Und schon war da wieder dieses Kribbeln, das sie bei seinen Berührungen durchfuhr. Wie ein elektrischer Schlag. Unwillkürlich zog er seine Hand zurück. Auch er musste es bemerkt haben.

»Schicken Sie mir bitte eine SMS, wenn Sie in St. Peter-Ording angekommen sind.«

»Mach ich.« Sie lächelte ihn an.

»Ich rufe Sie an, wann ich Ihre Zeugenaussage aufnehmen kann.« Er wollte ihre Hand fassen, zog sie aber schnell zurück.

Katrin ging noch eine ganze Weile den Isebekkanal spazieren. Sie ließ sacken, was sie die letzten Tage umgetrieben hatte. Auf dem Rückweg über den Lehmweg kehrte sie in ein Eiscafé ein und bestellte sich einen Schlemmerbecher mit Sahne und Fruchtsauce und einen Cappuccino. Der Zucker beruhigte sie allmählich.

23

Kaum stieg Huber in Husum aus seinem Auto, pingte sein Handy. Katrin war gut zu Hause angekommen. Er war beruhigt.

Harmsen erwartete ihn schon und drückte kurz seine Schulter.

»Die Frau sitzt bereits im Gewahrsam. Dein Freund, unser Staatsanwalt Jessen-Nissen, hat es durchgebracht, dass sie uns gehört.«

»Jetzt müssen wir nur noch die Ergebnisse der Blutuntersuchung an dem Schläger abwarten, und dann klopfen wir es fest«, freute sich Huber.

Harmsen nickte zustimmend.

Erleichtert setzte Huber nach: »Und dann können wir hoffentlich den armen Frederiksen entlassen.«

»Kümmere du dich jetzt mal um deinen Sohn, mein Alter. Ich komme hier schon klar. Und wenn nicht, rufe ich dich an«.

Huber schaute seinen Kollegen dankbar an und machte sich dann vom Acker.

Katrin war froh, wohlbehalten zu Hause angekommen zu sein. Sie machte sich eine große Apfelsaftschorle und setzte sich vor dem Haus auf ihre Klönschnackbank.

Die Anspannung fiel von ihr ab, und sie hielt wohlig ihr Gesicht in die späte Nachmittagssonne. Die unerträgliche schwüle Hitze, bei der sie ständig einen feuchten Film auf der Haut spürte, ließ allmählich nach. Sie genoss die sanfte Brise, die ihre Haut jetzt streichelte.

Tatsächlich war das Blut auf einem der beiden Sandeisen, die sie bei Telse gefunden hatten, identisch mit dem von Inken Thomsen. Der Schläger war zwar ordentlich gereinigt worden, aber eben nicht genügend, um nicht doch Spuren nachweisen zu können. Und wer braucht schon zwei Sandeisen, hatte Wegener gemeint, als Huber und er telefonierten.

Von Telse Frederiksens Hochmut war nichts mehr übrig geblieben, so wie sie mit ihrem Verteidiger hier vor Huber und Harmsen saß. Allerdings bemerkte Huber ihre Erleichterung, sich die Tat von der Seele reden zu können.

»Mich interessiert, warum Sie Ihre Halbschwester umgebracht haben.«

Telse Frederiksen hob den Blick zu ihm.

»Nach der Ausstellungseröffnung bin ich noch mit zu meinem Vater, weil ich ihn fragen wollte, ob ich erneut einen Teil meines Erbes ausbezahlt haben könnte. Da erzählte er mir, dass er sein Testament dahingehend geändert hatte, dass er den größten Teil seiner Sammlung dem Museum vermachen wollte, und den Rest hätte er Emma überschrieben.«

Sie trank einen Schluck von dem Wasser, das vor ihr stand.

»Und dann sagte er mir, dass ich gar nicht seine leibliche Tochter sei. Dass meine Mutter eine Beziehung nebenher gehabt habe, aus der ich entstanden sei, dass er mich aber als seine Tochter angenommen, es nie hinterfragt habe. Er habe mich geliebt wie seine eigene Tochter. Und das stimmt einfach nicht. Ich habe immer gespürt, dass etwas zwischen uns steht. Und das habe ich ihm auch gesagt. Da antwortete er, dass das, was zwischen uns stand, meine Mutter gewesen sei. Er sagte mir, dass sie ihn über Jahre hinweg geschlagen habe. Er hatte für sich keinen anderen Ausweg gesehen, als sich von ihr zu trennen. Er habe meiner Mutter für die Wohnung in Hamburg die Miete gezahlt, damit sie mit mir ein gutes Leben haben konnte. Mir hat sie immer etwas anderes erzählt.«

»Kommen Sie bitte zurück zum Tathergang«, insistierte Harmsen.

»Ich bin an dem Freitagabend nach St. Peter-Ording zu meiner Schwester gefahren. Sie hatte angerufen und gemeint, dass wir reden sollten, und daher wusste ich, dass sie gegen Abend auf den Golfplatz wollte. Ich wollte mich mit ihr einigen. Sie war ja nun diejenige, die alles – außer den Bildern, die ins Museum sollten – erben würde … als Mutter von Emma. Ich wollte sie davon überzeugen, dass mir doch mindestens die Hälfte vom übrigen Erbe zusteht. Ich hatte gehofft, dass sie nichts wusste davon, dass ich vielleicht gar nicht Frederiksens Tochter bin.«

»Ihr Luftschloss, das Sie sich aufgebaut hatten, war dann nur noch eine Ruine«, sagte Huber.

Telse nickte nur. Sie nahm wieder einen Schluck Wasser.

»Ich hatte sie gefragt, ob ich kommen könnte, um eine Runde mit ihr zu spielen und zu reden. Sie meinte, in SPO sei eine große Veranstaltung, sodass wir Ruhe hätten, weil die meisten sich dort vergnügen würden. Unser Gespräch eskalierte dann. Sie war völlig uneinsichtig, meinte, wie sollten abwarten, wie Papa sich entscheiden würde. Dann könnten wir immer noch reden. So viel Zeit hatte ich nicht. Ich habe eine Inkassofirma am Hals, mit der nicht zu spaßen ist. Die wollen das Geld für meine Schulden eintreiben. Da setzte es irgendwie aus in meinem Gehirn. Ich riss ihr den Schläger aus der Hand und schlug zu. Mit Sören hätte ich mich schon einigen können. Wir verstehen uns ja gut.«

Nur dass der auch pleite ist, dachte Huber.

Telse Frederiksen massierte sich die Stirn. »Und der Besuch von Katrin Lund war mein bestes Alibi.«

»Wann haben Sie das Beruhigungsmittel in das Getränk von Frau Lund getan?«

»Gleich nach Inkens Anruf.«

»Sie wollen uns hier weismachen, dass das alles spontan geschehen ist, aus einem Streit vor Ort heraus.« Harmsen stand auf und ging herum. Telse Frederiksen folgte ihm mit den Augen. »Dass Sie Frau Lund betäubt haben, spricht allerdings für eine vorsätzliche Tat.« Er blieb stehen und fixierte sie.

Telse öffnete ihren Mund, aber es kam nichts mehr heraus. Hilfesuchend blickte sie ihren Verteidiger an.

»Meine Mandantin hat soeben ein umfassendes Geständnis abgelegt. Alles Weitere dann vor Gericht.« Der Pflichtverteidiger packte seine Sachen zusammen und nickte Telse zu.

Harmsen gab den beiden Polizisten im Hintergrund ein Zeichen, Telse Frederiksen abzuführen.

Huber war nicht wirklich zufrieden. War der Mord an Inken Thomsen nun Vorsatz gewesen oder nicht? Bis zum Gerichtstermin hatten sie noch ein bisschen Zeit, um das zu klären.

»Ich weiß, was du denkst«, sagte Harmsen. »Ich bin auch nicht glücklich damit. Aber ich bin auch zuversichtlich, dass wir das klären werden.«

»Wichtig ist ja, dass das Geständnis überzeugend ist. Und wir hatten schon so manchen Fall, der uns mit unbeantworteten Fragen zurückgelassen hat. Den Rest muss die Staatsanwaltschaft machen.«

»Komm, wir gehen jetzt erst mal einen Kaffee trinken.« Harmsen klopfte seinem Kollegen auf die Schulter.

»Aber nicht die Plörre aus unserem Automaten. Ich lade dich ins *Cortina* ein.«

»Na dann …«

»Due Cappuccini.« Der Kellner im Eiscafé *Cortina* stellte die beiden Tassen vor ihnen ab.

Harmsen nippte. »Wenn die Italiener etwas können, dann ist es Kaffee.« Er lächelte zufrieden.

»Deshalb«, sagte Huber nur.

»Was machen wir denn jetzt mit Frederiksen?«, fragte Harmsen.

»Na, was wohl, wir werden ihn freilassen. Aber vorher will ich noch wissen, warum er sich so unnötig selbst belastet hat.«

Huber trank einen Schluck. »Das heißt, ich vermute, warum er es getan hat. Ich will es aber noch einmal aus seinem Mund hören.«

»Was ist es denn, was du vermutest?«

»Liebe. Die Liebe eines Vaters für sein Kind. Auch wenn es nicht sein eigenes war.«

»Aber woher soll er denn gewusst haben, dass Telse die Täterin war?«

»Nicht gewusst, aber bestimmt geahnt. Und er wollte sie beschützen. Und er wollte, dass endlich Ruhe ist.«

Versonnen blickten beide aus dem Fenster.

Draußen war alles wie immer.

24

Bei Emmas Beerdigung barst der Friedhof von den vielen Menschen, die sich zu ihrem letzten Weg versammelt hatten, darunter viele junge Menschen, wohl aus ihrer Klasse und von den Klimaaktivisten. Direkt neben dem Grab standen nur Jan Frederiksen auf der einen und Sören Thomsen auf der anderen Seite. Am Fuße des Sargs stand Hauke, der sich nun seine Gitarre umschnallte und seinen mitgebrachten Akkuverstärker einschaltete. Katrin erkannte schon bei den ersten Noten Joni Mitchells Song »Both Sides Now«. Es war zum Weinen schön. Dann begann Hauke, mit seiner rauen Stimme den Text zu singen. Alle weinten, so wie es sich bei einer Beerdigung gehört, dachte Katrin, der nun auch die Tränen über die Wangen rannen. Hinter Thomsen stand Huber. Katrin sah, wie auch er sich eine Träne aus dem Augenwinkel wischte. Die Töne, die aus dem Verstärker kamen, wurden immer lauter und Haukes Stimme immer fester.

Aus heiterem Himmel zogen Wolken auf, und aus der leichten Brise wurde ein satter Wind. Innerhalb kurzer Zeit aus dem Wind ein Sturm. Die Trauergäste rafften ihre Siebensachen zusammen und stürmten in alle Richtungen. Nur Hauke stand weiterhin am Grab und sang gegen den Sturm an.

Jan Frederiksen nahm den Verstärker und die Hand des jungen Mannes und zog ihn mit sich fort.

Als alle in der Kirche im Trockenen waren, fielen die Wolken vom Himmel und stürzten auf die Erde. Die Trauergemeinde schaute aus dem Kirchenportal auf den Friedhof. Was sich da draußen abspielte, hatte etwas von einem Weltuntergang.

25

Als Katrin vor dem *Roten Haubarg* aus ihrem Auto stieg, erwartete Huber sie bereits vor der Eingangstür des Restaurants. Ein Strahlen zog über sein Gesicht, als er sie erblickte. Er ging ein paar Schritte auf sie zu.

»Schön, dass es diesmal klappt und dir nicht wieder etwas Mörderisches dazwischengekommen ist.«

Er nahm sie bei der Hand und zog sie mit ins Restaurant.

ENDE

Rezept für Emmas Menü

(Alle Zutaten möglichst in Bioqualität)

Katrin hatte sich für Emma, die Freundin ihrer Nichte Tabea, ein veganes Menü ausgedacht, das sie folgendermaßen zubereitet hat:

Vorspeise: Avocado-Apfel-Salat mit Linsen und Minze

Zutaten für 4 Personen:
2 Limetten, 150 g Linsen, 1 kleine Zwiebel, 1 Lorbeerblatt, Salz, 1 EL Agavendicksaft, 1 EL Senf (gerne körnig), Pfeffer und Chiliflocken nach Geschmack, 4 EL mildes Olivenöl, 2 Avocados, 2 Äpfel, ½ Bund Minze

Zubereitung:
Von der Limettenschale Zesten schneiden und danach den Saft auspressen. Die Linsen und die ganze Zwiebel gemeinsam mit den Limettenzesten und dem Lorbeerblatt aufkochen. So lange garen, bis die Linsen noch einen leichten Biss haben (ca. 20 Minuten). Danach die Flüssigkeit abgießen, die Würzzutaten entfernen und die Linsen salzen.

Inzwischen den Agavendicksaft mit Senf, Pfeffer, Salz und Chiliflocken verrühren, 2 EL Limettensaft hinzugeben und nach und das Öl unterschlagen.

Avocados halbieren, entkernen und schälen. Das Fruchtfleisch in Stücke schneiden und sofort mit der Vinaigrette mischen. Äpfel vom Kerngehäuse befreien, in Spalten schneiden und auf dem Teller anrichten. Linsen daraufgeben, mit der Vinaigrette beträufeln und mit der Minze dekorieren.

Möglichst sofort servieren, damit die Äpfel nicht braun werden.

Hauptgericht:
Maronen-Pilz-Ragout mit Polenta und Haselnüssen

Zutaten für 4 Personen:
600 g gemischte Pilze, 2 Schalotten, 200 g gegarte Maronen, Salz, Pfeffer, Majoran, Weißwein oder Apfelsaft zum Ablöschen, 2 EL Rapsöl, 250 ml Sahne, 1 l Gemüsebrühe, 2 EL Cashewmus, 150 g Polenta, Thymian, etwas brauner Zucker, 50 g Haselnüsse, 2 EL Olivenöl, Parmesan

Zubereitung:
Pilze in grobe Stücke schneiden und die Schalotten fein würfeln. Die Maronen mit den Schalotten im Rapsöl anschwitzen, dann die Pilze dazugeben. Bei mittlerer Hitze etwa 5 Minuten braten, dann erst mit Salz, Pfeffer und Majoran würzen.

Mit Weißwein oder Apfelsaft ablöschen, Sahne und Gemüsebrühe angießen. Weitere 3 Minuten köcheln und am Ende das Cashewmus unterziehen. Warm halten.

Die Polenta nach Packungsanweisung zubereiten. Mit Thymian verfeinern.

Den Zucker bei geringer Temperatur in einer Pfanne schmelzen. Die Haselnüsse darin schwenken und dann auf Backpapier abkühlen lassen (bitte kein Küchenkrepp verwenden, da die Nüsse mit der Zuckerglasur kleben).

Zum Schluss die aufgequollene Polenta mit Olivenöl cremig rühren. Mit den Nüssen anrichten und mit Parmesan garnieren. Die Polenta zu dem Pilzragout reichen.

Dessert: Früchtekompott

Da das Früchtekompott das ganze Jahr gegessen werden kann, nimmt Katrin je nach Jahreszeit entsprechendes Obst.

Zutaten für 4 Personen:
300 ml reiner Apfelsaft ohne Zuckerzusatz, 1 TL Vanillezucker, 2 Gewürznelken, 1 Zimtstange, 2 EL Ahornsirup, etwas abgeriebene Schale von einer Zitrone oder Limette (z. B. Rest von der Vorspeise), 1 Apfel, 1 Birne, 1 Mango, ½ Ananas, frische Minze

Zubereitung:
Den Apfelsaft mit dem Vanillezucker, den Gewürzen, dem Ahornsirup und der Zitrusschale aufkochen. Das

Obst schälen und in mundgerechte Stücke schneiden (nicht zu klein, damit es nicht verkocht), dann in den Apfelsaftfond geben und etwa 5 Minuten mitköcheln lassen.

Die Fruchtmasse in Gläser oder Schälchen füllen und mit frischer Minze garnieren.

* * *

Der britische Staatsmann Sir Winston Churchill sagte:

»Man soll dem Leib etwas Gutes bieten,
damit die Seele Lust hat, darin zu wohnen.«

* * *

Und nun:
GUTEN APPETIT!

Alle Rezepte finden Sie auf dem Blog
katrinskuestenkueche

Danksagungen

Ich danke meinen Testleser*innen Brigitte Lamberts, Sandra Krämer, Andreas Körtgen, Kirstin Rueß und Elke Wolny für ihr kritisches und genaues Lesen meines Textes.

Vielen Dank an Ingrid Marchewka für die Übersetzung einzelner Textstellen ins Schwäbische. Wir haben viel gelacht.

Dank auch an Viola Blunck, deren Ferienhaus ich für eine Schreibklausur mieten durfte. Dort fand ich Ruhe und Inspiration.

Und ich danke sehr meiner Lektorin Nicola Härms, die – manchmal schmerzhaft – den Finger in die Wunde legt, aber immer zugunsten eines besseren Textes und einer besseren Geschichte.

KBV KURZ-KRIMIS

Anette Schwohl (Hg.)

HUNDE DIE BELLEN MORDEN NICHT

Hardcover, 264 Seiten
ISBN 978-3-95441-556-4
18,00 EURO

Hände hoch, jetzt wird es tierisch!

Frosch und Fliege, Fuchs und Hase, Löwe und Gazelle ... im Tierreich wird kaltgemacht, was das Zeug hält. Doch wo das Tier für sein Überleben killt, tut es der Mensch aus Habgier, Neid und Rache – aus niederen Motiven eben.

In höchst unterhaltsamen, spannenden und teilweise urkomischen Kriminalgeschichten spielen Tiere die Hauptrolle: Sittich, Marder und Yorkshire-Terrier schlagen dem Menschen, ihrem größten Feind, ein ums andere Mal ein Schnippchen. Das Tierwohl siegt, der Mensch zieht den Kürzeren. Wenn das, was die Autorinnen und Autoren sich für diesen Band ausgedacht haben, Wirklichkeit würde, bräuchte es keinen aktiven Tierschutz mehr.

Vom Tiger bis zur Mücke ist in dieser mörderischen Nahrungskette alles dabei. Der Hamster nagt, die Biene sticht, der Maulwurf buddelt, und der Hund bellt zwar, aber er mordet nicht. Und ob die Katze nun sieben Leben hat oder neun ... die einen sagen so, die anderen sagen so.

Manuel Vermeer

AM SEIDENEN FADEN

Taschenbuch, 360 Seiten
ISBN 978-3-95441-624-0
14,00 EURO

Showdown im Himalaya

Die chinesische Seidenstraße droht die ganze Welt unter ihren Machteinfluss zu bringen. Die USA, aber auch Indien sind in höchster Alarmbereitschaft. Da gerät die deutsche Ingenieurin Dr. Cora Remy, die mit ihrem indischen Freund Ganesh in Myanmar Urlaub macht, mitten in einen Anschlag auf einen ehemaligen CIA-Agenten und wird dabei verletzt.

Wie hängt diese Tat mit dem Mord an dem amerikanischen Außenminister in Beijing zusammen? Weltweit folgt ein Attentat auf das nächste, die Großmächte verdächtigen sich gegenseitig, und die Lage eskaliert.

Kann es Cora gelingen, ein geplantes Attentat auf eine internationale Konferenz zu verhindern? Wer sind die wahren Hintermänner des Terrors? Das Schicksal der Welt hängt am seidenen Faden!

»Ein spannender Thriller, in welchem viel Wissen über die politischen Machtspiele, die gegensätzlichen Sichtweisen und die wirtschaftlichen Verflechtungen zwischen Asien und dem Westen eingebaut ist. Lesen!«
(Dr. Peter Roell, Präsident des Instituts für Strategie-, Politik-, Sicherheits- und Wirtschaftsberatung / ISPSW, Berlin)

KBV KRIMINALROMAN